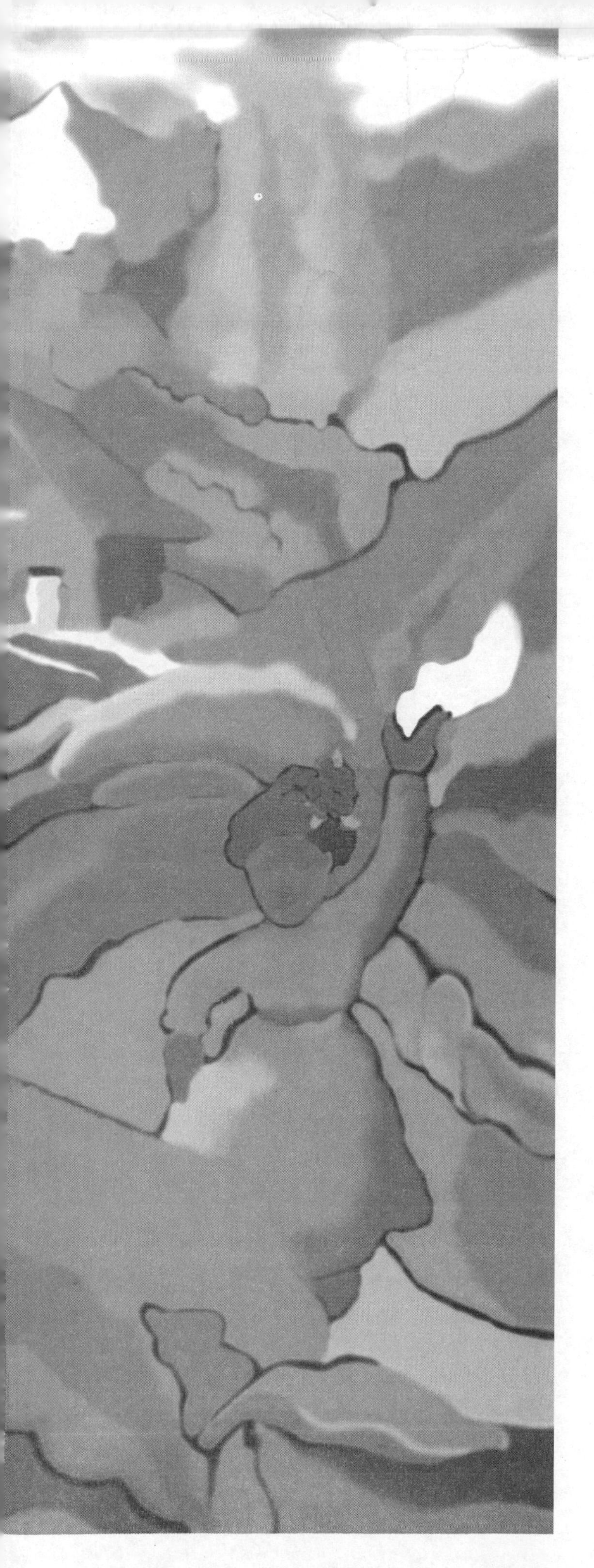

Workbook/Lab Manual

Chez nous

Branché sur le monde francophone

Albert Valdman
Indiana University

Cathy Pons
University of North Carolina, Asheville

Workbook prepared by
Mary Ellen Scullen
Melissa Hicks Thomas

Lab Manual prepared by
Barbara L. Rusterholz
University of Wisconsin-La Crosse

PRENTICE HALL

Upper Saddle River, New Jersey 07458

President: *Phil Miller*
Managing Editor: *Deborah Brennan*
Cover Art & Design: *Ximena de la Piedra Tamvakopoulos*
Associate Editor: *María F. García*
Project Editor: *Jacqueline Bush*
Manufacturing Buyer: *Tricia Kenny*

A Viacom Company
Upper Saddle River, New Jersey 07458

Printed in the United States of America
10 9 8 7 6 5 4 3 2 1

ISBN 0-13-317471-9

Prentice Hall International (UK) Limited, London
Prentice Hall of Australia Pty. Limited, Sydney
Prentice Hall Canada Inc., Toronto
Prentice Hall Hispanoamericana, S.A., México
Prentice Hall of India Private Limited, New Delhi
Prentice Hall of Japan, Inc. Tokyo
Prentice Hall of Southeast Asia Pte. Ltd, Singapore
Editora Prentice Hall do Brasil, Ltda., Rio de Janeiro

Preface

To the student:

This workbook to accompany ***Chez nous*** is designed to help you to enhance your ability to read and write in French as you progress through the textbook. The exercises and activities in the workbook complement on a chapter-by-chapter basis the presentations in ***Chez nous*** and are similarly organized into the following sections: *Points de départ, Formes et fonctions, Lisons, Écrivons,* and *Perspectives.*

Many of the exercises and activities are open-ended in nature and require individualized and/or personal responses. Others are more structured and have only one possible response. For the latter, an answer key is provided in the back of the workbook. You will be able to complete many of the exercises right in the workbook itself. However, some of the longer writing activities are to be done on a separate sheet of paper, and you may want to invest in a notebook so that you can keep all of these assignments in one place.

Each *Lisons* section of the workbook consists of a reading passage, accompanied by three subsections called *Avant de lire, En lisant,* and *Après avoir lu.* The *Avant de lire* section will help you prepare for each new reading while the *En lisant* section will help you to focus on finding specific information within the passage while you read. The activities in these two sections are to be completed in English and are intended to help you to understand better what you are reading. The *Après avoir lu* section focuses on your reaction(s) to the reading passage and connects the information and issues raised to broader issues in your life and in society. The questions and activities in the *Après avoir lu* section are sometimes to be completed in English, sometimes in French, and occasionally it will be up to the instructor to specify which language is to be used. It is our intention that you read these passages without the aid of a French-English dictionary. In many cases there will of course be words that you do not understand. Strive, however, to use the context, the activities in *Avant de lire* and *En lisant,* and other reading techniques you will be learning in the textbook to help figure out the meaning of the passage.

Each writing assignment in this workbook begins by guiding you through a set of pre-writing activities designed to help prepare you for the activity itself. It is important to carry out these preliminary steps and to do so in French. Get into the habit of thinking in French about each topic you are asked to write about, and concentrate on writing what you know how to express in French that you have learned, as opposed to trying to use overly complicated words and structures. You should not need to consult a French-English dictionary to complete the writing assignments and doing so may well be inappropriate, since word-for-word translations from one language to another are often unsuccessful.

The exercises and activities in the ***Chez nous*** section that concludes each chapter are designed to stretch your knowledge of the people and cultures in the various places in the world where French is spoken. Many of these activities require you to work with reference materials such as encyclopedias or atlases, in English or in French. It is our hope that these activities will be enjoyable and lead you to a deeper understanding of the richness and variety of the francophone world and the people who live there.

To the instructor:

In addition to the points made in the preceding section, we would add the following: In the *Après avoir lu* subsection of the *Lisons* section when you wish students to write in French, prepare them for the writing process by leading them through the activity. Also, whenever possible, give them additional opportunities to develop their writing skills, for example, through the submission of rough drafts, peer editing, and the process-writing techniques used in the *Écrivons* sections of the workbook.

Most of the activities in the *Chez nous* section can be completed in either French or English, depending on the skill level and interests of the class. Be sure to tell students what language you wish them to use when you assign the activities. If you decide to have them complete an activity in French, prepare them appropriately as just discussed.

Note that the *Écrivons* section sometimes asks students to disclose personal information and opinions. If some students do not feel comfortable writing in a personal vein, you may want to encourage them to take on a fictitious persona so that they will not feel ill at ease.

Acknowledgements

We wish to thank our colleagues John Greene, Anne Greenfeld, Arianne Pfenninger, Marilyn Schuler and especially Wendy Pfeffer for their encouragement and help in locating suitable and interesting reading selections. Many thanks to Jocelyne Cross, Danielle Day, Eric Jourdain, and Josette Kearns, who answered numerous questions about French usage and read over several drafts. We would also like to thank Corinna Stephens for her invaluable assistance in word processing. Finally we wish to thank the textbook authors, Albert Valdman and Cathy Pons, and our editor Barbara Lyons for her comments, helpful suggestions, and encouragement throughout the entire writing process.

Table of Contents

Workbook

Lab Manual

Chapitre 1: Ma famille et mes activités

Première partie: Voici ma famille

POINTS DE DÉPART

1-1 La famille de Fabienne. Complete the passage as if you were Eric's sister Fabienne.

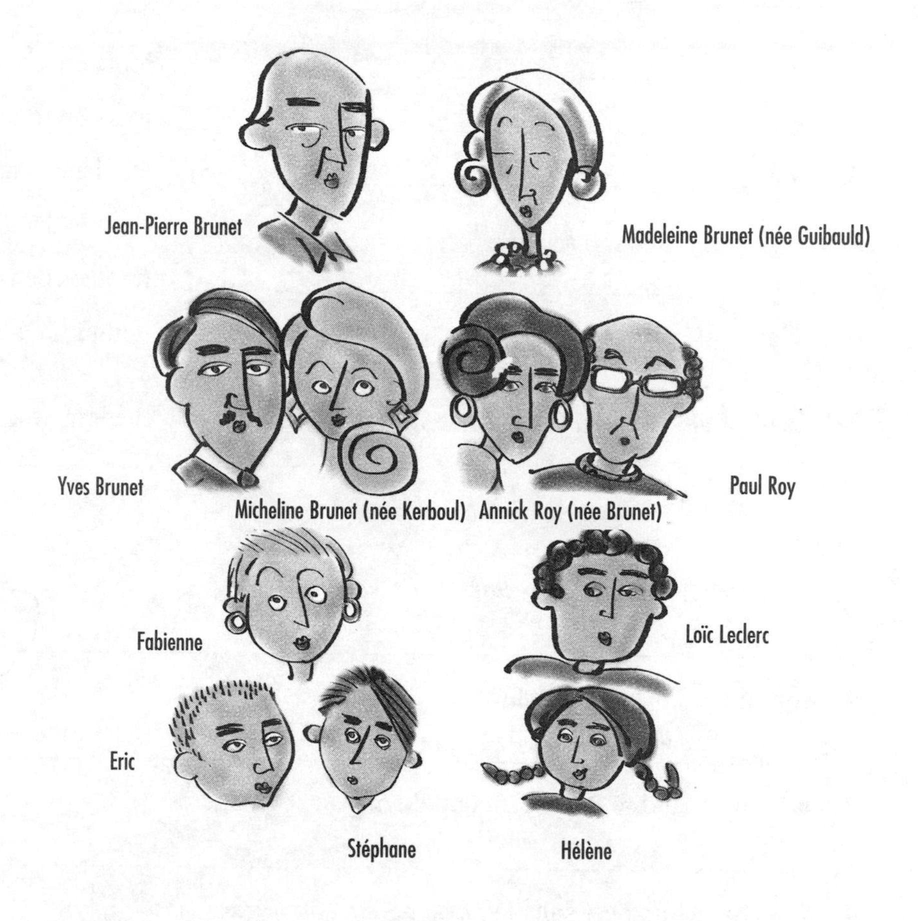

Salut, je m'appelle Fabienne et je te présente ma famille. J'ai deux frères, Éric et Stéphane. Ma ____mere____ (1) s'appelle Micheline et mon ____père____ (2) s'appelle Yves. Madeleine et Jean-Pierre Brunet sont mes ____grand parents____ (3). Mon père a une ____souer____ (4) qui s'appelle Annick. Elle est mariée. Son ____mariée____ (5) s'appelle Paul. Annick est ma ____tante____ (6) et Paul est mon ____l'oncle____ (7). J'ai deux ____cousine____ (8), Loïc et Hélène. J'aime bien ma famille!

1-2 Ma famille. Now it's your turn. Sketch your family tree on a separate sheet of paper. Then, write a few sentences about your family using Fabienne's statements as a model.

Salut, je m'appelle Jad et Je te présente ma famille. J'ai deux frères, Jordan et Gunnar! a quatre souers, Brittany, Ariel, Hilary, a Chelsea. Ma mere s'appelle Susan et mon père s'appelle David.

____

1-3 Il y en a combien? Tell how many of the following things or people there are by writing out the number in the blank.

MODÈLE: Il y a trente jours en avril.

1. Il y a trente et un jours en janvier.
2. Il y a ______ jours en tout en septembre, octobre et novembre.
3. Il y a vingt et un étudiants dans le cours de français.
4. Il y a vingt et un chaises dans la classe de français.
5. Il y a dix-sept femmes dans la classe de français.
6. Il y a trois hommes dans la classe de français.

1-4 Ce n'est pas possible! Correct the illogical statements by changing the words in italics.

MODÈLE: Ma mère a *quatorze* ans.
Ma mère a quarante-quatre ans.

1. Mes parents habitent *la résidence universitaire*.
Mes parents habitat une maisan.
2. Mon lit est *sur* mon bureau.
Mon lit est sur mon bureau.
3. Dans ma chambre, j'ai beaucoup de *lits* sur les étagères.
Dans ma chambre, jai beaucoup de livre sur les étagères.
4. Mon chat Minou est sous la *porte de ma chambre*.
Mon chat Minou est sous ma fenêtre de ma chambre.
5. Chez moi, il y a des *plantes vertes* aux murs.
Chez moi, il y a des photographie aux murs.

1-5 À chacun sa chambre. Based on their descriptions, imagine what each of the following people have in their rooms.

MODÈLE: une étudiante sérieuse: un lit, un bureau, des livres, un ordinateur…

1. une femme âgée: ______
2. un couple riche: des glase, un ordinateur, un chaise, etc.
3. un homme réservé: ______
4. un petit garçon de 8 ans: un affiche, un choise, des livres, un
5. une fille de 15 ans: un affiche, un chaise, des livres, un bureau, un cahier, des devoirs.

nom: ______________________ date: ______________________

1-6 Une chambre de rêve. Imagining that money is no object, decide what you would like to have in your ideal room. First, brainstorm on a separate sheet of paper by making a list of objects and then write four to five sentences below describing your dream room.

____

____

____

Formes et fonctions

Le genre et les articles

1-7 C'est quel genre? Your friend is helpless at French and asks you to look over his composition. Provide the indefinite and definite articles he has left out.

J'habite dans _une_ résidence universitaire. J'ai __la__ (1) chambre assez agréable. J'ai __le__ (2) voisin sympa qui s'appelle Jean-Luc. Jean-Luc n'est pas américain mais nous avons des intérêts en commun. Par exemple, nous aimons __une__ (3) basket, __les__ (4) musique, et __les__ (5) espagnol. Jean-Luc est dans ma classe d'espagnol. Heureusement, nous avons __un__ (6) excellent professeur. __le__ (7) prof est toujours énergique. Dans notre classe, il y a __un__ (8) platine laser, __un__ (9) ordinateur, __une__ (10) chaîne-stéréo, __un__ (11) magnétoscope, et __une__ (12) télé. C'est ______ (13) salle très moderne, n'est-ce pas? On a de la chance!

Le nombre

1-8 Où sont mes clés? Jean-Luc is quite unorganized and can never find his keys in the mounds of things piled on his desk. Give him some suggestions about where they might be.

MODÈLE: Peut-être qu'elles sont *sous les livres.*

1. Peut-être qu'elles sont __sur un bureau.__
2. Peut-être qu'elles sont __derriére un ordinateur.__
3. Peut-être qu'elles sont __enface un etagère.__
4. Peut-être qu'elles sont __devant tu face.__

Les pronoms sujets et le verbe **avoir**

1-9 La famille. Tell how many family members or pets each person has.

MODÈLE: Ma grand-mère a huit petits-enfants.

1. Mon oncle ______
2. Je/J' ______
3. Ma sœur et moi, nous ______
4. Mes grands-parents ______
5. Ma tante ______
6. Mon père ______

1-10 Qu'est-ce qu'il y a dans les sacs à dos? Imagine what the following people have in their backpacks.

MODÈLE: Dans votre sac à dos, vous avez des cahiers, un stylo, et trois livres.

1. Dans son sac à dos, mon frère ______
2. Dans leur sacs à dos, mes amis______
3. Dans nos sacs à dos, nous ______
4. Dans mon sac à dos, je/j' ______
5. Dans ton sac à dos, tu ______

Les adjectifs possessifs

1-11 Une grande famille. Indicate the relationships between the family members.

MODÈLE: M. et Mme Fleur: Sylvie, Clément et Christine sont leurs enfants.

1. Clément Fleur: Christine et Sylvie sont ______
2. M. Lefranc: Mme Lefranc est ______
3. Christine: Edouard est ______
4. Sylvie et Clément: Christine est ______
5. Edouard: M. et Mme Lefranc sont ______
6. Christine: Mme Lefranc est ______

nom: ______________________ date: ______________________

1-12 Les jumelles. Imagine that you and your twin sister are sorting through your belongings since you have new jobs in different cities. Fill in the blanks with the correct form of the possessive adjective.

Voici _tes_ livres, _tes_ (1) plantes, _ton_ (2) ordinateur, et _ta_ (3) radio-réveil. Est-ce que tu as _mes_ (4) livres, _mon_ (5) magnétoscope, _ma_ (6) cassettes, _ma_ (7) disques compacts, et _ma_ (8) chaîne-stéréo? Bon, mais nous avons des choses en commun. Quel problème! Qui va prendre _notre_ télévision, _notre_ (9) tapis, _notre_ (10) rideaux, et _nos_ (11) étagères? Demandons à Maman.

1-13 Qui a quoi? You and your housemates are always borrowing things. You want to find out who has what before vacation. Write notes to your four housemates telling what you have and asking for what you don't have.

MODÈLE: Julie, j'ai tes vidéocassettes et ton baladeur. Tu as ma calculatrice? Lynn

1. ______________________
2. ______________________
3. ______________________
4. ______________________

LISONS

1-14 Avant de lire. The text below is a movie review whose purpose is to promote ***La Famille Addams*** which features a rather bizarre family. Before you read the passage, answer these questions in English.

1. Have you ever seen the Addams family on television or at the movies? If you have, make a list of the characters you remember. What are the family relations between them?

____

____

____

2. If you have never seen the Addams family, chose another television or movie family with which you are familiar. List the main characters and their family relationships.

____

____

____

1-15 En lisant. As you read, look for and provide the following information.

1. Which relatives are mentioned in the passage?

______ aunts	______ children	______ grandmother	______ sister
______ baby	______ cousins	______ husband	______ stepsister
______ brother	______ father	______ mother	______ uncles

2. Based entirely on information provided in the text, sketch a family tree for the Addams.
3. Complete the chart with information from the passage.

LA FAMILLE ADDAMS
Originally created in ... ______________________________
Original creator: ______________________________
Series first aired in ... ______________________________
French name of series: ______________________________
French name of current movie: ______________________________

Sortie du second épisode de *La Famille Addams* au cinéma: *Les Valeurs de la famille Addams.*

Monstres

Une Famille en Or

Wednesday et Pugsley, les enfants, sont au cimetière, en train d'enterrer le chat. Vivant, naturellement. L'oncle Fester, sur le toit de la maison, hurle à la lune. Morticia, la maman, va avoir un bébé, ce qui fait très plaisir à Gomez, son mari... Bref, c'est une soirée ordinaire chez les Addams, une famille... pas très ordinaire!

Comme les Simpson Les Addams sont une institution aux États-Unis. Ils ont été créés dans les années 30 par le dessinateur Charles Addams .... En 1964, la chaîne américaine ABC ... [produit] un feuilleton avec ses personnages, *La Famille Monstre* ... La série est devenue un classique. Du coup, l'année dernière, elle ... [est] pour la première fois adaptée au cinéma. Aujourd'hui, ce deuxième épisode, avec de nouveaux personnages (Pubert, le bébé ... moustachu) est encore plus drôle, et encore plus fou que le premier.

Source: Florence Tredez, *L'Événement junior*, 16 décembre 1993

1-16 Après avoir lu. Now that you've read the review, answer these questions, in English, on a separate sheet of paper.

1. How well did your recollections of the Addams family correspond to the characters mentioned in the text? Which characters did you not mention? Were there any characters you listed who were not mentioned in the movie review? Which ones?
2. In your opinion, how well does the review succeed in making the reader want to see the film. What else might the author have included to make the movie even more appealing?

nom: ______________________ date: ______________________

ÉCRIVONS

1-17 À sous-louer. You are going to Québec for the summer and would like to sublet your living space to another student. On a separate sheet of paper, make a list of what you own that he or she can use in your absence. Then compose a paragraph about your possessions.

MODÈLE: *Dans mon appartement, j'ai une chaîne-stéréo et une télévision. J'ai deux ordinateurs aussi. Dans ma chambre il y a un bureau ancien et des étagères…*

1-18 L'étudiante étrangère. You are applying to host an exchange student from Belgium. Write a short statement describing your family and the student's room. Follow the steps outlined below, in French, on a separate sheet of paper.

- List the members of your family, their names and their ages
- List what is in the room where the student will be staying
- List what is not in the room.
- Compose a two paragraph letter incorporating the above information

MODÈLE: *ma mère, mes deux sœurs, Stéphanie (17 ans), Marie (15 ans), mon chat,…*
un lit, un bureau, une chaise, deux étagères…
une télévision, une chaîne-stéréo…

Il y a trois personnes dans notre famille: une mère et deux filles, Stéphanie et Marie. Stéphanie a 17 ans et Marie a 15 ans. Nous avons un chat qui s'appelle Cléo. Nous avons une grande maison dans le Michigan…

Dans la chambre de l'étudiant(e), il y a un lit, un bureau avec une chaise… Il n'y a pas de chaîne-stéréo et il n'y a pas de télévision non plus…

Deuxième partie: Mes activités préférées

POINTS DE DÉPART

1-19 Que pensez-vous? Tell how you feel about certain activities using the following verbs of preference: **je déteste, j'aime, j'aime beaucoup, j'adore.**

MODÈLE: _J'adore_ regarder une pièce de théâtre.

1. J'adore chanter dans une chorale.
2. j'aime beaucoup dîner au restaurant.
3. j'aime beaucoup écouter du jazz.
4. j'aime beaucoup jouer au rugby.
5. je deteste travailler dans le jardin.

1-20 Vos activités préférées. What do you like to do at the following times?

MODÈLE: L'après-midi, *j'aime jouer au volley avec mes amis.*

1. Quand je suis chez moi, ______
2. Le matin, j'aime ______
3. Le soir, j'aime regarder une television
4. Quand je n'ai pas de devoirs, ______
5. Après mes cours, ______

1-21 Nous adorons les vacances! Complete the sentences to tell what members of your family like to do on vacation.

MODÈLE: Ma grand-mère aime beaucoup *travailler dans le jardin.*

1. J'aime lirer un livre.
2. Ma sœur aime bien ______
3. Mon père n'aime pas ______
4. Mon frère adore ______
5. Ma mère déteste ______
6. Mon grand-père aime beaucoup ______

nom: ______________________ date: ______________________

1-22 La semaine d'Yvonne. Yvonne left her calendar at your house and wants to confirm, over the telephone, the activities she has planned for the week. Looking at her calendar, answer her questions.

MODÈLES: Je n'ai pas d'examen cette semaine? *Si, tu as un examen de français lundi.*
J'ai une leçon de chant lundi? *Non, tu as une leçon de chant mardi.*

LUNDI
examen de français

MARDI
leçon de chant

MERCREDI
tennis avec Mireille

JEUDI
leçon de piano

VENDREDI
cinéma avec Jean-Pierre

SAMEDI
concert

DIMANCHE
chez Grand-mère

1. Je joue au rugby mercredi? Non, tu as un tennis avec Mireille.
2. Je n'ai pas de leçon de piano? Non, tu as une leçon de piano Jeudi.
3. Je ne dîne pas chez Mémé (grand-mère)? ______________________
4. Je vais au ciné avec Mohammed vendredi? Non, tu as un ciné avec Jean-Pierre Vendredi.
5. Je ne vais pas au concert ce week-end? ______________________

1-23 Un rendez-vous impossible. Yvonne is trying to schedule a time to get together with you. Every time she asks about your schedule, imagine that you are not free and tell her what your plans are.

MODÈLE: Tu n'as pas de cours ce matin? *Si, j'ai mon cours de français.*

1. Tu déjeunes chez MacDo à 8h30? ______________________
2. Tu ne travailles pas cet après-midi? ______________________
3. Tu n'études pas à la bibliothèque? ______________________
4. Tu n'as pas beaucoup de devoirs aujourd'hui? ______________________
5. Tu vas au cinéma avec nous après tes devoirs? ______________________

1-24 Mon agenda. Think about your schedule for the coming week and complete the chart with the days on which you have planned to do the following activities. Two spaces have been provided for you to write down your own activities. Put a star next to the activities that you always do on that particular day.

ACTIVITÉ	MODÈLE	VOUS
avoir le cours de français	*lundi, mercredi, vendredi	
travailler	*mardi, jeudi	
avoir un examen	mardi (biologie)	
	xxxxxxxxxxxxxxxxxxxxx	
	xxxxxxxxxxxxxxxxxxxxx	

1-25 Mon emploi du temps. Using your responses to 1-24, write a short paragraph about your activities on a separate sheet of paper.

MODÈLE: *J'ai mon cours de français le lundi, le mercredi, et le vendredi. Mardi, j'ai un examen de biologie. Le mardi et le jeudi, je travaille. Cette semaine, je…*

Formes et fonctions

Verbes en -er

1-26 Une journée en famille. Indicate what each member of the Dupont family is doing this morning.

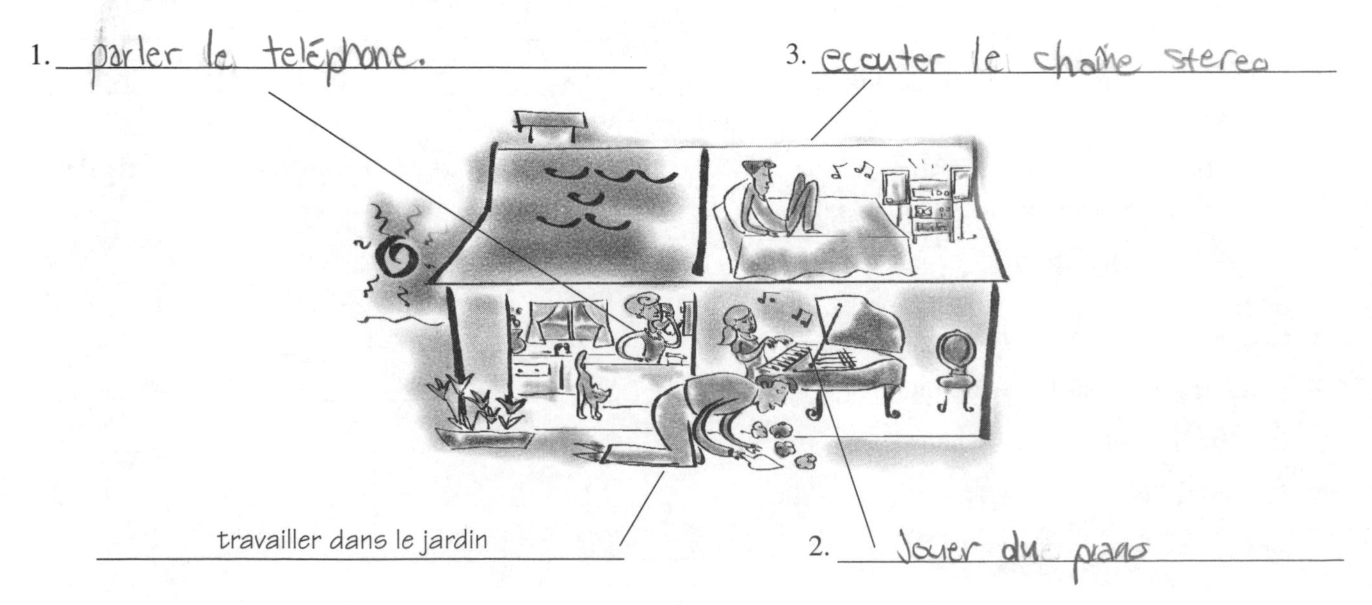

nom: ______________________ date: ______________________

1-27 Les activités préférées des stars. Imagine what the following people like to do.

MODÈLE: Oprah Winfrey: *Elle aime parler avec ses amis.*

1. Martina Navratalova: ______________________
2. Michael Jordan: aime jouer au basket.
3. Louis Armstrong: aime jouer de trumpet avec jazz.
4. The Frugal Gourmet: aime preparer de diné.
5. Siskel and Ebert: aime regarder un films.

Les questions

1-28 La curiosité. You've just met a really interesting person from a francophone country. Using the verbs given, ask yes/no questions to find out more about his/her life.

MODÈLE: étudier: *Tu étudies l'anglais?*

1. travailler: ______________________
2. jouer/instrument: ______________________
3. jouer/sport: ______________________
4. habiter: ______________________
5. écouter: ______________________
6. aimer: ______________________

1-29 Qu'est-ce que c'est? A disoriented French-speaking Martian lands on your campus and needs your help. Write the questions he might ask as he indicates items in the classroom.

MODÈLES: *C'est un stylo, n'est-ce pas?*
C'est une fenêtre, n'est-ce pas?

1. ______________________
2. ______________________
3. ______________________
4. ______________________

1-30 Vous êtes compatibles? You are interviewing a potential roommate to be sure that you are compatible. Ask questions about the following aspects of his/her life, using est-ce que.

MODÈLE: le matin: Est-ce que tu aimes écouter de la musique le matin?

1. le travail: ______________________________

2. les études: ______________________________

3. la famille: ______________________________

4. les sports: ______________________________

5. les jeux: ______________________________

L'impératif

1-31 Attention mon petit! You are babysitting a little boy named Calvin and he is misbehaving. When he does something wrong, tell him what to do or not to do.

MODÈLE: Il mange beaucoup de chocolat. Ne mange pas de chocolat!

1. Il ne ferme pas la porte. ______________________________

2. Il regarde la télé tout l'après-midi. ______________________________

3. Il n'écoute pas vos suggestions. ______________________________

4. Il ne joue pas dans sa chambre. ______________________________

5. Il ne va pas au lit. ______________________________

1-32 Les projets. Your friend makes suggestions about what everyone should do, but you don't agree. Using the verbs below, play both roles.

MODÈLE: (aller au parc) –Allons au parc
–Mais non, n'allons pas au parc

1. (étudier chez nous) – ______________________________
____

2. (jouer au hockey) – ______________________________
– ______________________________

3. (chanter) – ______________________________
– ______________________________

4. (préparer un repas) – ______________________________
– ______________________________

1-33 Une visite chez vous. Your aunt and uncle are coming for a visit. Make a list directing them as to what they should do and see while they are in town. Use the following verbs: **aller, dîner, écouter, jouer, regarder.**

MODÈLE: Allez au Musée d'Art Moderne.

1. ______________________________
2. ______________________________
3. ______________________________
4. ______________________________

LISONS

1-34 Avant de lire. Before you read this text about the growing interest of the French in sports, answer the following questions in English.

1. Do you agree with the statement: "The way Americans spend their free time reflects their values and goals in life"? Why or why not?

____

____

____

2. What activities or sports would you expect to be mentioned in this passage discussing the French and sports?

____

____

____

1-35 En lisant. As you read, look for the following information.

1. According to the title, what percentage of French men participate in sports?
2. Compared to twenty years ago, has the number of French people who belong to a sporting association increased or decreased? By approximately how much?
3. Give two reasons why people engage in sports according to this passage.
4. The passage mentions that the increasing popularity of sports is tied to the rise in sporting facilities. Name three types of facilities mentioned in the article.

Les activités physiques

Les trois quarts des hommes et la moitié des femmes se livrent à une activité sportive plus ou moins régulière.

Les Français sont de plus en plus nombreux à pratiquer une activité sportive, même occasionnellement. Les effectifs des associations sportives ont d'ailleurs beaucoup progressé au cours des douze dernières années: elles regroupent aujourd'hui plus d'un Français sur cinq. 13,3 millions étaient licenciés d'une fédération en 1993; leur nombre a presque triplé en vingt ans.

L'accroissement de la pratique du sport répond à un désir, collectif et inconscient, de mieux supporter les agressions de la vie moderne par une meilleure résistance physique.... Le sport est devenu aujourd'hui un moyen d'accroître les performances individuelles, en particulier dans la vie professionnelle.

Cette évolution a été favorisée par le développement des équipements sportifs des communes (gymnases, piscines, courts de tennis, terrains de plein air) et les investissements privés (golfs). Enfin, l'accroissement du temps libre et du pouvoir d'achat ont permis aux Français de s'intéresser au sport.

Source: Gérard Mermet, *Francoscopie 1995*

1-36 Après avoir lu. Now that you've read the text, complete the following activities on a separate sheet of paper.

1. In addition to the reasons given in the passage for the growing importance of sports in France, list some other potential factors which may have contributed to this phenomenon.
2. In your opinion, have sports and physical activities become more important to Americans as well? Provide examples to support your view.

ÉCRIVONS

1-37 Des petites annonces. Your best friend doesn't have the best of luck when it comes to romance. You decide to help out by placing a personal ad in your school newspaper. Follow the steps outlined below, in French, on a separate sheet of paper.

- Identify your friend (without stating your friend's name) and give his/her age.
- Make a list of five activities that s/he likes to do, rating them on a scale from 1 to 10 (10=**adore**, 5=**aime bien**, 1=**déteste**).
- Identify the type of person you are seeking and give his or her age.
- Make a list of five things this person should like or should not like to do.

Write an ad incorporating your information, and following the model.

MODÈLE: jeune fille, 20 ans
jouer au tennis-10
travailler dans le jardin-8
étudier-1
jeune homme, 25 ans
jouer au tennis
ne pas travailler à la bibliothèque

Jeune fille, 20 ans, qui adore les sports et qui aime jouer au tennis cherche jeune homme, 25 ans, qui aime jouer au tennis et au golf, et qui travaille dehors.

Chez nous: Des francophones de chez nous

1-38 Le Codofil. Match the slogans from Codofil (**Conseil pour le développement du français en Louisiane**) in the column on the left with the English translations in the column on the right.

___ 1. Vive la différence, la Louisiane est bilingue.
___ 2. Allons parler français avec nos enfants.
___ 3. Sans les écoles, le français est foutu.
___ 4. On est fier de parler français.
___ 5. Ici, on parle français. Faites votre demande en français.
___ 6. Une personne qui parle deux langues vaut deux personnes.
___ 7. Parler français, ça ouvre des portes.

a. French is spoken here. Make your request in French.
b. Speaking French opens doors.
c. We're proud to speak French.
d. Without the schools, French is lost.
e. Let's speak French with our children.
g. Celebrate our differences, Louisiana is bilingual!
f. A person who speaks two languages is worth two people.

1-39 Les slogans. With a partner, think of a few catchy slogans to encourage the study of French in your region. List these slogans on a separate sheet of paper and ask your teacher or more advanced students of French for help in translating them into French.

1-40 Le français louisianais. Using the dialogue in Louisiana French in your textbook as a model, write a short dialogue between two people who are meeting for the first time in Louisiana on a separate sheet of paper. Here are a few more Louisiana French expressions which may be helpful:

LOUISIANA FRENCH	STANDARD FRENCH
Comment les affaires?	Comment ça va?
Joliment bien, et avec vous autres?	Très bien et vous? (pluriel)
Ça se plume!	Ça va très bien!

LISONS POUR EN SAVOIR PLUS

1-41 Avant de lire. Before you read this article about Codofil, an organization in Louisiana dedicated to promoting the use of French, answer the following questions in English.

1. The title of this article is **«Miracle franco-américain dans les bayous».** Given what you've learned about Francophone Louisiana from your textbook, what do you think the miracle is?

____

____

2. List some reasons why the French language would be threatened in Louisiana.

____

____

3. What are some ways to protect a language like French in Louisiana?

____

____

____

1-42 En lisant. As you read, look for and provide the following information in English.

1. Name two things associated with Louisiana which are mentioned in the opening sentence.

____

2. Who does the article credit with saving French in Louisiana?

____

3. What is the name of the organization he founded? ______________________

4. Name at least two things that this organization has done to promote French in Louisiana.

____

____

5. What percent of schools in Louisiana have French programs? ______________________

6. The article states that French is taught by 750 teachers, many from a francophone country. How many people of the following nationalities are teaching in Louisiana?

French ______________ Belgian ______________ French Canadians ______________

1-43 Après avoir lu. Now that you've read the article, complete the following activities, in English, on a separate sheet of paper.

Miracle franco-américain dans les bayous

Parle-t-on encore le français au pays des bayous, des maisons à colonnes, des pélicans blancs et des trompettistes noirs? La réponse est oui et même de plus en plus. Mais, c'est miracle....

Miracle, mais non fait du hasard. Volonté d'un homme, James Domengeaux, ce grand avocat d'affaires de Lafayette, mort il y a deux ans, «Jimmie», ... Jimmie a engagé le combat.... Et l'épopée du Conseil pour le développement du français en Louisiane (Codofil) a commencé, avec son programme d'enseignement intensif, de bourses, de stages et d'appel aux enseignants étrangers. La Louisiane... est devenue bilingue. Vingt ans après... plus de 70% des écoles louisianaises ont un programme de français. Ils sont 85 000 élèves à l'étudier dans les écoles élémentaires, 25 000 dans les lycées et les inscriptions pour les cours de français croissent d'année en année.

Cet enseignement est donné par sept cent cinquante professeurs, dont soixante-cinq Français, quatre-vingt-douze Belges et vingt et un Québécois.... Menacé de disparition comme le pélican (emblème de la Louisiane), le français reprend, tel l'oiseau de mer, lentement mais sûrement son vol.

Source: Michel Tauriac, *Géo,* août 1990

1. What reasons can you give to support the view that the continued presence of French in Louisiana is a "**miracle**"? (Hint: Look at the poem **Schizophrénie linguistique** in your text).
2. Name some reasons why studying French might be more important for children and students in Louisiana than in other regions of the US.

Première partie: Notre caractère et physique

POINTS DE DÉPART

2-1 La famille et les amis de Maryse. Supply several appropriate adjectives to describe Maryse and each of the members of her family or friends shown.

MODÈLE: Maryse: *calme, jeune, raisonnable*

1. Jean-Jacques: ______________________________
2. son grand-père: ______________________________
3. Guy: ______________________________
4. Marie-Laure: ______________________________
5. sa mère: ______________________________

2-2 Au contraire. You are revising a short story to make the protagonist more likeable. Begin by making each of the adjectives and descriptive expressions more positive.

MODÈLE: agité: *calme*

1. réservé: ______________________________
2. pessimiste: ______________________________
3. têtu: ______________________________
4. pénible: ______________________________
5. détestable: ______________________________
6. de mauvaise humeur: ______________________________

nom: ______________________ date: ______________________

2-3 Les nuances. Using the words below, describe the personality of each person in the list.

calme	sage	raisonnable	sympa	aimable	de bonne humeur
sociable	super	formidable	optimiste	idéaliste	conformiste
adorable	jeune	excentrique	antipathique	pénible	de mauvaise humeur
trop	vraiment	très	assez	tout	toujours
souvent	quelquefois				

MODÈLE: votre mari: *assez calme, souvent optimiste, quelquefois de mauvaise humeur*

1. votre père: ______________________
2. votre frère: ______________________
3. votre prof de langue: ______________________
4. votre camarade de chambre: ______________________
5. votre meilleur(e) ami(e): ______________________

2-4 Les retrouvailles. Your sister was unable to attend your annual family reunion picnic this summer but wants to know how everyone looks. Imagine how these people look and describe them for her.

MODÈLE: la sœur de Brahim: *Elle est blonde, belle et mince.*

1. la femme de Bill: ______________________
2. notre tante Anne: ______________________
3. la mère d'Angèle: ______________________
4. cousine Sarah: ______________________
5. notre grand-mère: ______________________

2-5 À chacune sa personnalité. Tell what these women are like, based on what they do.

MODÈLE: Michelle étudie beaucoup.
Alors elle est *sérieuse et ambitieuse.*

1. Bénédicte adore jouer au tennis et au basket.
   Alors elle est sportive.
2. Nathalie aime bien ses livres.
   Alors elle est ______________________
3. Isabelle est infirmière pour les personnes âgées.
   Alors elle est ______________________
4. Francine est prof d'anglais et adore voyager.
   Alors elle est ______________________
5. Linda est actrice à Paris.
   Alors elle est ______________________

Formes et fonctions

Le verbe être

2-6 Les familles. Complete the family descriptions with the appropriate form of **être**.

1. Les membres de ma famille _sont_ très semblables. Par exemple, moi, j'adore les sports. Je ___suis___ (1) extrêmement sportif. Mon frère aussi, il ___est___ (2) doué pour les sports. Mes parents ___est___ (3) énergiques et en bonne forme, et ils jouent au tennis avec mon frère et moi. Nous ___sommes___ (4) toujours ensemble.
2. Jacques et sa famille ne ___êtes___ (1) pas du tout semblables. Lui, il ___est___ (2) individualiste, ambitieux et sociable. Ses parents ne ___êtes___ (3) pas comme ça. Sa mère ___est___ (4) assez conformiste et son père ___est___ (5) réservé. Et toi? Est-ce que tu ___es___ (6) comme ta famille? Ou est-ce que vous ___êtes___ (7) tous différents?

2-7 Soyez calmes! You are substitute teaching for the first time. Restore order in the class by making appropriate requests in each situation.

MODÈLES: Sophie et Isabelle ne vous écoutent pas. _Soyez_ *sages!*

Marie-Laure et Stéphanie sont difficiles. _Ne soyez_ pas pénibles!

1. Alain ne travaille pas. ___Sois___ discipliné!
2. Marceline est méchante avec ses amis. ___ne Soyez pas___ méchante!
3. Claire refuse de jouer avec ses amis. ___ne Sois pas___ égoïste!
4. Il y a une explosion à l'école. ___Sois___ calmes mes enfants!

2-8 Des photos de famille. Attach a snapshot of the members of your family to a separate sheet of paper and identify the people in the picture.

MODÈLE: *Sur cette photo, il y a ma mère. La dame âgée, c'est ma grand-mère. Devant la maison ce sont mes sœurs et mes deux chats.*

nom: ______________________________ date: ______________________

Les adjectifs

2-9 Qui se ressemble s'assemble. Explain how these people all tend to associate with others who are similar to themselves.

MODÈLE: Je suis très sérieuse, têtue et ambitieuse.
Mon mari, lui aussi, *il est sérieux, têtu et ambitieux.*

1. Marie-Claude est élégante, sympathique, et généreuse.

   Ses amies, elles aussi, ______________________________

2. Mon beau-père est réservé, sportif et roux.

   Ma mère, elle aussi, ______________________________

3. Sophie est gentille, patiente et amusante.

   Son ami, lui aussi, ______________________________

4. Marie est assez petite, jolie et intelligente.

   Son chien, lui aussi, ______________________________

2-10 Les intimes. Using the descriptive adjectives you've learned, write two or three sentences on a separate sheet of paper describing the important people in your life.

MODÈLE: votre grand-mère
Ma grand-mère est petite et mince. Elle est assez âgée mais très énergique. Elle est individualiste et très généreuse. Elle est formidable!

1. votre père/mère
2. votre grand-mère/grand-père
3. une sœur/un frère
4. un professeur
5. une tante/un oncle

Les pronoms disjoints

2-11 Devinettes. Based on context and grammatical clues, fill in the missing stressed pronouns.

MODÈLE: Sophie et __*toi*__, vous travaillez ce soir?

1. Isabelle et ____________________ , nous jouons au basket demain.
2. Patricia et____________________ , ils visitent Paris la semaine prochaine.
3. Jacques et ____________________ ? Ils ont trois enfants et un chien.
4. Philippe et ____________________ , vous êtes trop généreux. Merci.
5. Patrick et ____________________ ? Oui, Patrick, David et Edouard travaillent ensemble.

2-12 Ah non! Your sister never gets it right when it comes to assessing character. Set the record straight, by contradicting each of her statements.

MODÈLE: Je suis généreuse. *Ah non, toi, tu es égoïste!*

1. Tu es pénible. ______________________________
2. Bruno et Marc sont conformistes. ______________________________
3. Sarah et Suzanne sont réservées. ______________________________
4. Nous sommes paresseux. ______________________________
5. Vous êtes jeunes, tous les deux. ______________________________

LISONS

2-13 Avant de lire. The text you will read below is comprised of several verses from Georges Moustaki's song ***Elle est elle…***, which evokes an unnamed woman's complex, apparently contradictory personality. Before you read, answer these questions in English.

1. List some adjectives that describe you…

   on a good day: ______________________________

   on a bad day: ______________________________

2. Are any of the adjectives you listed in (1) contradictory? Which ones? Do you think that most people are contradictory in some ways at some times?

   ____

2-14 En lisant. As you read, you will note that in each line, the woman is described with adjectives or descriptive words that have opposite meanings. Indicate what some of her opposing qualities are by completing the chart, in English, with appropriate words.

calm	rebellious
	lace
chaste	
child-like	
fleeting	
Mozart	Ravel
	cinnamon
	spark

nom: ______________________________ date: ______________________

Elle est elle…

Elle est docile elle est rebelle
Elle est changeante et éternelle
Elle est blue-jean elle est dentelle
Elle est vestale elle est charnelle
Elle est gamine elle est femelle
Elle est fugace elle est fidèle
Elle est Mozart elle est Ravel
Elle est passion elle est pastel
…
Elle est piment elle est cannelle
Elle est la poudre et l'étincelle
Elle est docile elle est rebelle
Elle est changeante et éternelle
Elle est elle est elle est elle est…

Source: Georges Moustaki

2-15 Après avoir lu. Now that you've read the text, complete these activities on a separate sheet of paper. Respond in English unless otherwise noted.

1. How does this song illustrate the complexity of this woman's personality?
2. Do you think that most people could be described in terms of such opposite qualities? Why or why not?
3. Using this song as a model, write a poem in French about someone you know. Before you begin, make a list of adjectives which describe the person and provide their opposites.

ÉCRIVONS

2-16 Les stéréotypes. A French exchange student asks you to explain some typical American stereotypes. On a separate sheet of paper, give information about each stereotype, describing the person's personality, appearance, and activities.

1. A macho man ______________________________
2. A jock or a jockette ______________________________
3. A hunk or a babe ______________________________

2-17 Les liaisons dangereuses. You work at a dating service. Your job is to interview candidates and find their ideal match. You have just interviewed two candidates who will make the perfect couple. Write up a description of each, to be mailed to the match. Follow the steps outlined below, in French, on a separate sheet of paper.

- Name the two people involved
- Include three adjectives about each one's appearance
- Include three adjectives about each one's personality
- Tell what kinds of activities they often engage in

MODÈLE: Jean-Marc

blond, pas très grand, beau
vraiment sportif, assez sociable et aimable
jouer au volley, au tennis, écouter la musique classique

Marie-Claire

rousse, de taille moyenne, jolie
très énergique, gentille, aimable
parler au téléphone, jouer au tennis, regarder les films d'aventures

Jean-Marc est un homme blond et pas très grand. Il est assez sportif, et il joue souvent au tennis et au volley. C'est un homme sociable et probablement aimable.

Marie-Claire est une jeune femme de taille moyenne. Elle est rousse et jolie. Elle est aussi aimable. Elle parle au téléphone avec ses amis et regarde les films d'aventures. Elle est probablement sportive parce qu'elle joue au tennis.

nom: ______________________ date: ______________

Deuxième partie: Comment les autres nous voient

POINTS DE DÉPART

2-18 Qu'est-ce que c'est...? Identify the clothing that Annick and M. Jourdain are wearing.

1. ______________
2. ______________
3. ______________
4. ______________
5. ______________
6. ______________
7. ______________
8. ______________

2-19 Les gens et les vêtements. Based on their descriptions, imagine what the following people would be likely to wear.

MODÈLE: une jeune fille de 17 ans, sociable et sympa: *un jean, un tee-shirt, et des sandales*

1. une jeune fille de 9 ans, énergique et sportive: ______________
2. un jeune homme de 24 ans, individualiste et drôle: ______________
3. une femme de 35 ans, élégante et sérieuse: ______________
4. un homme de 40 ans, travailleur et ambitieux: ______________

2-20 Les couleurs et les fêtes. What colors are usually associated with these holidays?

MODÈLE: le 25 décembre *le rouge et le vert*

1. le 14 février ______________
2. le 17 mars ______________
3. le 14 juillet ______________
4. le 31 octobre ______________
5. du 26 décembre au 1er janvier ______________
(Kwaanza)

2-21 Qu'est-ce qui va bien avec...? Help your friends decide what they should wear with the item of clothing given.

MODÈLE: une jupe bleue? *un chemisier rose, un collant blanc et un foulard bleu*

1. un pantalon beige? ______________________________

2. un pullover violet? ______________________________

3. un tee-shirt vert? ______________________________

4. une veste marron? ______________________________

5. une robe noire? ______________________________

2-22 Les compliments. Choose an expression from the column on the right that would be a natural response to the compliment given in the column on the left.

___ 1. Tu danses bien.

___ 2. J'aime bien vos bottes.

___ 3. Vous parlez très bien le français.

___ 4. Il est chic, ton pull.

___ 5. Votre robe est très élégante.

a. Vous trouvez?

b. Ah! Pas toujours!

c. Oh! Elles ne sont pas un peu démodées?

d. Oh! Pas vraiment.

e. Tu trouves?

Formes et fonctions

L'adjectif démonstratif

2-23 Un défilé de mode. Complete the following excerpt from a Parisian fashion show with the correct form of the demonstrative adjective.

Cette fille porte une jupe rouge avec un chemisier. ____________ (1) chemisier coûte 99 francs et ____________ (2) jupe coûte 250 francs. ____________ (3) vêtements se trouvent au deuxième étage du magasin. ____________ (4) femme porte un tailleur rose avec un chemisier blanc, un foulard multicolore et des jolies chaussures. ____________ (5) chaussures sont moins chères aujourd'hui et ____________ (6) foulard peut se trouver au rayon «Mode». ____________ (7) homme porte un imperméable beige avec des gants chics. ____________ (8) imperméable est très pratique. ____________ (9) gants sont un peu chers mais très élégants.

nom: ____________________ date: ____________________

2-24 Aux Galeries Lafayette. Complete the following bits of conversation with demonstrative and descriptive adjectives.

MODÈLE: —Regarde, Maman, j'aime _cette_ belle robe.
—Pas moi! _Cette_ robe est un peu _démodée._

1. —Regarde Isa, j'aime bien ____________ chaussures chic.
   —Moi aussi, ____________ chaussures sont assez ____________ .
2. —Regarde, je n'aime pas ____________ chemisier. Il n'est pas beau.
   —Tu trouves?____________ chemisier est ____________ .
3. —Regarde Stéphanie, j'aime ____________ chemise. Elle est super.
   —Pas moi! ____________ chemise est ____________ .
4. —Regarde Paul, j'aime bien____________ imperméable.
   —Moi aussi,____________ imperméable est ____________ .

La comparaison des adjectifs

2-25 Faisons du shopping! Compare the different stores and brands of clothing. (Note: Le Printemps is like Bloomingdale's and Monoprix and Carrefour are like K-Mart).

MODÈLE: les robes de Sears / les robes de K-Mart / cher
Les robes de Sears sont aussi chères que les robes de K-mart.

1. les jeans de Gap / les jeans Levi's / chic
   ____
2. les manteaux de Monoprix / les manteaux du Printemps / cher
   ____
3. les chaussures du Printemps / les chaussures de Carrefour / chouette
   ____
4. les complets de chez Christian Dior / les complets de J.C. Penney's / cher
   ____
5. les chemisiers de Bloomingdale's / les chemisiers de Macy's / chic
   ____

2-26 Comparaisons. On a separate sheet of paper, write two to three sentences comparing each pair of people.

MODÈLE: deux personnes dans votre famille
Ma sœur est plus petite que mon père. Bien sûr, mon père est plus âgé qu'elle et il est moins sportif qu'elle. Mais, elle est aussi sociable que lui.

1. deux personnes dans votre famille
2. deux de vos professeurs
3. deux de vos camarades de classe

2-27 Qu'est-ce que vous pensez? Decide who is the most… or the leas…

MODÈLE: vous / votre prof de français / le président des USA [+riche]
Le président des USA est le plus riche.

1. vous / votre père / votre camarade de chambre [+grand]

____

2. la reine d'Angleterre / votre mère / la femme du président des USA [+élégant]

____

3. vous / votre mère / votre grand-mère [- conformiste]

____

4. vous / votre grand-père / votre prof de français [-sportif]

____

5. votre meilleur(e) ami(e) / votre sœur / vous [+sociable]

____

Les verbes comme **préférer**

2-28 Des préférences, des suggestions et des espoirs. Complete each sentence with the correct form of a verb chosen from the following list: **espérer, préférer, répéter, suggérer.**

MODÈLE: Jean-Claude ___préfère___ un jean avec un tee-shirt blanc.

1. Murielle et Sophie ____________________ visiter New York en avril.
2. Je ne sais pas quoi porter à la fête. Qu'est-ce que tu ____________________ ?
3. Nous adorons l'Afrique. Nous ____________________ voyager à Dakar en mars.
4. ____________________ réponse, s'il vous plaît.
5. Mon frère aime bien l'espagnol, mais je ____________________ le français.

nom: ______________________________ date: ______________________

2-29 Les préférences personnelles. Indicate the preferences of the following people.

MODÈLE: vous / le sport *Je préfère le volley et le basket.*

1. votre sœur/ les vêtements ______________________________
2. vos parents/ les activités ______________________________
3. votre ami(e) et vous/ la musique ______________________________
4. vous / les professeurs ______________________________

LISONS

2-30 Avant de lire. This text is an excerpt from an article in a French-Canadian magazine, ***L'Actualité,*** aimed at young people. The article is about different clothing styles popular among young Canadians. Before you read these descriptions, answer these questions in English.

1. This article describes the different "uniforms" that seem to characterize different groups of young people, while acknowledging that "clothes don't always make the man." (**«L'habit ne fait pas toujours le moine.»**) What different groups of students/people are there at your school and how do they tend to dress?

____

____

____

2. What items of clothing do you think will be mentioned in connection with each of the two groups mentioned in the article, **les skaters** and **les preps**?

____

____

____

2-31 En lisant. As you read, look for the following information.

1. What provided the inspiration for each group's way of dressing?

   Les skaters: ______________________________

   Les preps: ______________________________

2. Describe the clothes each group favors by filling out the chart.

LES SKATERS	LES PREPS
	Topsider shoes

Adolescents

La guerre des looks

À l'école, à chacun son uniforme, veste de cuir ou blouson sport. Mais l'habit ne fait pas toujours le moine.

Les skaters s'inspirent du style des ghettos américains. Adeptes inconditionnels du t-shirt porté par-dessus le pantalon de sport. Celui-ci se transforme l'été en bermuda fluorescent, aux motifs inspirés des graffiti....

Le preps Les mots preps et preppies viennent de Preparatory School. Étudiants bon chic bon genre, ils remettent à la mode le style des collèges privés américains. On les appelle parfois les Brébeuf. Ils portent des mocassins Top Sider, une cravate rayée, le veston d'un collège privé ou la veste d'une équipe universitaire (même l'Université du Québec à Montréal s'en est donné une l'an dernier). Mais c'est la griffe qui fait le vrai prep, qu'il s'agisse de Lacoste, Polo ou Roots. Les moins fortunés se contentent d'un t-shirt Vuarnet ou Benetton.

Source: Christian Roux, L'Actualité, 15 mai 1991

2-32 Après avoir lu. Now that you've read the text, complete the following activities on a separate sheet of paper. Respond in English unless otherwise noted.

1. What are the American versions of "**skaters**" and "**preps**"? Compare them to their Canadian counterparts.
2. Write a two or three sentence description, in French, of one of the following groups, which exist in Canada, as in the United States: **Le metal, Le rapper, Le skin.** Use the magazine excerpt as a model.

nom: ______________________ date: ______________________

ÉCRIVONS

2-33 Vos suggestions. On a separate sheet of paper, write notes giving people advice on what you think they should wear in the following situations.

MODÈLE: Your cousin is going to a concert and has backstage passes.
Je suggère ta robe noire très chic, avec un collant noir et tes chaussures noires et blanches.

1. Your little sister is going out on her first date. They are going to dinner and a movie.
2. Your roommate has been invited to play tennis with André Agassi.
3. Your mom and dad are going to the annual dinner sponsored by your mom's law firm.
4. Your teacher has won a French government award for excellent teaching and is attending an awards ceremony.

2-34 Une lettre d'introduction. You've been drafted to write a welcoming letter to the exchange student from Belgium your family will be hosting for a month. Follow the steps outlined below, in French, on a separate sheet of paper.

- Make a list of the members of your family.
- Include one or two descriptive adjectives for each one.
- List about four activities that you and your family enjoy.
- Make a short list of appropriate clothes for your region at this particular time of year.
- Compose a three paragraph letter that provides information about (1) you and your family, (2) your activities, and (3) appropriate clothes for the season.

MODÈLE: *ma mère: dynamique, sociable*
ma sœur Lynn: très sociable, petite, sportive
mon père: intelligent, ambitieux, travailleur, drôle
moi: sympa, sociable, énergique
jouer au volley
jouer aux cartes
regarder des films

Michigan en mars
un pullover, des gants, des bottes, un manteau…

Chère Bénédicte,
Je m'appelle Marilyn. J'ai une sœur, une mère et un père. Ma sœur Lynn est plus petite que moi et très sociable. Elle est sportive aussi...
Ma famille et moi, nous aimons jouer au volley, mais nous préférons jouer aux cartes…
En décembre chez nous, on porte des bottes, des gants…
Amitiés,
Marilyn

Chez nous: Voix du Nord et voix du Sud

2-35 Les voyageurs. You have mistakenly picked up someone else's suitcase at the airport café. List the contents of the suitcase (which includes a well-worn French phrase book). Then, based on your list, write two to three sentences telling which francophone country the owner is planning to visit and what s/he plans to do there.

MODÈLE: *des shorts, des sandales, un maillot...*
Cette femme va probablement à la Martinique. Elle aime nager et jouer au tennis...

____

____

____

____

____

____

____

____

____

2-36 Le Maroc et la Belgique. Write five sentences comparing Morocco and Belgium based on information found in your text. You might discuss the size of each country, the population, what languages are spoken,...

MODÈLE: *Il y a plus de langues officielles en Belgique.*
On parle berbère au Maroc mais on parle flamand en Belgique.

1. ____
2. ____
3. ____
4. ____
5. ____

nom: ______________________ date: ______________________

2-37 Regardez le Canada de plus près. Your text provides information about Morocco and Belgium. It is up to you to provide a more explicit picture of Canada. Using your text and outside reference materials (such as an encyclopedia or an atlas) complete the chart in French.

Le Canada

Situation	
Superficie	
Capitale	
Villes francophones principales	
Population	
Histoire	
Situation linguistique	
Traits du français au Canada	• L'influence américaine: «le fun», «le Coke», «le brunch» • L'expression «Bonjour» est utilisée à la place de «Au revoir» pour dire "Have a good day!"

LISONS POUR EN SAVOIR PLUS

2-38 Avant de lire. Before you read this passage about a French-Canadian singer, Pauline Julien, answer these questions in English.

1. As you will discover, Pauline Julien does more than just sing. What other kinds of roles can singers/performers play in society?

____

____

2. Pauline Julien was very politically involved in the movement for independence in Quebec in the sixties and seventies. What do you know about this movement? If you haven't heard about it, why do you think people in Quebec would want to be independent?

____

____

____

2-39 En lisant. As you read, supply information about Pauline Julien as follows.

1. Complete this chart, in English, with adjectives describing Pauline Julien.

Pauline Julien, Québécoise engagée	
PHYSICAL APPEARANCE	PERSONALITY
fragile looking	daring

2. Is Pauline Julien for or against independence for Quebec? List at least one activity that demonstrates her commitment to this viewpoint.

3. Name at least one group or organization that she supports.

2-40 Après avoir lu. Now that you've read the text, complete the following activities on a separate sheet of paper. Respond in English unless otherwise noted.

1. Can you think of an American or British singer who is politically involved? What has he or she done or is he or she doing? Do you think he or she is effective? How does this person resemble or differ from Pauline Julien?
2. In French, write a three or four sentence portrait of an American or British singer/activist using the passage as a model. Before writing, complete these steps: (1) make a list of adjectives to characterize the person; (2) list the groups or causes that the singer supports; (3) list a few actions that the singer has undertaken on behalf of these causes.

Vive le Québec!

Pauline Julien, Québécoise engagée

Pauline Julien surprend ... Elle est petite, mince, elle a l'air fragile; mais ... quand elle chante ... les spectateurs répondent avec enthousiasme à cette interprète pleine de force et de chaleur ....
Pauline Julien veut l'indépendance du Québec: elle en parle et elle en vit. En 1967, elle refuse de chanter devant Elizabeth II; en 1970, pendant la crise d'octobre, la police l'arrête. Elle donne son appui à plusieurs mouvements: OXFAM, Le Mouvement pour la défense des prisonniers politiques, le Parti Québécois. Elle chante au nom du peuple québécois et demande l'amour, la justice et la liberté....
Mais toute cette activité lui permet quand même de rester elle-même .... Personne ne reste indifférent devant Pauline Julien. Elle est frémissante, changeante, intelligente, ironique, osée, douce, coléreuse, vraie, déchirée, agressive, triste, engagée, gaie ....
Deux mots suffisent pour la décrire: merveilleuse Québécoise.

Source: Roger Tremblay, *Visages de la chanson québécoise*

Première partie: À l'université

POINTS DE DÉPART

3-1 Les cours. Voici une liste d'étudiants et de leurs spécialisations. Indiquez les cours qu'ils suivent probablement.

MODÈLE: Hervé: les sciences économiques
Il suit probablement un cours d'informatique. ou
Il suit sans doute des cours d'économie.

1. Suzanne: la biologie ______________________________
2. Luc: les études françaises ______________________________
3. Valérie: la physique ______________________________
4. Jacques: la géographie ______________________________
5. Madeleine: la philosophie ______________________________
6. Michèle: l'histoire ______________________________

3-2 Les goûts et les spécialisations. D'après les descriptions de ces étudiants, quel diplôme est-ce qu'ils préparent?

MODÈLE: Bruno adore voyager à l'étranger et parler avec des gens.
Il prépare probablement un diplôme en langues étrangères.

1. Claire aime les ordinateurs et les maths.

____

2. Laurent adore les animaux.

____

3. Arlette aime beaucoup la politique, surtout les élections.

____

4. Léa se passionne pour les livres et le théâtre.

____

5. Philippe aime bien la sculpture, la peinture et le dessin.

____

6. Emmanuelle aime les sciences naturelles et désire aider les gens.

____

3-3 Des comparaisons. Comparez votre situation avec la situation de votre meilleur(e) ami(e) à l'université.

MODÈLE: des cours
J'ai des cours assez intéressants ce semestre. Mon ami a des cours ennuyeux. ou
J'ai des cours très intéressants. Mon ami a des cours intéressants aussi.

1. un cours de langue étrangère

____

2. un prof de langue étrangère

____

3. une spécialisation

____

4. un mineur

____

3-4 À chacun son goût. Pour chaque catégorie, indiquez ce que vous aimez et ce que vous n'aimez pas.

MODÈLE: les cours
J'adore mon cours de français. Le cours est intéressant. Je déteste mon cours de chimie. Ce cours est difficile et assez ennuyeux.

1. les cours

____

2. les profs

____

3. les facultés

____

4. les sciences

____

3-5 Une visite guidée. Imaginez que vous visitez un campus pour la première fois. Votre guide ne parle pas très fort. Complétez son texte avec les mots qui manquent.

Et nous voici devant *le stade* où notre équipe de football joue tous ses matchs. Juste en face du stade, vous voyez ______________ (1) où les étudiants peuvent nager. Ils peuvent aussi jouer au basket ou faire de la danse aérobique dans le gymnosium (2). Et ici, nous avons quelques la residance universitie (3) où les étudiants habitent. Souvent, ils mangent au

______________________ (4) en face. Beaucoup d'étudiants préfèrent étudier à la bibliothèque (5) où ils peuvent consulter sur place des dictionnaires, des journaux et des magazines. Ils peuvent aussi utiliser des ordinateurs au labo d'ordinateur (6) qui se trouve ici. Pour acheter leurs livres, des cahiers, des crayons et des stylos, les étudiants vont à la librarie (7) qui se trouve en face de l'université.

3-6 Pour quoi faire? Expliquer pour quelle raison on va aux endroits indiqués.

MODÈLE: On va à la bibliothèque *pour travailler.*

1. On va au labo de langues pour étudier des langues.
2. On va au resto-U pour manger.
3. On va au terrain de tennis pour jouer au tennis.

MODÈLE: Je vais à la librairie *pour chercher les livres pour mes cours.*

4. Je vais au stade pour jouer au football.
5. Je vais au bureau du prof pour parler des devoirs
6. Je vais au musée pour regarder les beaux arts.

Formes et fonctions

Les prépositions à et de

3-7 Ils sont où? D'après la description, où sont ces personnes?

MODÈLE: Hervé joue au foot. *Alors, il est au stade.*

1. Christine cherche du papier et des stylos. elle est à la librarie.
2. Juliette écoute des cassettes d'anglais. elle est au labo de langues.
3. Isa et Julie consultent des encyclopédies. elles sont à la bibliothèque.
4. Bertrand parle à son prof de maths. il est au bureau du prof.
5. Jean-Yves dîne avec ses copains. elle est au resto-U.
6. Gilles parle à l'infirmière. elle est à l'infirmarie.

3-8 Ils parlent de quoi? D'après ces conversations, de quoi parlent ces étudiants?

MODÈLE: Suzette: «J'ai une belle chambre et des amis sympa».
Elle parle de la résidence universitaire.

1. Patricia: «Actuellement, il y a une exposition de tableaux modernes».
   Elle parle du ~~beaux-arts~~, musée.
2. Guy: «La salle est immense! Pour le cours de chimie, on est au moins 200 là-dedans».
   Il parle de l'amphithéâtre
3. Dominique: «J'ai cinq cours ce semestre. Je suis très stressée».
   Elle parle du semestre
4. Alain: «Notre prof de sciences politiques est super, non?»
   Valérie: «Oui, il est dynamique et très intéressant».
   Ils parlent du prof.
5. Paul: «Je me spécialise en chimie. Et toi?»
   Lucie: «Moi en biologie, avec un mineur en français».
   Ils parlent des cours.
6. Eric: «C'est bien. On y trouve des livres, des journaux et des revues internationales».
   Il parle de la bibliothèque.
7. Marie: «Mon cours de français est assez amusant».
   Claude: «Je suis un cours d'espagnol, mais je préfère mon cours de maths».
   Ils parlent des cours

Le verbe **aller** et le futur proche

3-9 On va où? Complétez les phrases suivantes avec le verbe **aller** et un endroit logique.

MODÈLE: Pour jouer au tennis, Bénédicte va au terrain de tennis.

1. Pour regarder des sculptures, vous allez au musée.
2. Pour regarder une pièce de Shakespeare, je vais à la bibliotheque.
3. Pour manger entre les cours, nous allons au resto-U.
4. Pour trouver des livres, elles vont à la librarie.
5. Pour regarder un match de football, tu vas aux terrains de sports.
6. Pour travailler sur un ordinateur, Jacques va au labo d'ordinateur.

nom: ______________________ date: ______________________

3-10 Demain, c'est le week-end. Aujourd'hui, c'est vendredi. Demain, c'est le week-end. Comparez les activités d'aujourd'hui avec celles de demain.

MODÈLE: Aujourd'hui, j'étudie à la résidence universitaire.
Demain, je vais regarder un film avec mes copines.

1. Aujourd'hui, tu ne regardes pas de match à la télé.
   Demain, tu vas regarder le match à la télé.
2. Aujourd'hui, vous parlez à votre prof de philo dans son bureau.
   Demain, vous allez jouer au piano.
3. Aujourd'hui, Jean travaille chez lui.
   Demain, il va ne pas travailler pas chez lui.
4. Aujourd'hui, Guylaine et Anne écoutent des cassettes d'espagnol.
   ____
5. Aujourd'hui, nous mangeons au restaurant universitaire.
   ____

3-11 Les projets. Parlez des projets de ces personnes.

MODÈLE: cet été/ moi *Cet été, je vais voyager avec ma famille. Je ne vais pas étudier!*

1. ce week-end/ ma mère Ce weekend, ma mère parle moi du téléphone.
2. demain/ mon(ma) camarade de chambre Mon camarade de chambre va voyager votre foyer demain.
3. ce soir/ mon(ma) meilleur(e) ami(e) ______________________
4. la semaine prochaine/ mes amis ______________________
5. le semestre prochain/ moi ______________________
6. bientôt/ mon frère ou ma sœur ______________________

Les questions

3-12 Un cours d'histoire québécoise. Votre ami prend des notes pour vous de temps en temps, mais il ne fait pas toujours très attention. Préparez des questions que vous allez poser à votre prof pour compléter les notes.

MODÈLE: En 1524, Verrazano nomme la région "Nouvelle-????."
Comment est-ce la région s'appelle?

1. J??? C???? prend possession du territoire.

____

2. Samuel de Champlain installe une colonie en 16??.

____

3. De Champlain installe la colonie à Qu?????.

____

4. En 1756, il y a ??.000 colons français dans la région.

____

5. La Nouvelle-France est cédée à l'Angleterre parce que les ?????????.

____

3-13 La Québécoise. Vous écrivez un article pour le journal de la fac sur l'étudiante québécoise qui visite votre campus ce semestre. Posez-lui des questions.

MODÈLES: cours préférés — *Quels cours est-ce que vous préférez?*
campus à Montréal — *Comment est le campus? Est-ce qu'il y a une piscine?*

1. nom et prénom: ____
2. âge: ____
3. famille: ____
4. nombre de cours: ____
5. profs préférés: ____
6. retourner au Canada: ____

nom: ______________________________ date: ______________________________

LISONS

3-14 Avant de lire. This passage is taken from a letter written by the president of **l'Université Paris X-Nanterre** in a guide for students. This university is located on the outskirts of Paris and is a bit unusual in the French context as it has a campus similar to American campuses. Before you read the passage, answer these questions in English.

1. Which elements of the campus do you think would be highlighted in the guide? Why?

____

____

2. Many American students spend time abroad, especially if they are studying foreign languages or international relations. This passage provides an example of international exchange programs on the **Paris X-Nanterre** campus. What particular features of such programs do you think a guide of this type would mention?

____

____

3-15 En lisant. As you read, look for and supply the following information.

1. Which campus facilities are mentioned in the text?

___ bookstore
___ dormitories
___ museum
___ stadium
___ computer lab
___ language lab
___ pool
___ student cafeteria
___ culture center
___ library
___ snack bar
___ tennis courts

UNIVERSITÉ PARIS X-NANTERRE:

LETTRE DU PRÉSIDENT

Le campus d'environ 27 ha [hectares]... offre aux étudiants, dans un cadre agréable, un regroupement de services uniques dans la région parisienne: une résidence et un restaurant universitaires, une bibliothèque universitaire spacieuse et bien organisée, la Bibliothèque de Documentation International Contemporaine ..., un centre sportif vaste et bien aménagé (Terrains de foot-ball et de tennis, piscine olympique, salle omnisports), une Maison de la Culture, ... Les bâtiments réservés aux activités d'enseignement et de recherche sont convenablement équipés et des travaux ont été effectués pour en assurer l'accessibilité aux handicapés....

Parmi les secteurs d'activités en expansion, il convient de citer les Relations Internationales: Paris X a, au cours des dernières années, intensifié toujours plus les échanges, tant d'étudiants que d'enseignants, avec les universités étrangères. Des accords permettent aujourd'hui d'envoyer des étudiants de Langues, de Sciences Économiques, de Droit ou de Sciences Humaines aux États-Unis et dans la pluparts des pays de la CEE .... Parmi nos partenaires les plus prestigieux figurent les établissements suivants: Columbia University (New York), University of San Francisco, Université du Québec à Montréal, Universités de Reading, Madrid, Rome ..., Lisbonne. Paris X, naturellement, reçoit et forme en échange les étudiants de ces universités.

Source: Paul Larivaille, Guide de l'étudiant: Université Paris X

2. The international exchange program is limited to certain students and to certain countries. Fill in the chart below with the details.

POSSIBILITIES FOR STUDY ABROAD AT PARIS X-NANTERRE

MAJORS				
COUNTRIES				

3-16 Après avoir lu. Now that you've read the text, complete these activities on a separate sheet of paper.

1. Write three to four sentences in French describing your campus. Use the first paragraph of the reading passage as a model.
2. How do the facilities of your campus compare with those at **Paris X**? Write three to four sentences in French comparing the two.

MODÈLE: À Paris X, il y a une bibliothèque spacieuse. Sur mon campus, la bibliothèque est assez petite...

3. Investigate the possibilities for studying abroad at your school and discuss how they compare with the programs at **Paris X**.

ÉCRIVONS

3-17 La publicité. Sur une feuille supplémentaire, vous allez préparez un dépliant publicitaire (une brochure) pour l'université où vous êtes. Commencez par ces activités:

- Établissez une liste des facultés qui se trouvent à votre université
- Choisissez une faculté et établissez une liste de quelques programmes d'études offerts par cette faculté (des spécialisations et des mineurs)
- Établissez une liste d'adjectifs qui décrivent le campus, les cours, les profs,…
- Établissez une liste d'activités disponibles aux étudiants

Ensuite, écrivez trois paragraphes qui incorporent cette information. Vous pouvez organiser les paragraphes de cette façon:

Premier paragraphe: description générale de l'université

Deuxième paragraphe: description plus détaillée d'un programme d'études

Troisième paragraphe: description des activités pour les étudiants

MODÈLE: L'université de X est assez grande. Il y a cinq facultés sur le campus principal. Il y a la faculté de médecine, la faculté de droit, la faculté de lettres….

À la fac de lettres, les étudiants préparent des diplômes de langue étrangère, avec par exemple une spécialisation en français et un mineur en allemand…. Les cours sont difficiles mais intéressants….

Après les cours, les étudiants vont au centre sportif. Il y a une grande piscine, un terrain de tennis….

nom: ______________________ date: ______________________

3-18 Profil d'une étudiante. Pour personnaliser votre dépliant publicitaire, vous allez inclure le profil d'une bonne étudiante. Commencez par les activités suivantes. Ensuite, rédigez votre profil sur une feuille supplémentaire.

- Choisissez et décrivez une étudiante (nom, âge, caractère)
- Déterminez son programme d'études (spécialisation et mineur)
- Parlez de ses expériences à l'université (par exemple: *elle va étudier en France l'année prochaine, elle va travailler chez IBM cet été, elle joue au basket...)*
- Dites pourquoi elle aime l'université (par exemple: *elle aime l'université de X parce que les professeurs sont intéressants et parce qu'elle a beaucoup d'amis...*

MODÈLE: *Stacie Fitzpatrick, 21 ans, est étudiante à l'université de X. Stacie est énergique, optimiste et ambitieuse. Elle prépare un diplôme de sciences économiques....*

Deuxième partie: Au travail

POINTS DE DÉPART

3-19 Comment passe-t-on son temps? Quelle est la profession de ces personnes? Où est-ce qu'ils travaillent?

3-20 Mille et une possibilités. Suggérez des métiers appropriés pour vos amis.

MODÈLE: Margot a une spécialisation en maths et un mineur en français.

comptable dans une banque internationale ou peut-être prof de maths au Québec

1. Céline prépare un diplôme en biologie et elle aime bien le contact avec le public.

____

2. Xavier s'intéresse à ses cours d'histoire et il adore parler de ses opinions.

____

3. Michèle aime travailler avec ses mains.

____

4. Benoît a une double spécialisation en art et en musique.

____

5. Lise suit des cours de maths et de beaux-arts.

____

6. votre meilleur(e) ami(e)

____

nom: ______________________ date: ______________________

3-21 Les montants. Imaginez que vous travaillez dans une banque en France pour l'été et que vous devez remplir les chèques avec les montants suivants.

MODÈLE: 58 F: Payez contre ce chèque *cinquante-huit francs*
somme en toutes lettres

1. 592 F: Payez contre ce chèque ______________________
somme en toutes lettres
2. 1 695 F: Payez contre ce chèque ______________________
somme en toutes lettres
3. 3 201 F: Payez contre ce chèque ______________________
somme en toutes lettres
4. 876 F: Payez contre ce chèque ______________________
somme en toutes lettres
5. 800 F: Payez contre ce chèque ______________________
somme en toutes lettres

3-22 On parle français partout. Consultez le tableau Les Francophones réels dans le monde qui se trouve dans la section Chez nous de la Leçon préliminaire et indiquez le nombre de personnes qui parlent français dans ces endroits.

MODÈLE: Au Canada *sept millions d'habitants parlent français.*

1. En Afrique noire ______________________
2. En Asie ______________________
3. Au Maghreb et au Liban ______________________
4. Aux Antilles ______________________

Formes et fonctions

C'est et il est

3-23 Les stéréotypes professionnels. Imaginez quelle sorte de personne exerce les métiers suivants.

MODÈLE: une actrice: *C'est une jolie femme. Elle est très énergique et pas du tout timide.*

1. un comptable: ______________________
2. une vendeuse: ______________________
3. un technicien: ______________________
4. un professeur: ______________________
5. une ouvrière: ______________________

3-24 Une journée typique. Décrivez le travail de votre famille et de vos amis.

MODÈLE: votre frère: *Mon frère est infirmier. Il travaille dans une clinique à New York. C'est un homme très patient et calme, et il adore le contact avec les enfants.*

1. votre mère: ______________________________

____

____

2. votre meilleur ami: ______________________________

____

____

3. votre voisin: ______________________________

____

____

4. votre tante préférée: ______________________________

____

____

Les verbes **devoir, pouvoir** et **vouloir**

3-25 Donnez des conseils. Votre ami Jacques donne toujours des conseils. Après une longue journée ensemble, racontez ce qu'il conseille à tout le monde.

MODÈLE: Demain j'ai un examen dans mon cours de français.
Tu dois absolument étudier à la bibliothèque ce soir!

1. Adèle a une interview avec IBM la semaine prochaine.

   Elle ______________________________

2. Gisèle et Janine voyagent en Afrique cet été.

   Elles ______________________________

3. Marc et moi, nous regardons un film ce soir.

   Vous ______________________________

4. Nos amis vont nager au lac ce week-end.

   Ils ______________________________

nom: ______________________ date: ______________________

3-26 Les invitations et les obligations. On ne peut pas toujours faire ce qu'on veut. Expliquez pourquoi ces personnes ne peuvent pas faire ce qu'elles veulent.

MODÈLE: Isabelle/ aller à la piscine / préparer un examen
Isabelle veut aller à la piscine mais elle ne peut pas. Elle doit préparer un examen.

1. Tu/ travailler dans le jardin/ étudier

____

2. Jean-Luc et Marie-Claire/ voyager au Maroc/ rendre visite à leurs grands-parents

____

3. Mes amis et moi/ rester chez nous/ aller en classe

____

4. Paul/ jouer au tennis avec ses amis/ aller chez le dentiste

____

5. Ton père et toi/ regarder un match de basket/ aller au concert de ta sœur

____

6. Je / ????? / ?????

____

Les verbes en **-ir** comme **dormir**

3-27 Les vacances. Complétez ces phrases avec l'un de ces verbes: **dormir, partir, servir, sortir.**

MODÈLE: Nous ___*partons*___ demain à 8h15.

1. On ______________________ une ratatouille extraordinaire dans ce restaurant.
2. Tu ______________________ tous les soirs de vacances avec tes amis.
3. Nous ______________________ dans un hôtel de luxe pendant nos vacances.
4. Le train ______________________ à 7h30.
5. En juillet, ils ______________________ pour les Antilles.
6. Vous ______________________ du gymnase en bonne forme.
7. On______________________ sous une tente quand on fait du camping.
8. Je ______________________ du rosbif avec une bonne sauce ce soir.

3-28 Vos habitudes. Répondez de façon logique aux questions en utilisant les verbes entre parenthèses.

MODÈLE: Qu'est-ce que vous faites ce week-end? (sortir)
Je sors avec mon copain et mes amis ce week-end.

1. Pourquoi est-ce que vous aimez le restaurant universitaire? (servir)

___

2. Où va votre famille pendant les vacances? (partir)

___

3. Pourquoi est-ce que vous êtes fatigué/e? (dormir)

___

4. C'est votre copain/ copine la-bas? (sortir)

___

3-29 Les vacances de rêve. Ce sont les vacances et vous visitez une île tropicale avec des amis. Décrivez vos activités en utilisant les verbes **dormir, partir, servir,** et **sortir.**

___

___

___

___

LISONS

3-30 Avant de lire. This passage is from the novel ***L'Ange Aveugle*** *(The Blind Angel)* by Tahar Ben Jelloun, a Moroccan writer. In this excerpt, one of the main characters, Emilio, who is involved in police work, describes his profession. Before you read, answer these questions in English.

1. What kinds of information would you expect Emilio to provide about his profession?

___

___

___

2. Knowing that Emilio is a criminologist, what type of extra information would you expect?

___

___

___

nom: ______________________________ date: ______________________________

3-31 En lisant. As you read, provide the following information in English.

1. Name at least three specific things that Emilio does in his line of work.

____

____

2. List two other professionals with whom he works.

____

____

3. Emilio fills out a form at each crime scene he visits. He forgot his briefcase today and needs to recreate one. Help him by writing down the general categories mentioned in the passage.

FICHE DU CRIMINOLOGUE

(1) NOM: ______	(5) ______
(2) prénom: ______	(6) ______
(3) ______	(7) ______
(4) ______	(8) ______

Journal d'un criminologue angoissé

D'abord la technique: remonter le film de l'événement, nommer les lieux, l'heure précise, l'arme utilisée, le calibre des balles…, l'âge, le nom et le prénom, la profession, la réputation… classer tout cela dans un dossier....

Cela est mon travail. Je suis criminologue. Je suis un fonctionnaire du Ministère de la Justice. Je dois être disponible pour fournir toutes ces informations le plus rapidement possible. Je fais des fiches. Je les classe. Je les analyse au bout d'un certain temps, après une année en général. Je communique mes conclusions aux sociologues, à l'observatoire universitaire de la camorra, à certains journalistes, à la police éventuellement.

Source: Tahar Ben Jelloun, *L'Ange Aveugle*

3-32 Après avoir lu. Now that you've read the text, complete these activities on a separate sheet of paper. Answer in English unless otherwise indicated.

1. How did Emilio's description of his profession and day-to-day activities compare to the information you expected him to provide? Did anything surprise you? What?
2. After reading Emilio's description of his profession, what kind of person do you think he is? Write a short portrait of him in French.
3. Pick a profession that you are considering and describe it in French. Describe a typical day in the life of that profession. For example, where do you work? with whom? what do you do each day?

ÉCRIVONS

3-33 Les invitations. Vous voulez sortir avec un(e) de vos camarades de classe ce week-end mais vous hésitez avant de lui téléphoner parce que vous êtes nerveux/nerveuse. Sur une feuille séparée, préparez ce que vous allez dire. Expliquez ce que vous voulez faire, ce que vous pouvez faire et ce que vous devez faire.

MODÈLE: Nous pouvons aller au cinéma et regarder un film. Nous devons étudier un peu parce que nous avons un examen de français à préparer, mais je veux sortir un peu... Et toi, tu veux sortir avec moi?... Tu peux....

3-34 Trouver un emploi. Imaginez que vous arrivez d'une interview pour un stage d'été (*summer internship*) à Québec. Sur une feuille séparée, écrivez une lettre de remerciement à la femme qui vous a interviewé(e) et dites-lui pourquoi vous êtes le/la meilleur(e) candidat(e) pour le poste. Commencez par les activités suivantes.

- Décrivez le poste que vous désirez (par exemple comptable dans une banque)
- Établissez une liste de vos qualités (par exemple doué pour les chiffres, attention aux détails)
- Établissez la relation entre vos études et/ou vos expériences personnelles et les responsabilités du poste (par exemple travailler dans une banque internationale à mi-temps, spécialisation en mathématiques, mineur en français)
- Terminez la lettre en disant que vous allez visiter le Québec et que vous voulez continuer votre discussion du poste

Chère Madame,

Je voudrais vous remercier de m'avoir interviewé lundi après-midi. Je voudrais travailler comme comptable dans votre banque à Québec cet été. Je suis très doué pour les chiffres.... Je vais être à Québec le mois prochain et nous pouvons continuer notre discussion si vous voulez bien.

Je vous adresse mes sentiments les plus distingués.

Michel Bourrier

nom: ______________________ date: ______________________

Chez nous: Présence francophone au Canada

3-35 Les autres provinces. La présence francophone au Canada n'est pas limitée au Québec. Il y a neuf autres provinces (comme le Nouveau-Brunswick, la Nouvelle Écosse...) Choisissez une province et faites un peu de recherche supplémentaire à la bibliothèque en consultant des atlas, des encyclopédies. Ensuite, complétez le tableau suivant.

LA PROVINCE:	
Superficie	
Situation géographique	
Population	
Nombre de francophones	
Pourcentage de francophones	
Situation du français dans les écoles	
Situation du français dans les universités	

3-36 Les vacances à Québec. Vous allez passer vos vacances à la ville de Québec pour améliorer votre français. À l'aide des renseignements donnés dans le manuel, rédigez un paragraphe de 4 à 5 phrases sur une feuille séparée qui parle de ce que vous voulez faire et de ce que vous pouvez faire à Québec.

LISONS POUR EN SAVOIR PLUS

3-37 Avant de lire. This excerpt is from an informational magazine called ***Emménager-à Montréal*** *(Moving to Montreal)* which is intended as a guide for people who are relocating to Montreal. This particular passage is concerned with working conditions. Before you read, answer these questions in English.

1. What issues might be of particular interest to people who are thinking of moving to Montreal from an English-speaking area?

____

2. Your text mentions a law that was passed in Quebec about language use. Give the name of the law and its intent.

____

____

3-38 En lisant. As you read, look for the following information. (Note: This passage contains one instance of the simple future «**donnera**» which you should understand as the verb **donner** in the future.)

1. What is the official working language in Quebec? ______________________
2. According to the article, do all companies abide by this? ______________________
3. The law requires that two things be done only in French. What are they? ______________________

   ____
4. How could you learn French if you had a job in Québec? ______________________

   ____
5. What could you do if you wanted to work and didn't want to learn French? ______________________

   ____

À la recherche de l'aisance en français

Le français est la langue officielle de travail au Québec. Pourtant, plusieurs compagnies fonctionnent toujours en anglais. Les communications internes des compagnies sont exécutés souvent dans les deux langues. Toutefois, la réglementation de la Loi 101 exige que la correspondance externe et la publicité soient uniquement en français. Il est possible de travailler et de vivre au Québec essentiellement en anglais. Cependant, une certaine connaissance du français vous donnera accès à toutes les activités commerciales et professionnelles. De nombreuses compagnies offrent gratuitement à leurs employés des cours de langue. Des cours de français sont disponibles aussi à différentes heures et à une multitude d'endroits et ce, à des prix très abordables....

De nombreux emplois non-professionnels sont accessibles aux gens qui ne parlent pas le français. Pour de plus amples renseignements, contactez la corporation professionnelle appropriée ou L'Office de la langue française 873-6565.

Source: Emménager-à Montréal, 15 avril 1990

3-39 Après avoir lu. Now that you've read the text, complete the following activities on a separate sheet of paper.

1. What do you think of the provisions of Loi 101 mentioned in this excerpt? Do you think they are necessary and appropriate? How do you think you would feel about this if you were an English-speaking Canadian?
2. At the present time, there is no national law which specifies that English is the working language of the United States, although some groups have expressed support for such a law. Do you think an English-only law is necessary or would be beneficial? Why or why not?
3. Think of what people considering a move to your region would need to know about local employment opportunities. On a separate sheet of paper, write three to four sentences in French describing the working conditions and qualifications people should have to perform various jobs.

Chapitre 4: Activités par tous les temps

Première partie: Qu'est-ce qu'on fait quand il fait beau?

POINTS DE DÉPART

4-1 La météo. D'après les vêtements que ces personnes portent, décidez quel temps il fait chez eux.

MODÈLE: Jocelyne porte une jupe en laine, deux pulls, un foulard et des collants.
Il fait assez froid.

1. Ronan porte un jean, un pull et un foulard.

____

2. Sylvie porte un imperméable et elle emporte son parapluie.

____

3. Karine porte son maillot de bain et des sandales.

____

4. Miquel porte un short et un tee-shirt.

____

5. Stéphanie porte un anorak, des bottes et des gants.

____

6. Éric porte un pantalon, un pull léger et des lunettes de soleil.

____

4-2 Quel temps est-ce que vous préférez? Expliquez vos préférences.

MODÈLE: La saison que j'aime le moins est l'hiver. Il fait trop froid et de temps en temps il n'y a pas de soleil. Aussi, il neige souvent en hiver et je n'aime pas la neige.

1. Ma saison préférée est _______________

____

____

2. Le mois que j'aime le moins est _______________

____

____

3. Le mois que je préfère est _______________

____

____

4-3 Ça dépend du temps. D'après le temps, dites ce qu'on peut faire dans votre région.

MODÈLE: Quand il fait bon, on peut *jouer au rugby ou faire du tennis.*

1. Quand il fait chaud, on peut ______________________________
2. En été, on peut ______________________________
3. Quand il fait très froid, on peut ______________________________
4. En automne, on peut ______________________________
5. Au printemps, on peut ______________________________

4-4 Vos activités préférées. Qu'est-ce que vous aimez faire dans les endroits suivants?

MODÈLE: À la maison: *J'aime faire mes devoirs ou faire la cuisine.*

1. À la montagne: ______________________________
2. Au gymnase: ______________________________
3. Au terrain de sports: ______________________________
4. En ville: ______________________________
5. En classe: ______________________________

Formes et fonctions

Le verbe **faire**

4-5 Les activités du soir. Complétez les phrases avec une forme correcte du verbe **faire**.

MODÈLE: Ma sœur ___*fait*___ du sport chaque soir.

1. Mes parents ______________________________ une promenade tous les soirs.
2. Mon petit frère ______________________________ la vaisselle.
3. Mes amis et moi, nous ______________________________ nos devoirs.
4. Vous ______________________________ de la danse aérobique le soir.
5. Je ______________________________

nom: ______________________ date: ______________________

4-6 Qu'est-ce qu'ils font? D'après les situations, dites ce que font ces personnes.

MODÈLE: Je visite les Alpes. *Je fais du camping, de l'alpinisme et du cheval.*

1. Tu visites les Antilles. ______________________
2. Nous sommes au terrain de sports. ______________________
3. Il fait du soleil. Vous ______________________
4. Elles sont à la campagne. ______________________
5. Tu étudies à la fac. ______________________
6. Elle porte son maillot. ______________________

4-7 Les réactions. Dites ce que vous, vos amis et les membres de votre famille faites dans chaque situation.

MODÈLE: Il commence à pleuvoir: vous / votre mère / vos amis
Je reste à l'intérieur et je fais mes devoirs.
Ma mère fait la cuisine pour des invités.
Mes amis font une promenade sous la pluie.

1. Ce sont les vacances: vous / votre sœur / vos parents

____

____

____

2. Vous êtes au gymnase: vous / votre camarade de chambre / votre frère

____

____

____

3. Il y a un examen lundi prochain: vous / votre prof / vos camarades de classe

____

____

____

4. Il n'y a pas de devoirs ce week-end: vous / votre prof / vos camarades de classe

____

____

____

Les verbes en **-ir** comme **finir**

4-8 C'est juste! Completez chaque phrase avec un verbe qui convient choisi de la liste suivante: **choisir, désobeir, grandir, grossir, maigrir, pâlir, obéir, réfléchir, réussir, rougir.**

MODÈLE: Entre l'âge de 7 et 15 ans, les enfants ___*grandissent*___ .

1. Si je mange trop de sucre, je ____ .
2. Nous ____quand nous avons peur.
3. Ils ____ à leur père quand il n'est pas juste.
4. Tu es stressé parce que tu ______________________ trop à ce que tu vas faire après les études.
5. Vous ____ toujours à vos examens. Bravo!

4-9 Causes et effets. Dites ce qui peut provoquer l'effet exprimé par le verbe indiqué.

MODÈLE: rougir/ moi *Je rougis quand je fais une faute devant la classe.*

1. pâlir/ mon ami(e) ____
2. grossir/ nous ____
3. maigrir/ on ____
4. réussir/ les étudiants ____
5. rougir/ toi ____

Le passé composé avec **avoir**

4-10 Aujourd'hui et hier. Aujourd'hui, c'est lundi. Dites ce que ces personnes ont fait hier.

MODÈLE: Aujourd'hui elle fait attention en classe. Hier, *elle a regardé un film au ciné.*

1. Aujourd'hui, il travaille à la bibliothèque. Hier, ______________________________
2. Aujourd'hui, je prépare un examen. Hier, ______________________________
3. Aujourd'hui, tu fais la cuisine. Hier, ______________________________
4. Aujourd'hui, nous jouons au tennis. Hier, ______________________________
5. Aujourd'hui, vous finissez vos devoirs. Hier, ______________________________

nom: ______________________ date: ______________________

4-11 C'est normal. D'après la description du temps, dites ce que vous avez fait. N'utilisez pas les verbes suivants: **aller**, **arriver**, **partir**, **rester**, **sortir**.

MODÈLE: Hier, il y a eu du vent, *alors j'ai fait de la planche à voile.*

1. Avant-hier, il a plu, ______________________
2. La semaine dernière, il a fait très beau, ______________________
3. L'hiver dernier, il a beaucoup neigé, ______________________
4. Dimanche dernier, il y a eu du soleil, ______________________

4-12 Samedi dernier. Dites quel temps il a fait chez vous samedi dernier et décrivez ce que vous avez fait et ce que vous n'avez pas fait.

MODÈLE: *Samedi dernier, il a plu toute la journée. Avec un ami, j'ai regardé un film à la télé. Ensuite j'ai préparé un bon repas et nous avons mangé ensemble. Nous n'avons pas pu faire une promenade après notre repas…*

____

____

____

____

____

LISONS

4-13 Avant de lire. This passage is from a collection of short stories about a mischievous little boy and his friends. A game similar to dodge ball, **la balle au chasseur**, figures prominently in this excerpt. Before you read the text, answer the following questions in English.

1. Describe the behavior of a typical little boy in school on a normal day.

____

____

2. How might that same little boy behave on a day when it is raining outside and the children can't go out for recess?

____

____

4-14 En lisant. As you read, answer the following questions about the passage. (Note: You will also see a few unfamiliar verb forms **«il ne pleuvait pas»** and **«c'était»**. These are simply past tense forms for two verbs you should recognize: **pleuvoir** and **être**.)

1. What weather does Nicolas prefer? Why? ______________________________
2. What does Eudes suggest that they do? ______________________________
3. How does Rufus react to Eudes's suggestion? ______________________________
4. What does Joachim suggest as a solution to the problem about the window? ______________
5. What does Agnan do while the others play? ______________________________
6. What is the teacher's reaction to the boys? ______________________________

La pluie

Moi, j'aime bien la pluie quand elle est très, très forte, parce qu'alors je ne vais pas à l'école et je reste à la maison et je joue au train électrique. Mais aujourd'hui, il ne pleuvait pas assez et j'ai dû aller en classe...
Ce qui est embêtant, c'est que pour la récré on ne nous laisse pas descendre dans la cour pour qu'on ne se mouille pas. ... Et puis la cloche a sonné, et la maîtresse nous a dit: «Bon, c'est la récréation: vous pouvez parler entre vous, mais soyez sages.»
—Allez, a dit Eudes. On joue à la balle au chasseur?
—T'es pas un peu fou? a dit Rufus. Ça va faire des histoires avec la maîtresse, et puis c'est sûr, on va casser une vitre!
—Ben, a dit Joachim, on n'a qu'à ouvrir les fenêtres!
Ça, c'était une drôlement bonne idée, et nous sommes tous allés ouvrir les fenêtres, sauf Agnan qui repassait sa leçon d'histoire en la lisant tout haut, les mains sur les oreilles. Il est fou, Agnan! Et puis, on a ouvert la fenêtre; ... on s'est amusés à recevoir l'eau sur la figure, et puis on a entendu un grand cri: c'était la maîtresse....
—Mais vous êtes fous! elle a crié, la maîtresse. Voulez-vous fermer ces fenêtres tout de suite!
—C'est à cause de la balle au chasseur, mademoiselle, a expliqué Joachim.

Source: Sempé/Goscinny, *Le petit Nicolas et les copains*

4-15 Après avoir lu. Now that you've read the text, complete the following activities on a separate sheet of paper. Respond in English unless otherwise noted.

1. Did you find the text entertaining or humorous? Why? Do you think this incident is typically French, or is it universal? Provide examples to support your answer.
2. Imagine a day in your childhood when it rained or snowed. Write four sentences in French about what you did that day and how that day was special or different from days when it was nice outside.

nom: ______________________ date: ______________________

ÉCRIVONS

4-16 L'agence de tourisme. Imaginez que vous travaillez pour une agence de tourisme. On vous demande de rédiger une brochure publicitaire pour l'une des destinations suivantes. D'abord, choisissez une destination dans cette liste: **sur la Côte d'Azur, à la Martinique, dans les Alpes, à Bruxelles.**

Puis, allez à la bibliothèque et consultez des ouvrages de références pour découvrir:

- la meilleure saison
- le temps qu'il fait pendant cette saison
- les activités possibles
- les vêtements qu'on doit emporter

Ensuite, rédigez la brochure sur une feuille séparée.

MODÈLE: *Sur la Côte d'Azur il fait très beau au printemps et pendant l'été. Il ne pleut pas beaucoup et il fait.... On peut faire du ski nautique, de la planche à voile...sur la plage. On peut aussi faire une promenade ou.... Vous devez emporter des shorts, des sandales....*

4-17 Le voyage. Imaginez que vous faites un voyage à la destination indiquée dans la brochure que vous avez rédigée. Sur une feuille séparée, écrivez une carte postale à votre ami en décrivant le voyage. Utilisez des mots comme **le matin, l'après-midi, le soir, d'abord, ensuite, après, finalement.**

MODÈLE: *Nous voici dans les Alpes. Ce matin j'ai fait de l'alpinisme. Ensuite, mes amis et moi, nous avons....*

Deuxième partie: Je vous invite

POINTS DE DÉPART

4-18 Qu'est-ce qu'on peut faire? Dites ce qu'on peut faire dans ces endroits.

MODÈLE: Au théâtre, *on peut assister à un ballet.*

1. Au cinéma, ______
2. Au café, ______
3. Au théâtre, ______
4. Au musée, ______
5. Chez des amis, ______

4-19 Les visiteurs. Imaginez qu'une délégation de l'Île Maurice passe quelques jours chez vous. D'après leurs goûts, proposez des activités spécifiques à votre région.

MODÈLE: Ils aiment l'art moderne. *Visitez une exposition à l'Institut d'Art à Chicago.*

1. Ils aiment les sports. ______
2. Ils veulent écouter du jazz. ______
3. Ils sont curieux de voir la télé américaine. ______
4. Ils aiment le rock. ______
5. Ils aiment le théâtre. ______

4-20 Des invitations. D'après vos goûts, répondez aux invitations suivantes.

MODÈLE: «Tu veux nous accompagner au théâtre pour voir une pièce de Beckett?»
Non, je regrette, mais je n'aime pas beaucoup le théâtre de l'absurde. ou
Oui, avec plaisir, j'adore Beckett.

1. «Tu es libre samedi? On va au ciné pour voir un film comique avec Eddie Murphy.»

   ______

2. «On organise une fête vendredi soir. Tu es libre?»

   ______

3. «On sort ensemble ce week-end? Je veux aller danser.»

   ______

4. «Vous êtes libre jeudi à midi? Le département organise une petite réception.»

   ______

5. «Tu ne veux pas nous accompagner au musée pour voir l'exposition de sculpture?»

   ______

nom: ______________________________ date: ______________________

4-21 Vous êtes libre? Proposez des activités aux personnes suivantes.

MODÈLE: votre père *Papa, tu veux m'accompagner au stade pour voir un match de baseball?*

1. votre camarade de chambre ______________________________
2. votre prof de français ______________________________
3. un(e) camarade de classe ______________________________
4. des ami(e)s ______________________________
5. votre voisin ______________________________

4-22 À quelle heure? Consultez ce téléguide et notez quand ces programmes sur M6 commencent. Écrivez l'heure de deux façons différentes comme dans le modèle.

MODÈLE: Dynastie: *20.30 / 8 h 30 du soir*

1. Divertissement: ______________________________
2. 25 images/seconde: ______________________________
3. La petite maison dans la prairie: ______________________________
4. Journal: ______________________________
5. Clip fréquence FM: ______________________________

M6 **MERCREDI 16 SEPTEMBRE**

10.00	Clip des clips.
10.05	® Marcus Welby.
12	
12.15	Divertissement. Voyons ça ensemble.
14.30	Clip fréquence FM.
18.00	Journal.
18.20	Série. La petite Maison dans la prairie.
20	
20.30	Série. Dynastie (La Récompense).
21.20	Série. Falcon Crest (Unis nous résistons).
23.15	Club 6.
0.00	Jeu. 25 images/seconde.

4-23 La routine. Dites à quelle heure vous faites les choses suivantes d'habitude.

MODÈLE: aller au lit: *D'habitude, je vais au lit vers onze heures moins le quart.*

1. manger le matin: ______________________________
2. aller à la fac: ______________________________
3. rentrer chez moi: ______________________________
4. faire du sport: ______________________________
5. faire les devoirs: ______________________________

Formes et fonctions

Les verbes comme **mettre**

4-24 Des promesses. Corinne et ses amis veulent aller à une grande fête, mais avant ils doivent faire certaines promesses à leurs parents.

MODÈLE: Corinne _promet_ de rentrer avant une heure du matin.
Corinne dit: «Je promets de rentrer avant une heure du matin.»

1. Francine et Patricia ______________________ d'être raisonnables.
   Elles disent: «Nous ______________________
2. Jean-Pierre ______________________ de ne pas aller trop vite en voiture.
   Il dit: «Je ______________________
3. La mère de Laurent et Yves dit: Vous ______________________ d'être sage, non?
   Ils répondent: «Oui, nous ______________________
4. Vous ______________________
   Vous dites: «Je ______________________

4-25 Combien de temps? Dites combien de temps ces personnes ont mis pour faire les activités suivantes.

MODÈLE: Christophe/ pour mettre la table
Il a mis un quart d'heure pour mettre la table.

1. vous/ pour terminer vos devoirs ______________________
2. Lisette et Anne/ pour jouer au tennis ______________________
3. Julie et moi/ pour préparer un bon repas ______________________
4. Lucas/ pour rédiger un mémoire ______________________
5. toi/ pour faire la vaisselle ______________________

nom: ______________________________ date: ______________________

Le passé composé avec **être**

4-26 L'amour aux îles. Claire est en vacances à la Guadeloupe et elle écrit une lettre à sa camarade de chambre. Complétez sa lettre avec un des verbes suivants. Utilisez chaque verbe seulement une fois.

aller	descendre	rentrer	revenir	tomber
arriver ✓	passer	rester	sortir	venir

Chère Julie,

Je _suis arrivée_ à la Guadeloupe la semaine dernière. Ma sœur et sa meilleure amie ______________ (1) aussi. Après l'arrivée à l'aéroport, nous ____________________ (2) à l'hôtel où ma sœur et Françoise ____________________ (3) pendant une heure pour défaire les valises. Quant à moi, je ________________ (4) en ville pour faire quelques courses. Un beau garçon ____________________ (5) devant moi et je me suis retournée pour le regarder. Malheureusement j'ai eu un petit accident. Le beau garçon m'a demandé: «Vous ______________________ ? (6) Ça va?» Avec son aide, je ____________________ (7) à l'hôtel. Exactement deux jours plus tard, il ____________________ (8) à l'hôtel pour me voir, et ce soir-là, nous ____________________ (9) à la discothèque. Nous avons beaucoup dansé. Maintenant nous sommes des très bons amis et je pense que je suis tombée amoureuse de lui! Vive la Guadeloupe!

4-27 Les devinettes. D'après leurs goûts, dites ce que ces personnes ont probablement fait pendant leurs vacances.

MODÈLE: Stéphane adore la nature.
Il est probablement allé à la campagne ou à la montagne.

1. Gisèle et Danielle aiment bien manger dans des bons restaurants.

____

2. Jocelyne préfère faire la cuisine chez elle.

____

3. Yannick aime bien voyager à l'étranger.

____

4. Natalie aime lire et étudier.

____

5. Vous n'aimez pas rester tranquille.

____

4-28 Dimanche dernier. Racontez comment ces personnes ont passé la journée de dimanche.

MODÈLE: votre mère: *Dimanche dernier, ma mère est allée à la messe. Ensuite elle a dîné chez des amis. Dimanche soir, elle a regardé un film à la télé.*

1. vos parents: ____

____

2. vous: ____

____

3. un(e) ami(e): ____

____

4. un(e) ami(e) et vous: ____

____

Les questions avec les pronoms interrogatifs

4-29 La bonne réponse. Pour chaque question dans la colonne de gauche trouvez la bonne réponse dans la colonne de droite.

___ 1. Qui est-ce que tu vois là-bas? Une vedette?
___ 2. À qui est-ce que tu as donné les billets?
___ 3. Qu'est-ce qu'on joue au théâtre?
___ 4. Avec qui est-ce que vous allez au concert?
___ 5. Qui a réservé nos places pour le spectacle?
___ 6. Qu'est-ce que vous préférez voir?
___ 7. Avec quoi est-ce qu'il a fait ce poster?

a. Avec nos voisins d'en face.
b. Un ballet. J'adore les ballets.
c. Oui, c'est Denzel Washington.
d. Avec son nouvel ordinateur.
e. À ma sœur.
f. Mon mari.
g. Une pièce de Racine, je pense.

nom: ______________________________ date: ______________________

4-30 Des questions personnelles. Répondez aux questions suivantes d'une façon personnelle.

MODÈLE: Qu'est-ce que vous aimez faire le week-end?
J'aime bien aller au ciné et quelquefois au théâtre.

1. Qu'est-ce que vous aimez faire en hiver?

____

2. De quoi est-ce que vous parlez avec vos meilleur(e)s ami(e)s?

____

3. D'après vous, qu'est-ce qui est essentiel pour passer un bon week-end?

____

4. À qui est-ce que vous parlez au téléphone le plus souvent?

____

5. Chez vous, qui regarde la télé le plus souvent?

____

6. Qui est-ce que vous admirez le plus?

____

4-31 Les vacances de Claire. Claire parle de ses vacances merveilleuses à la Guadeloupe. D'après ses réponses, donnez une question appropriée.

MODÈLE: J'ai trouvé l'homme de ma vie à la Guadeloupe.
Qu'est-ce qui est arrivé à la Guadeloupe?

1. Je suis allée à la Guadeloupe *avec ma sœur et une de ses amies.*

____

2. Elles *ont fait de la planche à voile.*

____

3. Quelque chose de terrible est arrivée. *J'ai eu un accident.*

____

4. *Je* suis tombée.

____

5. J'ai marché *avec une canne.*

____

6. Je suis sortie à la discothèque *avec un beau garçon.*

____

LISONS

4-32 Avant de lire. Before you read this article reporting the results of a survey about leisure time activities among French people from 12 to 25 years old, answer these questions in English.

1. List three activities (in order of preference) that you enjoy when you go out.

____

____

2. Are the activities you listed in (1) different from those that you would have listed when you were 12 or 13? In what way(s)?

____

____

4-33 En lisant. As you read, look for the information requested.

1. Fill in the chart with activities that are popular and not so popular among French youth.

LES JEUNES FRANÇAIS AIMENT...	LES JEUNES FRANÇAIS N'AIMENT PAS...

2. What reason is given for young people's not going out as often as they would like?

____

____

3. What reason is cited for the popularity of rock concerts?

____

____

nom: ______________________________ date: ______________________________

Qu'est-ce qui vous fait sortir?

Où sortez-vous ce week-end? Très probablement, vous allez au cinéma. Sinon il y a de fortes chances d'aller en boîte [à la discothèque], ou de vous détendre dans un parc de loisirs. Ce sont les tendances générales des sorties des 12-25 ans, selon une enquête du ministère de la Culture sur les habitudes culturelles et de loisirs de cette tranche d'âge.

Après ce tiercé gagnant, viennent les fêtes foraines, les matchs sportifs, les concerts rock. Tout en bas du tableau, on trouve les spectacles que vous ne fréquentez presque jamais: concerts de jazz, de musique classique, la danse et l'opéra.

Vous voulez sortir plus souvent mais cela coûte trop cher. Aller au cinéma, c'est le prix du transport aller/retour, plus la place, plus le restaurant ou le pot dans un bar. Sortir régulièrement pose le problème du prix des places, mais aussi de l'éloignement des lieux de loisirs, des moyens de transport le soir.

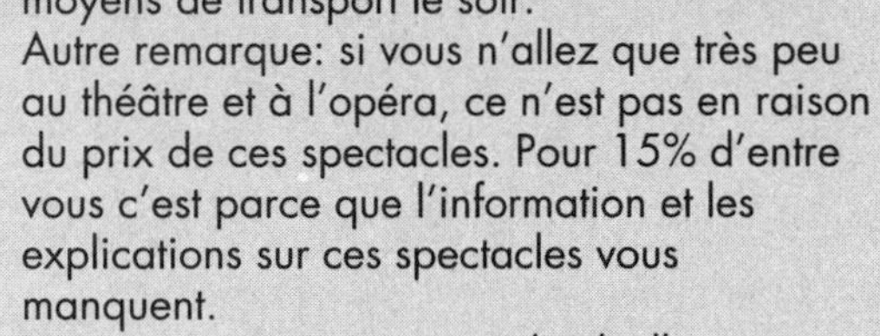

ON PRÉFÈRE SORTIR EN GROUPE !
SURTOUT POUR ALLER VOIR UN MATCH DE FOOT !
C'EST PLUS SÛR !
Dessin de Nikolaz
NIKOLAZ

Autre remarque: si vous n'allez que très peu au théâtre et à l'opéra, ce n'est pas en raison du prix de ces spectacles. Pour 15% d'entre vous c'est parce que l'information et les explications sur ces spectacles vous manquent.

D'autre part, aux sorties individuelles vous préférez les sorties en groupe, ce qui vous fait apprécier l'ambiance des concerts rock.

Source: A. O.-G., *Les Clés de l'Actualité* du 6 au 12

4-34 Après avoir lu. Now that you've read the text, complete the following activities on a separate sheet of paper.

1. Take a survey in your dorm, your house, or among your classmates to discover the most and least popular cultural and leisure activities. Note the results on a separate sheet of paper. Then write a short paragraph in French which presents the results of your survey.

MODÈLE: amusement park: 6

movies: 5

...

opera: 0

Chez moi, les gens préfèrent surtout aller au parc de loisirs. Le cinéma est très populaire aussi, mais on n'aime pas du tout aller à l'opéra...

2. Compare your results with those from French survey. Which activities were popular among both groups? Which activities were different? How might you explain the similiarities and differences?

ÉCRIVONS

4-35 Une invitation. Vous voulez inviter un(e) ami(e) à sortir avec vous. Rédigez un petit mot que vous allez glisser sous sa porte parce que cette personne n'a pas le téléphone.

MODÈLE: *Agnès, Je voudrais t'inviter à une fête samedi soir. On célèbre l'anniversaire de Cristèle. Tu veux m'accompagner?... Bruno*

____

____

____

4-36 Les vacances d'une star: Interview. Imaginez que vous êtes journaliste et que vous avez interviewé une star à propos de ses vacances. Pour commencer, écrivez les questions. Ensuite, imaginez les réponses. Faites votre reportage sur une feuille séparée.

MODÈLE: *— Où est-ce que vous aimez passer vos vacances?*
— Ah, vous savez, moi, je préfère aller aux Antilles. Il y a trop de touristes sur la Côte d'Azur.
— Qu'est-ce que vous faites pendant les vacances?
— J'aime bien faire du ski nautique et nager.... Le soir, j'adore sortir.

4-37 Un week-end typique. Sur une feuille séparée, écrivez une lettre à un(e) élève de lycée qui va faire ses études à l'université où vous êtes. Décrivez un week-end typique sur votre campus en racontant les activités du week-end dernier. Avant d'écrire:

- Faites une liste de vos activités
- Faites une liste des endroits où vous êtes allé(e)
- Décrivez le temps qu'il a fait

MODÈLE: *Le week-end dernier a été très typique. Il a plu comme toujours au printemps. Je suis allée au ciné avec mes camarades de chambre. On joue beaucoup de films sur le campus. Après, nous avons discuté dans un petit café. Ensuite,...*

nom: ______________________________ date: ______________________

Chez nous: Les DOM-TOM

4-38 C'est où? Dans la colonne de droite, trouvez la capitale des pays indiqués dans la colonne de gauche.

___ 1. La Guadeloupe	a. Victoria
___ 2. Les Seychelles	b. Saint-Denis
___ 3. Haïti	c. Basse-Terre
___ 4. L'Île Maurice	d. Port-au-Prince
___ 5. Tahiti	e. Fort de France
___ 6. La Martinique	f. Port Louis
___ 7. La Réunion	g. Papeete

4-39 Les îles. Complétez le tableau suivant sur la Réunion et Tahiti. Vous pouvez consulter votre livre, des atlas, des encyclopédies ou des guides touristiques.

	LA RÉUNION	TAHITI
SITUATION GÉOGRAPHIQUE		
CLIMAT		
CHEF-LIEU		
POPULATION		
LANGUES		
ÉCONOMIE		
HISTOIRE		

4-40 Gaugin. Allez à la bibliothèque ou à un musée d'art pour regarder des tableaux de Gauguin. Choisissez un tableau et sur une feuille séparée, décrivez comment le tableau représente Tahiti, son peuple et son paysage. Est-ce que vous trouvez que ce tableau reflète les renseignements que vous avez fournis pour 4-39?

LISONS POUR EN SAVOIR PLUS

4-41 Avant de lire. Before you read this text describing an exhibit on the life and work of Aimé Césaire, answer these questions in English.

1. What have you already learned about Aimé Césaire from your text and your research?

____

2. What kinds of things would you expect to see exhibited?

____

4-42 En lisant. As you read, look for the following information. (Note: This passage contains one verb form which you haven't seen in the sentence «**Il fut un homme...**». The verb **fut** is a literary past tense of the verb **être**.)

1. Complete the chart with answers to the four basic journalistic questions about the exhibit.

When?	______________________________
Where?	______________________________
What?	______________________________
Why?	______________________________

2. List three different components of the exhibit.

____

____

Exposition «Aimé Césaire»

Le 8 décembre 1994 a été inaugurée à l'Hôtel de Massa (siège de la Société des Gens de Lettres) une nouvelle exposition du CLEF, «Aimé Césaire», encouragée dans sa mise en oeuvre par le succès des précédentes expositions.

Conception générale

La vie et l'oeuvre d'Aimé Césaire s'interpénètrent étroitement puisque très tôt il fut un homme public agissant pour faire évoluer le sort des Antilles et s'engageant dans les combats de la négritude, de la décolonisation et du socialisme.
Cette activité politique essentielle est évoquée à travers quatorze panneaux illustrés en couleur (format 60 x 80 cm) ... qui situent les faits historiquement et géographiquement.
Mais Césaire est aussi, avant tout, un poète. Les extraits de textes sont donc associés aux illustrations que de grands peintres ont faites pour ses oeuvres—Wilfredo Lam, Jean Pons, Pablo Picasso.
De nombreuses photos d'Aimé Césaire et divers autres documents se rapportant à ses rencontres, à ses activités politiques ou à son univers poétique rythment également chaque panneau.
L'exposition est accompagnée d'un livret qui fournit des précisions biographiques et bibliographiques.

Source: Mireille Brunot, *Notre Librairie*. Revue du livre: *Afrique, Caraïbes, Océan Indien*, Oct, Nov, Déc 1994

3. Why would it be helpful to buy the booklet which goes along with the exhibit?

____

4-43 Après avoir lu. Now that you've read the text, complete the following activities on a separate sheet of paper.

1. Which part(s) of the exhibit would appeal to you the most? Why?
2. Describe Aimé Césaire in a paragraph or two. You may include factual information like his date of birth as well as more subjective judgements about his character and life's work.

MODÈLE: Aimé Césaire a été très important pour les Antillais. Il a étudié à Paris et quand il est rentré à la Martinique il a écrit beaucoup de poèmes... Césaire a été très intelligent et...

Chapitre 5: Vous désirez?

Première partie: Qu'est-ce que vous prenez?

POINTS DE DÉPART

5-1 Les boissons et les sandwichs. Identifiez chaque image.

1 ______ un chocolat chaud 7 ______ 8 ______ 9 ______ 3 ______ 2 ______ 5 ______ 6 ______ 12 ______ 13 ______ 4 ______ 11 ______ 14 ______ 15 ______ 10 ______

5-2 Qu'est-ce qu'on prend? Pour chaque situation, nommez deux boissons appropriées.

MODÈLE: en hiver: du chocolat chaud, du thé

1. en été: ______
2. quand on est fatigué: ______
3. avec un sandwich au jambon: ______
4. quand il fait froid: ______
5. pour son anniversaire: ______

5-3 Au restaurant. Commandez des repas d'après les indications.

MODÈLE: un déjeuner: Je désire un sandwich, des frites, un coca et une tarte aux pommes.

1. un petit déjeuner léger: ______
2. un dîner d'anniversaire: ______
3. un déjeuner élégant: ______
4. un petit déjeuner copieux: ______

5-4 Un régime spécial. Vous êtes médecin et vous préparez un régime spécial pour l'un de vos clients. Précisez ce que la personne doit manger pendant une journée typique. Choisissez entre les clients suivants: **un homme qui veut maigrir**; **une femme qui va avoir un bébé**; **une femme très active**; **un jeune enfant de 3 ans**.

MODÈLE:
client choisi: *un enfant de 3 ans*
au petit déjeuner: *des céréales avec du lait ou du pain grillé avec un fruit*
au déjeuner: *un sandwich, une pomme et du lait*
au goûter: *des tartines et un jus de fruit*
au dîner: *du poulet avec du riz et des haricots verts; du lait ou de l'eau*

Vous:
client choisi: ______________________________
au petit déjeuner: ______________________________
au déjeuner: ______________________________
au goûter: ______________________________
au dîner: ______________________________

Quelques expressions avec **avoir**

5-5 Des conseils. Donnez des conseils dans la colonne de droite à un ami qui a des problèmes dans la colonne de gauche.

____ 1. J'ai mal aux dents.	a. Calme-toi!
____ 2. J'ai faim.	b. Prends de l'eau minérale!
____ 3. J'ai soif.	c. Va au lit!
____ 4. J'ai sommeil.	d. Mets un short!
____ 5. J'ai froid.	e. Mange une pomme!
____ 6. J'ai chaud.	f. Mets ton anorak!
____ 7. J'ai peur.	g. Va chez le dentiste!

5-6 Pourquoi? Donnez une explication possible pour les actions de ces personnes.

MODÈLE: Il va chez le médecin. *Il a probablement mal au dos.*

1. Elle pâlit soudainement. ______________________________
2. Il dort en classe. ______________________________
3. Tu veux manger. ______________________________
4. Vous prenez un citron pressé. ______________________________
5. Je mets mon pullover. ______________________________
6. Nous allons à la bibliothèque. ______________________________

nom: ______________________________ date: ______________________

5-7 Comment cuisiner? Donnez au moins un ingrédient essentiel pour préparer chaque type de boisson ou casse-croûte.

MODÈLE: un café au lait: *On a besoin de café et de lait.*

1. un citron pressé: ______________________________
2. un croque-monsieur: ______________________________
3. un diabolo menthe: ______________________________
4. un sandwich: ______________________________
5. un pain au chocolat: ______________________________

Formes et fonctions

Les verbes **prendre** et **boire**

5-8 Les langues. Complétez les phrases avec un verbe (**apprendre** ou **comprendre**) et une langue appropriés.

MODÈLE: Elle est prof de français. Elle *comprend le français.*

1. Ils étudient en Italie. Ils ______________________________
2. Tu as un cours d'espagnol. Tu ______________________________
3. Ma mère parle toujours anglais. Je ______________________________
4. Nous étudions au Maroc. Nous ______________________________
5. Vous travaillez au Portugal. Vous ______________________________

5-9 Ils ont soif. Dites ce que ces personnes boivent aux moments de la journée indiqués.

MODÈLE: mon père/ le matin *Il boit un café au lait.*

1. moi/ le soir ______________________________
2. toi/ quand il fait chaud ______________________________
3. vous/ après le repas ______________________________
4. nous/ le week-end ______________________________
5. elles/ quand il fait froid ______________________________

5-10 Les préférences. Dites ce que vos amis et vous prenez aux moments indiqués.

MODÈLE: Le matin, *mon père prend du café noir et des céréales.*

1. Le soir, mes amis et moi ______________________________
2. Comme goûter, ma sœur ______________________________
3. Le week-end, mes copains ______________________________
4. L'après-midi, je ______________________________
5. Le matin, mes parents ______________________________

L'article partitif

5-11 Les hôtes. Vous dînez chez des amis. Répondez en expliquant que vous aimez ou vous n'aimez pas la boisson ou le plat en question.

MODÈLE: Vous désirez des frites? *Non merci, je n'aime pas les pommes de terres.*

1. Vous voulez du sucre avec le café? ______________________________
2. Vous désirez du lait? ______________________________
3. Vous voulez de la pizza? ______________________________
4. Vous désirez de la tarte à pomme? ______________________________
5. Vous voulez de la glace? ______________________________

5-12 La nourriture. Dites ce que ces personnes prennent et ce qu'elles ne prennent pas d'habitude.

MODÈLE: votre sœur: *Elle prend du bacon, des céréales, des hamburgers et du riz. Elle ne prend pas de saumon ou de gigot.*

1. votre mère ______________________________
2. votre meilleur(e) ami(e) ______________________________
3. votre frère ou sœur ______________________________
4. vos grands-parents ______________________________
5. vous ______________________________

nom: ____________________ date: ____________________

Les verbes en -re

5-13 Les visites en famille. À qui est-ce qu'on rend visite aux moments suivants?

MODÈLE: moi/ pour la Saint-Valentin *Je rends visite à mon copain/ma copine.*

1. mon frère/ le dimanche ____________________
2. mes parents/ pendant l'été ____________________
3. mes cousins/ pour Noël ____________________
4. mon ami(e) et moi/ le week-end ____________________
5. moi/ pour la fête des mères ____________________

5-14 Le départ en vacances. Faites une phrase logique avec un des verbes suivants: **attendre, descendre, rendre, rendre visite à, vendre, répondre à.**

MODÈLE: moi/ annonce pour une maison *Je réponds à l'annonce pour une maison.*

1. moi/ la montagne ____________________
2. mon frère/ son auto ____________________
3. nous / le bus ____________________
4. nous/ nos grands-parents____________________
5. vous/ les clés de la maison ____________________

LISONS

5-15 Avant de lire. Before you read this article describing breakfasts around the world, answer these questions in English.

1. Describe a typical American breakfast. ____________________

____

2. How might breakfast differ in other countries? ____________________

____

5-16 En lisant. As you read, indicate in which country or countries each item is consumed for breakfast. Write **E** for England, **H-G** for Holland and Germany, **R** for Russia, and **US** for the United States.

_E_ bacon	____ coffee	____ ham	____ smoked fish
____ cereal	____ eggs	____ marmalade	____ tea with milk
____ cheese	____ fruit juice	____ rye bread	____ toast

Petits déjeuners du monde entier.

Aux États-Unis, les juniors avalent d'excellents jus de fruits, des céréales en quantité industrielle et du pain toasté. Un bon départ, malheureusement gâché par un grignotage quasi permanent tout au long de la journée, à base de *pop-corn*, de *cheese burger* et autres *onions rings*...

En Angleterre, on se met très tôt au thé au lait (meilleur que le café, surtout là-bas). Les kids aiment les œufs, au plat ou brouillés, le bacon, les toasts tartinés de marmelade.

En Hollande et en Allemagne, les petits déj' sont solides: pain de seigle, au sarrasin ou complet, compote, jambon, fromage. Du costaud pour affronter le froid des petits matins d'hiver.

En Russie, avec le thé au lait, joyeux mélange de pain de seigle, de poisson fumé et de blinis. Question d'habitude.

Source: L'Événement junior, 3 mars 1994

5-17 Après avoir lu. Now that you've read the article, complete the following activities on a separate sheet of paper.

1. Which country seems to have the most and the least nutritious breakfast? Support your answer with examples from the text.
2. Which country's breakfast do you prefer? Why?
3. Complete the article with descriptions of breakfast in France and Quebec. Using the article as a model, write two short paragraphs, in French, on a separate sheet of paper with the headings:

   En France... Au Québec

nom: ______________________ date: ______________________

ÉCRIVONS

5-18 Comment est-ce qu'on mange aux USA? Sur une feuille séparée, écrivez une lettre à votre correspondant(e) francophone. Il/Elle veut savoir comment on mange aux États-Unis. Avant de répondre, complétez ses activités:

- Faites une liste des heures des repas principaux
- Décidez quel repas est le plus important
- Donnez des exemples des plats typiques pour chaque repas
- Décrivez votre repas et vos plats préférés

Cher Arnaud,

Aux États-Unis, on prend le petit déjeuner à.... Le repas le plus important est.... Un déjeuner typique consiste de.... Mon repas préféré est... parce que....

Amitiés,

Jacqueline

5-19 Notre restaurant à nous. Imaginez que votre famille tient un restaurant et que vous faites de la publicité pour ce restaurant. Sur une feuille séparée, rédigez une brochure publicitaire pour le restaurant. Décrivez l'ambiance, le service et surtout les repas.

On mange bien Chez Ma Mère! L'ambiance est calme et confortable après une longue journée de travail.... Le service est excellent et Bruno, notre serveur... Le plat le plus connu est Les Spaghetti de Maman. C'est un plat...

Deuxième partie: Faisons des courses!

POINTS DE DÉPART

5-20 Des courses à faire. Décidez où ces personnes doivent aller pour faire leurs courses.

MODÈLE: Sarah veut acheter un gâteau d'anniversaire. *Elle va à la pâtisserie.*

1. Yves prépare un plateau de fromages pour des invités. ____________________
2. Dominique voudrait manger du poisson ce soir. ____________________
3. Claude n'a plus de sel chez lui. ____________________
4. Francine aime manger des croissants le dimanche. ____________________
5. Mme Colin veut servir un rôti à ses invités. ____________________
6. Éric adore le jambon et la saucisse. ____________________

5-21 Des menus spéciaux. Voici quelques événements extraordinaires. Décidez ce que vous voulez servir et où vous devez aller pour faire des courses.

MODÈLE: C'est l'anniversaire de votre meilleur(e) ami(e):
Nous allons manger une bonne pizza et un gâteau d'anniversaire. Je vais trouver la pizza au supermarché et le gâteau à la pâtisserie du coin.

1. Votre sœur a terminé ses études de médecine.

____

____

____

2. Votre camarade de chambre a gagné une bourse pour étudier à Québec cet été.

____

____

____

3. Vous avez réussi à tous vos examens finals ce semestre.

____

____

____

4. Deux bons amis annoncent qu'ils vont se marier au printemps.

____

____

____

nom: ______________________ date: ______________________

5-22 Ce n'est pas logique! Corrigez ces phrases avec une expression de quantité appropriée.

MODÈLE: Le matin, je prends souvent un gramme de lait.
Le matin, je prends souvent un verre de lait.

1. Pour faire des spaghettis, il faut une douzaine de pâtes.
____
2. Pour faire de la vinaigrette, il faut une bouteille de moutarde et un pot d'huile.
____
3. Ce soir, nous allons prendre une tasse de vin avec le repas.
____
4. Tous les jours, Marie boit un kilo de café noir.
____
5. J'ai besoin d'un morceau de fraises pour faire une tarte.
____
6. Hier, ma sœur a acheté deux kilos d'oeufs à la crémerie.
____

5-23 Les préférences. Dites ce que vous aimez ou ce que vous n'aimez pas prendre dans chaque catégorie.

MODÈLE: les boissons chaudes: *J'aime prendre du café noir le matin.* ou
Je n'aime pas prendre du thé le matin.

1. les légumes: ______________________
2. les fruits: ______________________
3. les légumes verts: ______________________
4. les fruits rouges: ______________________
5. la viande: ______________________
6. la pâtisserie: ______________________

5-24 Les ingrédients. Déterminez ce dont on a besoin pour préparer les plats suivants.

MODÈLE: une soupe à l'oignon: *des oignons, du sel, du poivre, de l'eau, du pain, du fromage*

1. une tarte aux fraises: ______________________
2. une salade de fruits: ______________________
3. une soupe aux légumes: ______________________
4. une bonne omelette: ______________________
5. une bonne pizza: ______________________

Formes et fonctions

Les verbes comme **acheter** et **appeler**

5-25 Un grand repas. Vos amis et vous avez décidé de préparer un grand repas pour fêter la fin du semestre. Indiquez ce que chaque personne achète pour emporter à la fête.

MODÈLE: Lise (dessert): *Elle achète une tarte aux poires.*

1. Le prof (légume): ______________________________
2. Gilles et Guy (viande): ______________________________
3. Vous (hors d'œuvre): ______________________________
4. Sylvie et moi (fruit): ______________________________
5. Moi (boisson): ______________________________

5-26 Les questions personnelles. Répondez à ces questions indiscrètes.

MODÈLE: Où est-ce que vous achetez vos vêtements?
En général, j'achète mes vêtements aux magasins pas trop chers.

1. Combien de fois par semaine est-ce que vous appelez vos parents?

____

2. Qui lève le doigt le plus souvent dans votre classe de français?

____

3. Qui est-ce que vous avez amené à une fête récemment?

____

4. Est-ce que vos profs épellent correctement votre nom?

____

5. Est-ce que vous jetez vos examens et compositions à la fin du semestre?

____

6. Est-ce que votre camarade de chambre et vous avez acheté des choses en commun?

____

nom: ______________________________ date: ______________________

Les pronoms compléments d'objet direct: **le, la, l', les**

5-27 Les achats de tous les jours. Indiquez la fréquence avec laquelle vous achetez ou vous n'achetez pas les produits suggérés.

MODÈLE: les épinards? *Je les achète assez rarement.*
le lait au chocolat? *Je ne l'achète jamais.*

1. le melon? ______________________________
2. les cerises? ______________________________
3. le café? ______________________________
4. la viande? ______________________________
5. le poisson? ______________________________
6. les petits pois? ______________________________

5-28 La vie à la fac. Répondez aux questions avec des pronoms compléments d'objet direct.

MODÈLE: Quand est-ce que vous appelez votre mère? *Je l'appelle le samedi.*

1. Vos amis achètent leurs livres où? ______________________________
2. Qui perd souvent la clé de sa chambre? ______________________________
3. Vous faites vos devoirs où? ______________________________
4. Quand est-ce que votre prof rend les devoirs? ______________________________
5. Où est-ce que vous préparez l'examen final? ______________________________
6. Pourquoi est-ce que vous admirez votre prof? ______________________________

Le pronom partitif **en**

5-29 La vérité. Donnez une réponse qui correspond à votre situation.

MODÈLE: Je n'en prends pas après 18h. *du café*

1. J'en prends souvent. ______________________________
2. J'adore en prendre. ______________________________
3. Je n'en prend pas beaucoup. ______________________________
4. J'en prends une tous les jours. ______________________________
5. J'en prends quelquefois le soir. ______________________________
6. J'en prends toujours le matin. ______________________________
7. J'en prends beaucoup trop! ______________________________

5-30 Une bonne pizza. Pour fêter les 20 ans de votre meilleur(e) ami(e), vous organisez une soirée pizza. Dites combien de chaque ingrédient vous devez acheter pour faire 5 pizzas.

MODÈLE: des oignons? *Je dois en acheter trois.*

1. du fromage? ____________________
2. de la sauce tomate? ____________________
3. des champignons? ____________________
4. des crevettes? ____________________
5. de l'ananas? ____________________
6. du jambon? ____________________

Faire des suggestions avec l'imparfait

5-31 Des suggestions. Votre prof de français préfère utiliser les suggestions en classe. Transformez ces ordres en suggestions.

MODÈLE: Regardez le tableau! *Si vous regardiez le tableau?*

1. Faites attention! ____________________
2. Fermez vos livres! ____________________
3. Préparez l'examen! ____________________
4. Parlez en français! ____________________

Vous essayez la même technique avec votre petit frère à la maison.

MODÈLE: Fais la vaisselle! *Si tu faisais la vaisselle?*

5. Ferme la porte! ____________________
6. Mange ta salade! ____________________
7. Mets la table! ____________________
8. Va au lit! ____________________

nom: ______________________________ date: ______________________________

5-32 Il n'y a rien à faire! Quand votre famille et vos amis disent qu'il n'y a rien à faire, proposez des activités qu'ils peuvent faire seuls ou avec vous.

MODÈLE: une amie sportive: *Si on jouait au tennis cet après-midi?*
un petit cousin: *Si tu faisais du vélo avec tes copains?*

1. une sœur: ______________________________
2. des camarades de classe: ______________________________
3. un prof de français: ______________________________
4. un ami timide: ______________________________
5. des grands-parents: ______________________________
6. une amie sérieuse: ______________________________

LISONS

5-33 Avant de lire. This passage is taken from ***L'Étranger,*** the first novel by the Nobel prize winner Albert Camus. The novel takes place in Algeria and tells the story of a man who is on trial for the shooting death of another. This excerpt describes the meal the main character enjoys with friends a short time before the shooting occurs on a Sunday afternoon. Before you read the text, answer these questions in English.

1. What types of food might these friends be eating on a warm Sunday afternoon in Algeria?

____

____

2. What kinds of things might they be talking about?

____

____

5-34 En lisant. As you read, look for the following information. (Note: You will see several verbs in the imperfect tense *(**avais**, **était**)*. Do not worry about the exact meaning of the imperfect; for now it is sufficient to recognize these verbs as describing the past.)

1. Fill in the chart with the food and beverages the characters consume.

À MANGER...	À BOIRE...
bread	

2. By what time had they finished eating? ______________________

Why might this be considered surprising? ______________________

How does Masson justify the time? ______________________

Who finds this very amusing? ______________________

3. After the meal, the men and women have different occupations. What are they?

LES FEMMES	LES HOMMES

Quand nous sommes revenus, Masson nous appelait déjà. J'ai dit que j'avais très faim.... Le pain était bon, j'ai dévoré ma part de poisson. Il y avait ensuite de la viande et des pommes de terres frites. Nous mangions tous sans parler. Masson buvait souvent du vin et il me servait sans arrêt. Au café, j'avais la tête un peu lourde et j'ai fumé beaucoup.... Marie nous a dit tout d'un coup «Vous savez quelle heure il est? Il est onze heures et demie.» Nous étions tous étonnés, mais Masson a dit qu'on avait mangé très tôt, et que c'était naturel parce que l'heure du déjeuner, c'était l'heure où l'on avait faim. Je ne sais pas pourquoi cela a fait rire Marie. Je crois qu'elle avait un peu trop bu. Masson m'a demandé alors si je voulais me promener sur la plage avec lui. «Ma femme fait toujours la sieste après le déjeuner. Moi, je n'aime pas ça. Il faut que je marche. Je lui dis toujours que c'est meilleur pour la santé. Mais après tout, c'est son droit.» Marie a déclaré qu'elle resterait pour aider Mme Masson à faire la vaisselle. La petite Parisienne [Mme Masson] a dit que pour cela, il fallait mettre les hommes dehors. Nous sommes descendus tous les trois.

Source: Albert Camus, *L'Étranger*

nom: ______________________________ date: ______________________________

5-35 Après avoir lu. Now that you've read the passage, complete the following activities on a separate sheet of paper.

1. How does the actual meal described in the passage compare with your expectations of it? Did anything about it surprise you? Was there something missing that you had expected?
2. Describe in French a meal that you enjoyed with friends during a week-end or a vacation. To begin, write down when and where this meal took place and make a list of the foods and beverages served. Then write 3 to 4 sentences about it.

ÉCRIVONS

5-36 La boum. Vous préparez une fête avec des amis. Sur une feuille séparée, rédigez un petit mot à un(e) de vos amis pour vérifier qui achète quoi.

MODÈLE: *Marc, je suis allé à la pâtisserie pour trouver un gâteau et des petits-fours. Tu dois aller à l'épicerie pour acheter du café, du sucre et des chips. Qui va au supermarché? On a besoin d'assiettes en papier. Patrick*

5-37 Un(e) camarade de chambre. Imaginez que vous avez un nouvel appartement et que vous cherchez un(e) camarade de chambre. De préférence, vous voulez quelqu'un qui a les mêmes goûts et les mêmes habitudes alimentaires que vous. Sur une feuille séparée, rédigez un paragraphe qui décrit vos habitudes et vos goûts. Commencez par ces activités:

- Faites une liste des aliments/ boissons que vous prenez aux repas et entre les repas
- Précisez l'heure à laquelle vous prenez les repas et les casse-croûte
- Faites une liste des aliments/ boissons que vous adorez et que vous détestez
- Rédigez un paragraphe qui incorpore ces faits

MODÈLE:

LE PETIT DÉJEUNER	LE DÉJEUNER	LE DÎNER	LES CASSE-CROÛTE
(vers 7h30)	(vers midi)	(vers 8 h)	(toute la journée)
du café noir	du coca/de l'eau	de l'eau	du café/ coca
du pain	un sandwich	de la viande	du chocolat
des céréales	un fruit	une salade	des chips
…	…	…	…

J'adore: la pizza, le chocolat, les pêches, le bon café…
Je déteste: le poisson, le jambon, les sardines…

J'aime beaucoup manger! Je prends trois repas par jour et beaucoup de casse-croûte. J'aime bien le chocolat et le bon café. J'adore les pêches et les fraises. D'habitude je prends le petit déjeuner vers 7h30 le matin. Je prends du café noir, du pain, et quelquefois des céréales…

Chez nous: Traditions gastronomiques

5-38 Ça vient d'où? Dans la colonne de droite trouvez la région ou le pays francophone où l'on prépare les spécialités indiquées dans la colonne de gauche.

___ 1. Les crêpes	a. La Suisse
___ 2. Le foie gras	b. L'île Maurice
___ 3. La fondue	c. La Martinique
___ 4. Le taboulé	d. La Bretagne
___ 5. La poutine acadienne	e. Le Périgord
___ 6. Le "curry" indien	f. Le Québec
___ 7. Les bananes flambées au rhum vieux	g. La Tunisie

5-39 Les spécialités de chez vous. Faites une petite brochure publicitaire pour décrire la gastronomie de chez vous. D'abord faites une liste des plats et des boissons particuliers à votre région. Ensuite, notez les ingrédients dont on a besoin pour préparer ces plats. Est-ce que les spécialités sont liées aux produits agricoles de votre région? Finalement, sur une feuille séparée, rédigez un paragraphe qui parle des spécialités de votre région.

5-40 La cuisine française. Imaginez que vous travaillez pour un magazine qui s'appelle ***Le pain et le vin*** et que vous écrivez des articles sur la cuisine régionale en France. Ce mois-ci, vous allez écrire un article sur une région de votre choix. D'abord, allez à la bibliothèque pour vous renseigner sur cette région et ses spécialités. Ensuite, décrivez la région et le plat en quelques paragraphes sur une feuille séparée. Pour conclure, dites si vous voulez préparer ce plat à la maison.

LISONS POUR EN SAVOIR PLUS

5-41 Avant de lire. This recipe for couscous comes from a cookbook entitled ***150 recettes pour cuisinières nulles*** *(150 Recipes for helpless cooks).* Before you read, answer these questions in English.

1. Based on the title of the cookbook, what would you expect the recipe to be like?

____

____

2. Based on what you read in your textbook about couscous, what ingredients do you think will be mentioned in the recipe?

____

____

nom: ______________________________ date: ____________________

5-42 En lisant. As you read, look for the following information.

1. Complete the chart, in English, with the ingredients given in the recipe.

COUSCOUS INGREDIENTS				
MEAT	VEGETABLES	GRAINS	SPICES	OTHER
lamb				

2. List the steps involved in making a couscous.

MODÈLE: *1. put 3 tablespoons of olive oil in couscous pot* *2. sauté 3 big onions* 3.…

5-43 Après avoir lu. Now that you've read the recipe, complete the following activities.

1. Is this recipe different from other recipes you've seen? In what ways? Why do you think it is different? Respond to these questions on a separate sheet of paper.
2. Try to make a couscous following this recipe with a group of friends, classmates or your family. If this recipe doesn't appeal to you, find another Moroccan recipe to prepare.

Couscous

Préparation: 30 minutes **Cuisson:** 2 heures en tout

Ingrédients

150 à 200 g de viande par personne / navets / courgettes / oignons / concentré de tomate en tube / graine de couscous fine / 3 cuillerées d'huile d'olive / épices couscous / harissa en tube / ail / sel, poivre.

150 recettes pour cuisinières nulles

FRANÇOISE PRÉVOST

... Voici donc mon couscous.

Demandez au boucher du plat de côtes de mouton ou du collier de mouton.... Pour ceux qui n'aiment pas le mouton, ajoutez du poulet, également coupé en morceaux....

Comme légumes, je ne mets que des navets et des courgettes, à la mode berbère.... Il vous faut aussi des oignons, du concentré de tomates en tube, de la graine (préférez la «fine») et des épices couscous (raz-el-hanout).

Dans la marmite de couscoussier, mettez 3 grandes cuillerées d'huile d'olive. Faites-y revenir 3 gros oignons coupés grossièrement et mettez les morceaux de viande.... Couvrez le tout d'eau chaude .... Salez, poivrez, pressez l'équivalent de 2 cuillerées à café de tomate en tube et ajoutez 2 cuillerées à café d'épices. Mettez le couvercle.

Dans le second couscoussier, mettez de l'eau à chauffer salée, poivrée, épicée de 1 cuillerée de raz-el-hanout. Quand l'eau bout, mettez-y les navets, couvrez.... Quand vous voyez qu'ils commencent à s'attendrir, mettez les courgettes ... coupées en morceaux .... Quand navets et courgettes sont cuits, arrêtez le feu et laissez en attente....

Pendant que la viande continue de cuire, préparez la graine. Il en faut 1 verre à moutarde par personne, que vous versez dans un saladier. Salez et humectez d'eau discrètement, en mélangeant avec une cuiller. Laissez en attente. Au bout de 15 mn, la graine a gonflé.... la graine doit être souple ... mais sans être trop humide....

Pendant ce temps, la viande continue de cuire ... Il faut qu'elle cuise 2 h ...'

La sauce piquante est le condiment indispensable au couscous: mettez 2 cuillerées à café de harissa en tube dans un petit récipient. Délayez avec du jus de viande et faites à vos invités les recommandations d'usage: «Attention, ça pique.»

Source: Françoise Prévost, *150 recettes pour cuisinières nulles*

Chapitre 6: Nous sommes chez nous

Première partie: La vie en ville

POINTS DE DÉPART

6-1 Chez moi. Faites un petit dessin de votre chambre, votre appartement, votre studio ou la maison de vos parents. Ensuite, identifiez les pièces.

6-2 Échange de logements. Vous voulez faire un échange de logements cet été avec un(e) étudiant(e) francophone qui va habiter chez vous pendant que vous habitez chez lui ou chez elle. Sur une feuille separée, écrivez 2 ou 3 phrases qui décrivent le logement que vous avez dessiné en 6-1.

MODÈLE: J'habite un deux-pièces avec une grande salle de bains, des W.C. et une petite cuisine. Malheureusement je n'ai pas de terrasse, mais il y a une cour derrière mon immeuble. J'aime bien mon appartement, mais attention, j'habite au cinquième étage et l'ascenseur ne marche pas toujours.

6-3 Ce qu'il y a chez moi. Dites ce que vous avez et ce que vous n'avez pas chez vous.

MODÈLE: un radiateur électrique? Oui, il y a un petit radiateur électrique chez moi. ou Non, j'ai le chauffage central.

1. un grand lit? ____________________
2. un beau tapis? ____________________
3. une armoire? ____________________
4. un réchaud à gaz? ____________________
5. des rideaux? ____________________
6. un grand fauteuil? ____________________

nom: ______________________ date: ______________________

6-4 La résidence universitaire. Sur une feuille séparée, décrivez une chambre typique dans les résidences universitaires sur votre campus. Si vous habitez la résidence, décrivez votre chambre. Si vous habitez ailleurs, demandez à des amis comment c'est dans les résidences.

MODÈLE: Dans les résidences universitaires à l'Université X, il y a deux étudiants par chambre. Les chambres n'ont pas de salle de bains ou de W.C. mais il y en a à chaque étage. Les chambres sont assez petites ....

6-5 À la bibliothèque. Dites à quel étage les endroits et les objets indiqués se trouvent dans votre bibliothèque universitaire.

MODÈLE: le snack-bar? Il se trouve au rez-de-chaussée ou
Il n'y a pas de snack-bar dans notre bibliothèque.

1. le centre d'informatique? ______________________
2. l'amphithéâtre? ______________________
3. les bureaux administratifs? ______________________
4. les téléphones? ______________________
5. les W.C.? ______________________
6. les magazines et les revues? ______________________

6-6 Cherchez l'erreur! John aime bien le français, mais il fait toujours beaucoup de fautes. Aidez-le à corriger les erreurs dans sa rédaction.

se lever

Demain, Françoise va se ~~coucher à~~ 6 heures du matin pour aller à son bureau. Elle va aller à la salle de bains où elle va d'abord s'essuyer et ensuite prendre sa douche. Après sa douche, elle va se laver les cheveux. Puis, elle va aller à son armoire où il y a des vêtements pour se déshabiller. Ensuite, elle va se diriger vers la cuisine pour prendre son dîner. Finalement, elle va s'essuyer les dents avant de partir au travail.

6-7 La routine matinale. Décrivez ce que votre camarade de chambre, votre époux ou quelqu'un d'autre avec qui vous habitez va faire demain matin.

MODÈLE: Mon camarade de chambre va se lever à 6 h du matin comme d'habitude. D'abord il va se raser et se brosser les dents. Puis il va ....

____

____

____

____

Formes et fonctions

Les verbes pronominaux et les pronoms réfléchis

6-8 Un matin chez les Jourdain. Imaginez un matin typique chez M. et Mme Jourdain, leur fille de 3 ans, Stéphanie, et le bébé, la petite Émilie.

MODÈLE: à 4h00: Émilie *se réveille parce qu'elle a faim.*

1. à 4h05: M. et Mme Jourdain ______________________________
2. à 4h15: M. Jourdain ______________________________
3. à 7h30: Stéphanie ______________________________
4. à 8h30: M. Jourdain ______________________________
5. à 10 h: Mme Jourdain ______________________________
6. à midi: Stéphanie et Émilie ______________________________

6-9 Les habitudes. Parlez des habitudes de ces personnes.

MODÈLE: moi/ se brosser les dents *Je me brosse les dents après les repas.*

1. moi/ se coucher ______________________________
2. votre meilleur(e) ami(e)/ se lever ______________________________
3. vos parents/ s'endormir ______________________________
4. moi/ se laver la figure ______________________________
5. votre ami(e) et vous/ se peigner ______________________________
6. moi/ ???? ______________________________

____

6-10 Ah! Les vacances. Dites ce que ces personnes ont fait pendant leurs vacances.

MODÈLE: D'habitude, je me couche de bonne heure.
Pendant les vacances, je me suis couchée après minuit. ou
Pendant les vacances, je ne me suis pas couchée avant une heure du matin.

1. D'habitude, Paul se réveille vers 6 heures du matin.

____

2. D'habitude, Marie-Laure et Lucie se lèvent à 7 heures moins le quart.

____

nom: ____________________ date: ____________________

3. D'habitude, nous ne nous endormons pas devant la télé.

____

4. D'habitude, tu te rases tous les jours.

____

5. D'habitude, je ______________________________

____

6-11 On a une nouvelle maison! Vos amis ont une nouvelle maison et ils vous ont envoyé une carte qui annonce la nouvelle. Mais leur texte manque d'imagination, et il est un peu bizarre; il n'a aucun adjectif! Ajoutez des adjectifs choisis de la liste ci-dessous.

beau	grand	nouveau	premier
bon	jolie	petit	vieux

Chers amis,

Nous avons acheté une nouvelle *maison dans une ville près de nos familles. C'est une maison avec un jardin derrière. La maison est dans un quartier près du stade. C'est une maison avec trois chambres. La chambre a un balcon avec une vue. C'est une maison pour nous.*

6-12 L'appartement. Vos parents vous posent beaucoup de questions à propos de votre nouveau logement. Répondez avec le contraire.

MODÈLES: Ton appartement est dans un mauvais quartier? — Non, c'est dans un bon quartier.
Ton appartement est grand? — Non, c'est un petit appartement.

1. Ton appartement est neuf? ______________________________
2. Ton appartement est au dernier étage? ______________________________
3. Ton appartement est dans un petit immeuble? ______________________________
4. Ton appartement est laid? ______________________________
5. La salle de bains est grande? ______________________________
6. La cuisine est petite? ______________________________

6-13 Vos habitudes téléphoniques. Imaginez que vous répondez à un sondage fait pour France Télécom pour déterminer vos habitudes téléphoniques.

MODÈLE: Est-ce que vous téléphonez souvent à votre mère?
Oui, je lui téléphone tous les jours.

1. Quand est-ce que vous téléphonez à vos parents?

____

2. Est-ce que vous téléphonez à votre père le week-end?

____

3. Est-ce que vous téléphonez souvent à vos amis?

____

4. Pour quelle(s) fête(s) est-ce que vous téléphonez à votre grand-mère?

____

5. Combien de fois par semaine est-ce que vous téléphonez à votre meilleur(e) ami(e)?

____

6-14 Les questions personnelles. Répondez aux questions suivantes d'une façon personnelle.

MODÈLE: Quand est-ce que vous écrivez à vos parents?
Je leur écris quand j'ai besoin d'argent!

1. Combien de fois par semestre est-ce que vous allez voir vos profs?

____

2. Qu'est-ce que vous aimez offrir à votre ami(e) pour Noël?

____

3. Qu'est-ce que vous préférez apporter à votre hôte lorsque vous êtes invité(e)?

____

4. Qu'est-ce que vous dites au prof de français quand vous n'avez pas fait vos devoirs?

____

5. Qu'est-ce que vous empruntez souvent à votre camarade de chambre?

____

nom: ______________________________ date: ______________________

LISONS

6-15 Avant de lire. This interview about the Parisian home of Kenzo, a Japanese fashion designer, appeared in a magazine called ***Maison française***. Before you read, answer these questions in English.

1. What type of people do you think this magazine would be interested in interviewing? Why?

____

____

2. What types of questions do you think the journalist would ask Kenzo?

____

____

6-16 En lisant. As you read, look for the following information.

1. Which parts of the home are mentioned in the interview?

___ bathroom ___ family room ___ laundry room
___ bedroom ___ garden ___ living room
___ dining room ___ kitchen ___ study

2. Fill out the chart with the activities that Kenzo likes to do in each room.

ROOMS/ PLACES	ACTIVITY
garden	

La maison de la sérénité

La maison de Kenzo: immense, paisible, dépaysante, elle est située près de la Bastille, quelque part entre l'Est et l'Ouest, la ville et la campagne, l'eau et les arbres, la nature et la sophistication la plus totale. Kenzo raconte comment il habite les mille mètres carrés de son domaine.

Maison française: Est-ce qu'on peut avoir l'impression d'avoir trop d'espace ou n'en a-t-on jamais assez?

Kenzo: Quand je suis seul évidemment, tout cet espace peut me paraître un peu grand, un peu vide. Surtout au début .... Il faut du temps pour donner un aspect cosy et chaleureux à tout espace....

M.F.: Dans quels endroits vous tenez-vous quand vous êtes seul?

Kenzo: Souvent, je me promène dans le jardin. Je regarde un film dans ma chambre. J'écoute de la musique dans la salle de bains. Quand je suis dans l'eau, j'aime bien mettre une musique très relaxante, ou de l'opéra. Ou encore je vais dans ma cuisine, où je me prépare des choses très simples: des nouilles, du riz, du curry ... Si j'ai envie de grand calme, je vais dans la chambre japonaise.

M.F.: Votre maison est-elle très différente selon les saisons?

Kenzo: Il m'arrive de changer les meubles de place. L'hiver, je mets le grand canapé devant le feu. Et comme le ciel est plus bas, plus gris, il y a une lumière différente à l'intérieur, mais ma maison d'hiver n'est pas radicalement différente de ma maison d'été.

Source: Jacqueline Demornex, *Maison française*, janvier/février 1994

6-17 Après avoir lu. Now that you've read the text, complete the following activities on a separate sheet of paper.

1. How did the interview compare with your expectations, that is, the questions you expected the journalist to ask? What other questions would you have liked to be asked?
2. Based on the description of Kenzo's home and the activities he enjoys, what kind of a person do you think he is? Write 4-5 sentences describing Kenzo as you imagine him to be. Provide examples from the text to support your view.

ÉCRIVONS

6-18 Dans l'armée. Imaginez que vous êtes dans l'armée et que vous écrivez à votre mère. Expliquez votre nouvelle routine. D'abord faites une liste de vos activités. Puis, rédigez la lettre sur une feuille séparée. Utilisez des mots comme **d'abord, après, ensuite,** et **puis.**

MODÈLE: se lever: 5h30
prendre une douche: 2 minutes!
...
se coucher: 21h00

Chère Maman,
Me voilà dans l'armée. La vie est dure ici. On se lève à 5h30 et on a seulement deux minutes pour prendre une douche. Ensuite .... Quand je me couche à 9h00, je suis vraiment fatigué.
Je t'embrasse,
Nicolas

6-19 Notre maison de vacances. Imaginez que vous passez des vacances au bord de la mer avec des ami(e)s ou avec votre famille. Sur une feuille séparée, rédigez une lettre dans laquelle vous décrivez la maison ou l'appartement que vous louez. Commencez par ses activités:

- Faites une liste d'adjectifs pour décrire la maison ou l'appartement
- Ajoutez d'autres caractéristiques marquantes
- Faites une liste des pièces
- Rédigez un paragraphe de 5 à 6 phrases

MODÈLE:

ADJECTIFS	CARACTÉRISTIQUES	PIÈCES
grande	beaucoup de fenêtres	une grande cuisine
neuve	2 étages	4 chambres
moderne	un grand jardin	une terrasse

Chers Donna et Sean,

La maison que nous louons est très grande avec deux étages et beaucoup de fenêtres. C'est une maison neuve et très moderne. Elle a une grande cuisine et quatre chambres. Comme ça, nous pouvons recevoir des invités sans problème.... Quand est-ce que vous venez passer un week-end avec nous? ...

Amitiés,

Paul

6-20 Les maisons des stars. Imaginez que vous êtes journaliste pour ***Maisons françaises*** et que vous interviewez une star pour un numéro spécial sur les maisons des stars américaines. Vous pouvez utiliser l'interview de Kenzo comme modèle. Commencer par ces activités.

- Choisissez une star
- Préparez une liste de questions
- Imaginez les réponses
- Rédigez l'interview sur une feuille séparée

MODÈLE:
MAISON FRANÇAISE: Où est-ce que vous habitez?
WHOOPIE GOLDBERG: J'ai une maison à Los Angeles et un appartement à New York.
MF: Quelle résidence est-ce que vous préférez?
WG: J'aime bien les deux! Je ne peux pas choisir.
MF: Comment est votre maison à L.A.?
WG: Il y a 10 chambres, une piscine chauffée, un terrain de tennis et ....

Deuxième partie: La vie à la campagne

POINTS DE DÉPART

6-21 Une maison provençale. Nommez les parties de cette maison.

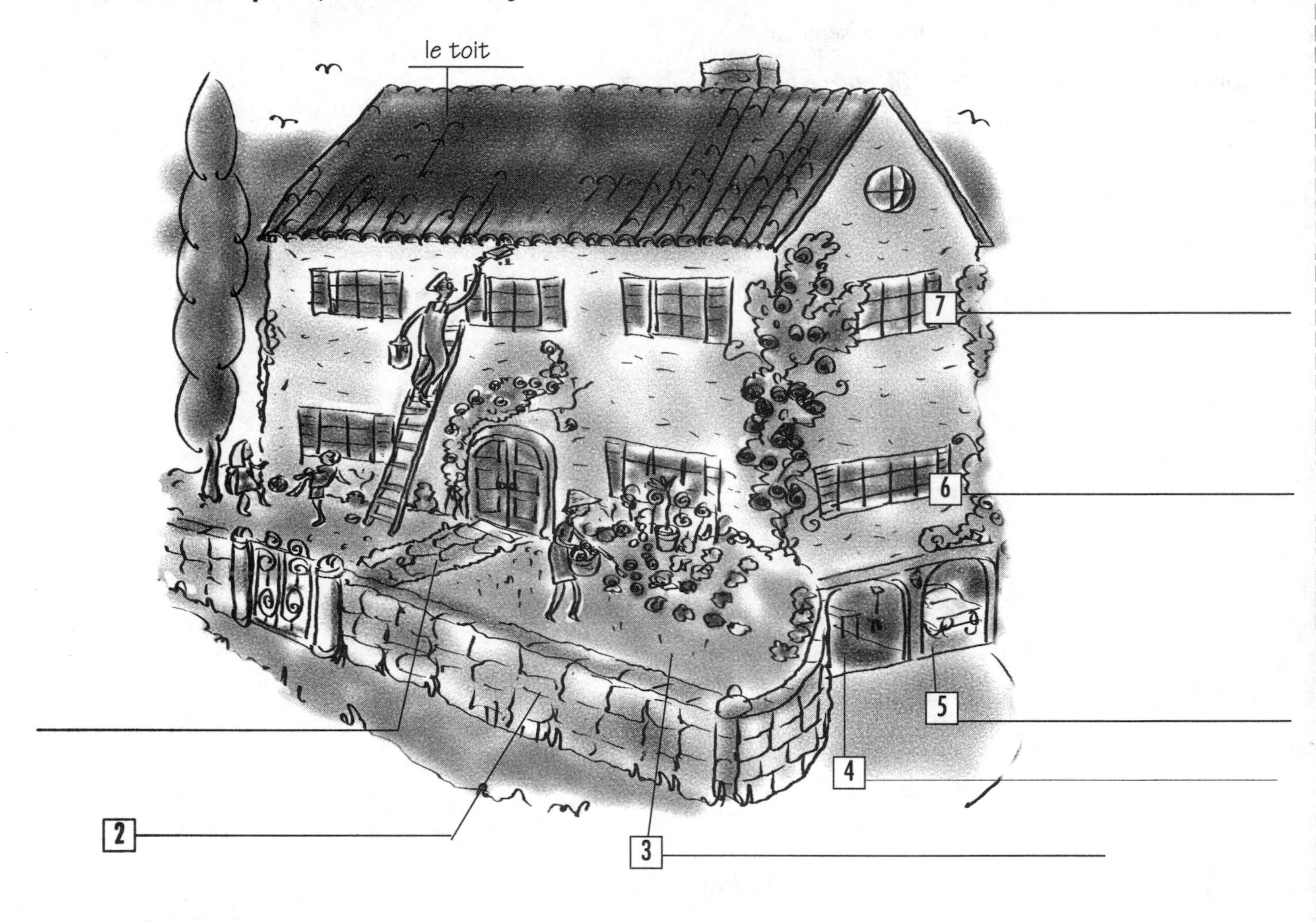

6-22 Ils sont où? D'après les descriptions, dites où se trouvent ces personnes ou ces choses.

MODÈLE: Éric gare sa voiture. *Il est dans le garage.*

1. Ma grand-mère plante des fleurs. ____________________
2. Les oiseaux chantent. ____________________
3. Paul répare les tuiles. ____________________
4. Les enfants s'amusent avec les insectes. ____________________
5. Papa bricole. ____________________

nom: ______________________________ date: ______________________________

6-23 L'endroit typique. Décrivez les logements suivants.

MODÈLE: Un immeuble dans la banlieue *a souvent beaucoup d'étages. Des familles avec des enfants habitent là. Il y a un joli jardin et une belle pelouse.*

1. Une maison à la campagne ______________________________
2. Un immeuble en ville ______________________________
3. Une maison dans la banlieue ______________________________

6-24 On aime la nature. D'après leurs goûts, dites où ces personnes vont passer leurs vacances.

MODÈLE: Guy et Anne aiment se promener sur la plage. *Ils vont aller à la mer.*

1. Gisèle aime faire de l'alpinisme. ______________________________
2. Vous adorez aller à la pêche. ______________________________
3. Tu aimes bien te promener parmi les arbres. ______________________________
4. Paul est géologue et il aime les volcans. ______________________________
5. On veut faire du canoë. ______________________________

6-25 Au choix. Choisissez un endroit et dites pourquoi vous voudriez passer une journée là.

MODÈLE: dans un champ ou près d'un lac? *Je préfère passer ma journée près d'un lac parce que j'adore nager et je peux me baigner quand j'ai chaud.*

1. à la montagne ou dans une forêt? ______________________________
2. dans une vallée ou au sommet d'une montagne ? ______________________________
3. au bord de la mer ou au bord d'une rivière? ______________________________

Formes et fonctions

Les adjectifs prénominaux au pluriel

6-26 Un nouvel immeuble. Imaginez que vous faites construire un nouvel immeuble dans la banlieue. Précisez ce dont vous avez besoin en choisissant des adjectifs de la liste ci-dessous.

beau   bon   grand   joli   nouveau   petit

MODÈLE: des frigos: *J'ai besoin de bons frigos.*

1. des rideaux: ______
2. des placards: ______
3. des cuisinières: ______
4. des baignoires: ______
5. des tapis: ______

6-27 On voit double. Votre amie sort de chez l'opticien et d'après ses remarques, il semble qu'elle voit tout en double!

MODÈLE: Regarde cette jolie petite fille! *Non, ce sont deux jolies petites filles, n'est-ce pas?*

1. Regarde cette belle voiture! ______
2. Regarde ce vieil homme! ______
3. Regarde ce gros homme! ______
4. Regarde ce mignon petit garçon! ______
5. Regarde cette grande dame! ______

Les pronoms relatifs **qui** et **où**

6-28 Les jours et les saisons. Décrivez ces saisons et ces jours.

MODÈLE: le samedi: *C'est un jour où je dors jusqu'à midi.*

1. l'automne: ______
2. le lundi: ______
3. le printemps: ______
4. le vendredi: ______
5. l'été: ______
6. l'hiver: ______

nom: ______________________ date: ______________________

6-29 Le logement idéal. Dites ce que ces personnes préfèrent d'après leurs descriptions.

MODÈLE: Une petite fille de 9 ans aime les maisons *qui sont dans un quartier où il y a beaucoup d'enfants. Elle aime les maisons qui ont une grande pelouse.*

1. Un homme riche aime les appartements ______________________

____

2. Une femme née à la campagne aime les maisons ______________________

____

3. J'aime ______________________

____

L'imparfait: la description au passé

6-30 L'habitude. Dites ce que votre famille et vous faisiez quand vous étiez enfant.

MODÈLE: Souvent je *jouais au sous-sol avec mon amie Andrée quand il neigeait.*

1. Quelquefois mon père ______________________
2. Ma sœur ______________________ toujours.
3. Le week-end, ma famille et moi ______________________
4. D'habitude, ma mère ______________________
5. Tous les vendredi soirs, je ______________________

6-31 Les activités d'hier. Décrivez ce que vous faisiez hier à l'heure indiquée.

MODÈLE: À 6h30 *je dormais tranquillement chez moi.*

1. À 8h00 ______________________
2. À 9h30 ______________________
3. À 12h00 ______________________
4. À 17h45 ______________________
5. À 21h15 ______________________

LISONS

6-32 Avant de lire. This excerpt is from a novel ***L'Emploi du Temps*** by Michel Butor. The main character is a Frenchman who is working in London for a year. The novel is written as a journal in which he records his daily activities. Before you read, answer these questions in English.

1. The main character repeatedly attempts and fails to find a place to stay. How do you think this makes him feel about his search?

___

___

2. This man is single and doesn't make much money. What type of lodging do you think he might be looking for?

___

___

6-33 En lisant. As you read, circle the description which best fits the story in each chart.

OVER AND OVER…

doors	open	closed
conversations	difficult	friendly
problems	his accent	strange questions
availability	available	already taken

THIS TIME …

the woman	speaks to him	doesn't speak to him
the heat	exists	doesn't exist
restrictions	none	some
the room	sad	comfortable

nom: ______________________ date: ______________________

Mardi 27 mai

Il m'a fallu toute la semaine pour épuiser ma liste de chambres;...
Souvent j'ai trouvé les portes fermées, et quand on m'ouvrait, après une conversation pénible sur le seuil, pénible non seulement à cause de mon mauvais accent et des particularités dialectales de mes interlocuteurs, mais aussi, la plupart du temps, de leur air soupçonneux, de leurs questions bizarres, on m'apprenait que j'étais venu trop tard, que la place était déjà prise.
Une fois seulement, je crois, cette semaine-là, une femme m'a fait entrer,... qui après m'avoir dit: «il n'y a pas de chauffage, mais vous pouvez acheter un radiateur à pétrol; vous serez tout à fait libre, la seule chose que je vous demande, c'est de ne pas rentrer après dix heures du soir», et d'autres phrases que je n'ai pas comprises, ou dont je ne me souviens plus, sur le même ton sans réplique, m'a fait visiter une chambre sans table, plus mal meublée encore, plus étroite et plus triste encore que celle que j'occupais à l'«Ecrou», où je ne parvenais pas à me rechauffer.
Il me fallait recommencer les travaux préliminaires, de nouveau déchiffrer l'Evening News, repérer d'autres rues sur le plan, relever d'autres numéros de bus.

Source: Michel Butor, *L'Emploi du Temps*

6-34 Après avoir lu. Now that you've read the passage, complete the following activities on a separate sheet of paper.

1. Based on the text, do you believe the Frenchman will take the room? Why or why not?
2. Remember (or imagine) a time when you were looking for a place to live and were not having much luck. Were your feelings similar to those of the main character? In what ways?
3. Thinking back on the episode described in (1), write a short paragraph in French, which describes either the best or the worst place that you visited during your search for a place to live.

ÉCRIVONS

6-35 Un mystère. Vous voulez écrire un polar (un roman à suspense). Rédigez le premier paragraphe de votre polar où vous décrivez la scène du crime. Avant d'écrire, réfléchissez aux éléments suivants:

- l'heure
- le temps
- l'endroit où le crime a lieu
- l'apparence physique et l'état émotif d'un passant qui regarde le crime

MODÈLE: *Il était une heure du matin, et il faisait du brouillard....*

6-36 Une nouvelle résidence. Une de vos arrière-tantes est morte et elle vous a laissé une petite somme d'argent. Vous pouvez enfin acheter une maison. Écrivez une lettre qui précise ce que vous cherchez à un agent immobilier. Avant d'écrire, réfléchissez aux questions suivantes:

- a situation géographique de la maison
- la taille de la maison
- les caractéristiques que vous cherchez dans une maison
- ce que vous allez faire dans votre maison et vos activités de loisir (sports, etc.)

Madame/Monsieur,

Je cherche une villa dans la banlieue où je peux faire du jogging et de la natation. Je voudrais une villa avec un jardin et… J'aime faire la cuisine, donc une grande cuisine bien équipée est essentielle…

En attendant votre réponse, je vous adresse mes sentiments les meilleurs.

Mademoiselle Dumont

Chez nous: Les régions de France

6-37 La région de… Choisissez une région de France (par exemple l'Alsace, la Bretagne, la Corse, la Normandie, la Provence, la Touraine) et complétez le tableau suivant. Vous pouvez consulter des atlas, des encylopédies, des guides touristiques ou votre manuel.

LA RÉGION: ____________________

SITUATION GÉOGRAPHIQUE ____________________

____

____

PAYSAGE ____________________

POPULATION ____________________

SUPERFICIE ____________________

PLATS PARTICULIERS ____________________

____

LANGUE(S) ____________________

APERÇU HISTORIQUE ____________________

____

____

ATTRACTIONS TOURISTIQUES ____________________

____

____

nom: ______________________ date: ______________________

6-38 Chez moi. Quelles sont les particularités de votre région? Sur une feuille séparée, rédigez deux paragraphes qui décrivent votre région. Avant d'écrire, compléter un tableau comme celui en 6-38 pour votre région.

LISONS POUR EN SAVOIR PLUS

6-39 Avant de lire. Before you read this text about a large regional festival in the south of France, answer these questions in English.

1. Have you ever attended a large festival in your region or while you were travelling? If so, describe what the festival was like and why it was organized. Did you enjoy it?

____

2. What events and/or exhibits would you expect a music festival to have?

____

6-40 En lisant. As you read, look for the following information.

1. First, complete the chart with the answers to these basic questions.

What?	______________________
When?	______________________
Where?	______________________
Why?	______________________

2. Name two places musicians are coming from for this event:

____

3. Provide one example of each of the following from the text:

a type of music: ______________________

a singer: ______________________

an instrumentalist: ______________________

a group: ______________________

CULTURE

Des jeunes artistes relancent la parole occitane

Groupes de rap, écrivains, chanteurs se sont reunis au Festival Équinoxes de Montpellier les 1er et 2 avril. Autour d'une même idée de la fête, ils ont défini les nouvelles frontières des Suds français.

■ MUSIQUES. Le Festival des Équinoxes, près de Montpellier, a consacré un concert, dimanche 2 avril, aux musiques et aux «histoires d'Occitanie», rassemblant une cinquantaine de musiciens, venus de Nice, de Provence, de Gascogne, de Toulouse ou de Montpellier.

■ LA NOUVELLE GÉNÉRATION, nourrie de rap et de raggamuffin — les Fabulous Trobadors de Toulouse, les Nux Vomica de Nice—, côtoyait Claude Marti, l'un des fondateurs de la chanson occitane.

■ LA QUALITÉ des musiques traditionnelles françaises n'a cessé d'augmenter depuis dix ans: des chanteurs (Corou de Berra), des instrumentistes (Patrick Vaillant et Ricardo Tessi, le groupe Une Anche Passe) et des atypiques (Bernard Lubat) ont présenté un panorama varié des musiques du Sud.

■ L'OCCITANIE a perdu son visage militant des années 70 pour adopter une vision plus universaliste, où le pays d'Oc n'est plus une région fermée mais ouverte sur tous les Suds.

Source: *Le monde,* mercredi 5 avril 1995

6-41 Après avoir lu. Now that you've read the text, answer these questions on a separate sheet of paper.

1. How does the description of this festival compare with your expectations for a music festival? What was missing or what was extra?
2. This excerpt mentions that the region of Occitania currently considers itself as part of a larger southern region. In your opinion, does the South of the United States form a distinctive region? Do you think that there is one unified South or do you think there are many different southern regions?

Chapitre 7: Voyageons!

Première partie: Projets de voyage

POINTS DE DÉPART

7-1 Projets de vacances. Vous passez des vacances en Europe. Dites quels moyens de transport sont possibles pour vous rendre à chaque destination.

MODÈLE: des États-Unis à Paris: *On y va en avion ou en bateau.*

1. de l'aéroport à la gare: ______
2. de France en Grèce: ______
3. d'Athènes à l'île de Crète: ______
4. de Crète à l'île de Mykonos: ______
5. de Mykonos à Athènes: ______
6. d'Athènes chez vous: ______

7-2 Moyens de transport habituels. Dites quel moyen de transport les personnes suivantes utilisent d'habitude dans ces situations.

MODÈLE: votre mère / pour faire des courses *D'habitude, elle prend sa voiture.*

1. votre frère ou sœur / pour aller à l'école ______
2. votre père / pour aller au travail ______
3. vos grands-parents / pour aller en vacances ______
4. votre meilleur(e) ami(e) / pour aller en ville ______
5. vous / pour aller en cours ______

7-3 Dans quel pays? D'après la description, suggérez des possibilités de voyage pour ces personnes.

MODÈLE: Pablo parle parfaitement espagnol. *Il peut visiter le Mexique et la Colombie.*

1. M. Marchand adore l'Afrique et il parle français. ______
2. Guy trouve intéressantes les cultures de l'Asie de l'est. ______
3. Mme Charles s'intéresse à l'Amérique latine. ______
4. Iman apprend des langues romanes. ______
5. Je ______ : ______

7-4 Un quiz de géographie. Donnez la nationalité et la langue ou les langues de chaque pays, d'après le modèle.

MODÈLE: Au Brésil: *Les Brésiliens parlent portugais.*

1. Au Cameroun: ____________________
2. En Algérie: ____________________
3. En Suisse: ____________________
4. Au Mexique: ____________________
5. En Angleterre: ____________________

7-5 Vous n'avez rien oublié? Dites ce que vous emportez quand vous partez en vacances.

MODÈLE: Vous passez une journée au Val de Loire. Qu'est-ce qu'il y a dans votre sac?
Dans mon sac, il y a un appareil-photo, des pellicules, un carnet de chèques, 300 francs en espèces et une bouteille de Vittel.

1. Vous sortez de la banque. Qu'est-ce qu'il y a dans votre portefeuille?

____

____

2. Vous passez un mois au Cameroun. Qu'est-ce qu'il y a dans votre valise?

____

____

3. Vous allez à la campagne. Qu'est-ce qu'il y a dans votre sac à dos?

____

____

4. Je ____________________. Dans mon sac, ____________________

____

nom: ______________________________ date: ______________________________

Formes et fonctions

Les prépositions avec les noms de lieu

7-6 Jeopardie! Imaginez que vous jouez au Jeopardie. La catégorie, c'est Les pays et les continents. Posez une question appropriée pour chaque réponse.

MODÈLE: les États Unis: *Quel pays se trouve en Amérique du Nord?* ou
Dans quel pays d'Amérique du Nord est-ce qu'on parle anglais?

1. la Chine: ______________________________
2. le Zaïre: ______________________________
3. la Belgique: ______________________________
4. l'Argentine: ______________________________
5. la Côte d'Ivoire: ______________________________

7-7 Le tour du monde. Votre grand-mère fait le tour du monde en bateau. Posez-lui des questions sur les différents aspects de son voyage.

MODÈLE: Votre grand-mère: «Je vais visiter l'Allemagne.»
Vous: *« Qu'est-ce que tu vas faire en Allemagne?»* ou
« Quelles villes en Allemagne est-ce que tu vas visiter?» ou
« Combien de jours est-ce que tu vas passer en Allemagne?»

1. Votre grand-mère: «Je vais rendre visite à des amis ivoiriens.»

   Vous: « ______________________________

2. Votre grand-mère: «Je vais passer quelques jours à Dakar.»

   Vous: « ______________________________

3. Votre grand-mère: «Peut-être qu'on va visiter l'Inde.»

   Vous: « ______________________________

4. Votre grand-mère: «Je voudrais voir les monuments du Japon.»

   Vous: « ______________________________

5. Votre grand-mère: «J'espère passer une journée à Bruxelles.»

   Vous: « ______________________________

7-8 Vos connaissances en géographie. Testez votre connaissance de la géographie en nommant plusieurs pays pour chaque question.

MODÈLE: Où est-ce qu'on trouve des Africains francophones?
Des Africains francophones se trouvent au Cameroun, en Côte d'Ivoire, au Maroc, au Sénégal et au Zaïre.

1. Où est-ce qu'on parle espagnol? ____________________
____
2. Où est-ce qu'on parle arabe et français? ____________________
____
3. Où est-ce qu'on trouve des économies très fortes? ____________________
____
4. Où est-ce qu'on peut nager dans la mer? ____________________
____
5. Où est-ce que vous voulez habiter un jour? ____________________
____

Les verbes comme **venir**

7-9 Déductions. D'après l'indication donnée, décidez d'où reviennent ces personnes.

MODÈLE: Sophie a visité Buckingham Palace. *Elle revient d'Angleterre.*

1. Alain et Bill ont visité Cannes et Paris. ____________________
2. Helga a rendu visite à son cousin allemand. ____________________
3. Nous avons visité les Pyramides. ____________________
4. Ma mère et ma sœur ont visité Beijing. ____________________
5. J'ai ____________________ . Je ____________________

nom: ______________________ date: ______________________

7-10 L'Inspecteur Maigret. Imaginez que vous êtes Maigret, le détective belge très connu. Dites ce que vos suspects viennent probablement de faire, d'après ces renseignements.

MODÈLE: Marceline porte un maillot de bain. *Sans doute, elle vient de faire de la natation.*

1. Jean-Luc emporte des livres. ______________________
2. M. et Mme Moreau sont habillés très chic. ______________________
3. Les Girardot ont une nouvelle voiture. ______________________
4. Gisèle et Adèle sortent du MacDo. ______________________
5. Claude a l'air fatigué. ______________________

Le pronom y

7-11 Un ami curieux. Un ami curieux vous pose des questions personnelles. Donnez-lui une réponse logique en utilisant le pronom **y**.

MODÈLE: Tu vas souvent à la campagne?
Non, j'y vais très peu.

1. Est-ce que tu vas régulièrement chez le dentiste?
____
2. Tu es allé(e) en Afrique?
____
3. Combien de fois par semaine est-ce que tu vas à la bibliothèque pour travailler?
____
4. Tu as passé tes vacances en Floride l'été dernier?
____
5. Combien de fois par mois est-ce que tu dînes dans un restaurant?
____
6. J'ai besoin de timbres. Quand est-ce que tu vas à la poste?
____

7-12 Avant de lire. This article is about the inauguration of the Chunnel, the tunnel that now connects England and France. Before you read, answer these questions in English.

1. Have you ever been in an underground or underwater tunnel that connects two different places? What was it like? If you haven't, imagine what it would feel like.

   ____

2. Why do you think an undersea passage connecting England and France would be important for the British? for the French? for Europeans in general?

   ____

7-13 En lisant. As you read, look for the following information.

1. Complete the following chart with the basic information found in the article.

What?	Inauguration of the Chunnel
Who?	______________________
Where?	______________________
When?	______________________

2. The article stresses that the tunnel is a symbolic and historic achievement. Find the passage that says so in the text. Then, on a separate sheet of paper, explain in your own words the symbolic and historic importance of the Chunnel.

Trente huit kilomètres sous la Manche

Trait d'Union Franco-Britannique

La reine Elizabeth II d'Angleterre et le président François Mitterrand ont inauguré vendredi 6 mai, dans l'allégresse générale des deux côtés du Pas-de-Calais, le tunnel sous la Manche, premier lien fixe entre le Royaume Uni et le continent européen. Tour à tour merveille de technologie et symbole concret de l'union européenne, le tunnel matérialise un rêve vieux de deux siècles, remontant en fait à Napoléon.

L'insularité enterrée

Ce n'est donc pas sans émotion que la reine et le président ont célébré l'amitié franco-britannique et la consolidation de l'Europe. «C'est la première fois dans l'histoire que les chefs d'État de France et d'Angleterre se rencontrent sans avoir dû prendre le bateau ou l'avion», a souligné la reine Elizabeth.... Ce n'est pas tant cette alliance que nous célébrons aujourd'hui, puisqu'elle n'est ni nouvelle ni bancale ...mais c'est surtout ce rêve de longue date: l'unité européenne.

Eurostar à l'honneur

L'Angleterre a définitivement abandonnée le splendide isolement que facilitait son insularité. Mais l'inauguration du tunnel a été aussi, en quelque sorte, le baptême de l'Eurostar. C'est à bord de ce TGV conçu spécialement pour le tunnel, que la reine, premier chef d'État à franchir le tunnel, est venue de Londres. Et c'est dans un autre Eurostar que M. Mitterrand a fait le voyage jusqu'à Coquelles. Ces mêmes Eurostars effectueront d'ici quelques mois les liaisons Londres-Paris en trois heures ainsi que Londres-Bruxelles via Lille....

Patience de rigueur

Pourtant ...il faudra faire preuve de patience puisque le tunnel n'est pas encore opérationnel.... Eurotunnel, la société exploitante, espère pouvoir commencer les transports de poids lourds d'ici la fin du mois et atteindre un rythme normal de traversées vers le mois d'octobre.

De plus, si l'Eurostar peut rouler à une vitesse TGV sur le territoire français (300 km/h), il ne dépassera pas les 120 km/h côté anglais, et ceci jusqu'à l'an 2002, date à laquelle il devrait bénéficier des rails adéquats.

Journée à la fois symbolique et historique, mais là encore, seule l'Histoire pouvait clôturer cette inauguration; c'est en tout cas le message du Britannique sir Alastair Morton, président anglais d'Eurotunnel... qui a exprimé sa satisfaction de voir «la première souveraine britannique de l'Histoire revenir en toute sécurité et par terre d'une aventure étrangère.»

Source: *Journal Français d'Amérique*, du 27 mai au 9 juin 1994

nom: ______________________________ date: ______________________

7-14 Après avoir lu. Now that you've read the article, complete the following activities on a separate sheet of paper.

1. Do the reasons cited in the article for the importance of the Chunnel correspond to what you thought would be important about the Chunnel? In what ways are they the same and different?
2. Write a follow up article about the Chunnel, in French, to bring the story up to date. You may want to do some research before writing. In your opinion, is the Chunnel helping to bring about European unity, as suggested in the second and fourth paragraphs above?
3. Write a journal entry in French about an imagined trip on the Eurostar from London to Paris. Describe the people riding the train, where they are going, what they are planning to do, and the languages they are speaking.

ÉCRIVONS

7-15 Une bourse à l'étranger. Le département de langues étrangères à votre université donne des bourses aux étudiants qui voyagent à l'étranger. Faites une demande de bourse pour un voyage que vous voulez faire cet été. Avant d'écrire, réfléchissez aux points suivants:

- vos destinations
- les moyens de transport entre les diverses destinations
- la durée de chaque visite
- vos activités scolaires

MODÈLE: *Je voudrais voyager en Afrique cet été pour apprendre le français et mieux comprendre la culture africaine. D'abord je vais aller à Dakar en avion. Je voudrais y rester un mois pour suivre un cours de français à l'Université de Dakar. Ensuite, je voudrais visiter la Côte d'Ivoire et le Mali…*

7-16 Le tour du monde en quatre-vingts jours. Imaginez que vous avez fait le tour du monde en 80 jours comme Philéas Fogg et Passepartout, les personnages principaux du roman ***Le tour du monde en quatre-vingts jours*** par Jules Verne. Actuellement, vous vous préparez à parler de vos expériences avec un groupe de lycéens. N'oubliez pas d'inclure …

- les pays et les villes que vous avez visités
- les sites touristiques et historiques que vous avez vus
- les langues que vous avez entendues parler et que vous avez parlées
- vos impressions au sujet de votre voyage

MODÈLE: *Pendant mon superbe voyage, j'ai visité…. J'ai vu des choses intéressantes comme…. Les habitants de…ont parlé.. J'ai pu parler … À mon avis, ….*

Deuxième partie: Faisons du tourisme!

POINTS DE DÉPART

7-17 Les bonnes vacances. Vous travaillez pour une agence de voyages et c'est à vous de proposer des projets de vacances aux clients. D'après leur situation, déterminez où chaque groupe de clients peut aller, où ils peuvent dormir et ce qu'ils peuvent faire.

MODÈLE: Les Smith: M. et Mme, un garçon de 4 ans et une fille de 2 ans
Goûts: la nature, le cyclisme, la natation, les randonnées
Budget: assez modeste

Ils peuvent faire du camping près d'un lac. Ils peuvent loger dans un camping avec leur tente et leurs sacs de couchage. Ils peuvent nager dans le lac et faire des randonnées dans la forêt. Ils peuvent aussi emporter leurs vélos.

1. Les nouveaux mariés: Rémy Souchon et Dominique Chaumier
Goûts: l'art moderne, les bons restaurants, le théâtre, le cinéma
Budget: ils ont économisé beaucoup d'argent, donc pas de problème financier

____

____

____

2. Les Dumont: M. et Mme, une fille de 15 ans, un garçon de 12 ans et une fille de 10 ans
Goûts: l'étranger, l'aventure, l'histoire, l'architecture, le shopping
Budget: aucun problème; ils sont très aisés

____

____

____

3. Des amis: Stéphane (20 ans), Paul (19 ans) et Nicolas (20 ans)
Goûts: l'étranger, l'exotique, l'archéologie, le sport
Budget: très modeste

____

____

____

nom: ______________________ date: ______________________

7-18 On va tout savoir. Dites quel type d'hôtel et quels services ces personnes préfèrent quand elles voyagent.

MODÈLE: votre père et sa femme: *Ils logent dans des hôtels de luxe. Leur chambre doit avoir une télévision câblée, une grande salle de bains et un fax. L'hôtel doit avoir un restaurant trois étoiles, une piscine, un terrain de tennis et un terrain de golf.*

1. votre frère ou sœur: ______________________

2. vos grands-parents: ______________________

3. votre meilleur(e) ami(e): ______________________

4. vos voisins: ______________________

7-19 Sur votre campus. Avec des expressions comme **loin de, près de, devant, en face de, à côte de, à droite de,** indiquez la relation spatiale entre ces sites sur votre campus.

MODÈLE: la bibliothèque et la librairie: *La bibliothèque est assez loin de la librairie.*

1. la piscine et le stade: ______________________
2. la librairie et le labo de chimie: ______________________
3. le labo de langues et les résidences: ______________________
4. le resto-U et le centre d'informatique: ______________________
5. le gymnase et le musée: ______________________

7-20 À Abidjan. Vous êtes au Centre culturel français à Abidjan (en Côte d'Ivoire) et vous faites des projets pour la journée. Consultez ce plan et notez le chemin qu'il faut prendre pour vous rendre aux endroits suivants.

MODÈLE: à l'Hôtel de Ville: *prendre l'avenue Franchet d'Esperey jusqu'au boulevard de la République; tourner à gauche; l'Hôtel de Ville est en face du marché.*

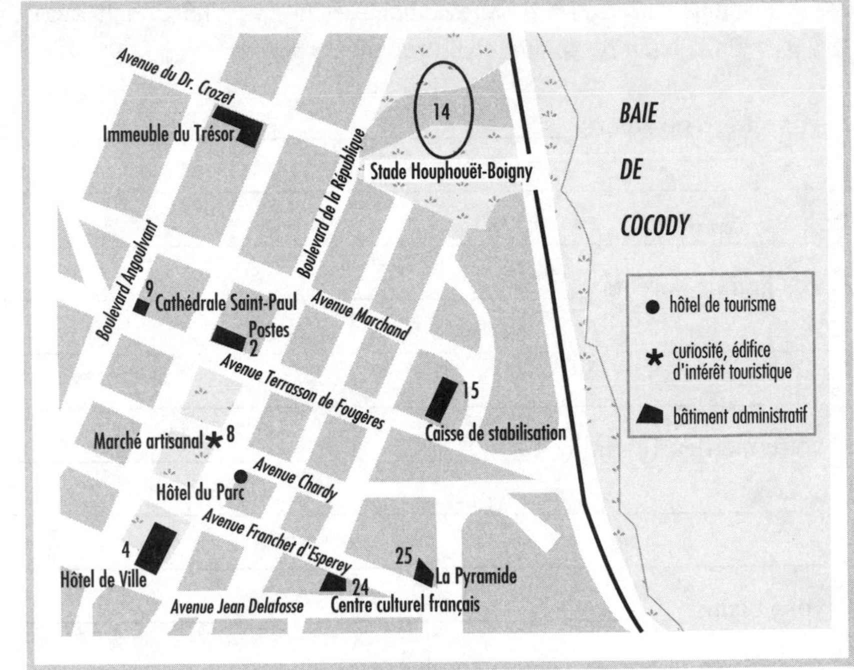

1. à La Pyramide: ______________________________

____

____

2. au Marché artisanal: ______________________________

____

____

3. au Stade Houphouët-Boigny: ______________________________

____

____

4. à la Cathédrale Saint-Paul: ______________________________

____

____

5. à la Poste: ______________________________

____

____

6. à l'Hôtel du Parc: ______________________________

____

____

nom: ______________________________ date: ______________________________

Formes et fonctions

Les verbes **connaître** et **savoir**

7-21 C'est logique. Trouvez une suite logique dans la colonne de droite pour chaque phrase dans la colonne de gauche.

____ 1. Il sait
____ 2. Nous connaissons
____ 3. Est-ce que tu connais
____ 4. Ce matin, elle a su
____ 5. Est-ce que vous savez
____ 6. Mon prof de français connaît

a. où ils sont partis?
b. que son mari a eu un accident.
c. bien Paris.
d. conduire sa nouvelle moto.
e. nos voisins d'en face.
f. la copine de mon frère.

7-22 Du talent. Quels sont les talents de vos amis et de vos parents?

MODÈLE: votre prof de chorale: *Il sait bien chanter. Il sait aussi composer un chœur.*

1. vos parents: ______________________________
2. votre grand-père: ______________________________
3. votre camarade de chambre: ______________________________
4. votre ami(e) et vous: ______________________________
5. vous-même: ______________________________

7-23 Les connaissances. Précisez si les personnes suivantes connaissent personnellement les gens indiqués.

MODÈLE: moi/ les voisins d'en face
Je les connais personnellement. ou
Je ne les connais pas personnellement.

1. mon prof de français/ le président de la France ______________________________
2. mes grands-parents/ Ronald Reagan ______________________________
3. ma sœur et moi/ nos cousins ______________________________
4. mes amis/ le président de l'université ______________________________
5. mes amis et moi/ le gouverneur de l'état ______________________________
6. moi/ mes voisins ______________________________

Les pronoms complément d'objet **me, te, nous, vous**

7-24 Des questions personnelles. Répondez à ces questions d'une manière personnelle.

MODÈLE: Qu'est-ce que votre meilleur(e) ami(e) vous promet quand il/elle part en vacances?
Elle promet de m'envoyer des belles cartes postales avec des jolis timbres.

1. Quand est-ce que votre mère vous écrit?

____

2. Qu'est-ce que le prof de français vous dit quand vous et vos camarades de classe n'avez pas fait vos devoirs?

____

____

3. Qu'est-ce que votre camarade de chambre vous prête de temps en temps?

____

4. Qu'est-ce que votre camarade de chambre ne vous prête jamais?

____

5. Combien de fois par mois est-ce que vos parents vous téléphonent?

____

7-25 La générosité. Dites aux gens suivants ce que vous voulez bien leur prêter.

MODÈLE: À votre sœur *«Je te prête volontiers mon pull-over noir et mes perles.»*

1. À votre petit frère «_______________
2. À vos camarades de classe « _______________
3. À votre meilleur(e) ami(e) «_______________
4. À vos parents « _______________
5. À votre prof de français «_______________
6. À votre copain/copine « _______________

nom: ______________________ date: ______________________

Le futur

7-26 Les prédictions. Faites des prédictions pour vos amis et vos parents pour l'an 2015.

MODÈLE: votre fille: *Elle fera des études à la Sorbonne.*

1. votre meilleur(e) ami(e): ______________________
2. votre camarade de chambre: ______________________
3. vos parents: ______________________
4. votre ami(e) et vous: ______________________
5. votre petit frère/sœur: ______________________
6. vous-même: ______________________

7-27 Un voyage superbe. Imaginez que vous avez gagné à la loterie et que vous pourrez faire un voyage superbe. Où est-ce que vous irez? Avec qui? Qu'est-ce que vous y ferez? Sur une feuille séparée, rédigez un paragraphe qui répond à ces questions.

MODÈLE:
destination: *J'irai en Espagne, au Portugal et en Italie.*
compagnon(s): *Mes meilleurs amis, Stéphane et Rémy, viendront avec moi.*
logement: *Nous logerons dans des hôtels de luxe avec des piscines immenses.*
activités: *Je ferai du shopping dans les grands magasins. Stéphane fera du ski dans les Alpes. Rémy ira à la plage. Nous ….*

7-28 Après les études. Comment sera votre vie dans dix ans? Sur une feuille séparée, rédigez un petit paragraphe (de 4 à 5 phrases) qui donne vos prédictions.

MODÈLE: *Dans dix ans, je serai prof de français dans un lycée. Je serai marié(e) et j'espère avoir deux ou peut-être trois enfants. J'habiterai en Floride. Avec ma famille, j'irai souvent à la plage et nous ferons du vélo ensemble…*

7-29 Avant de lire. Before you read this text about travel guides being published on CD-Rom, answer these questions in English.

1. When is the last time you purchased a travel guide? What kind of information did you find there?

___

2. Have you ever consulted a travel guide on CD-Rom or on-line? If so, how did it differ from printed travel guides you have used? If not, how would you expect this type of presentation to differ from printed guides?

___

7-30 En lisant. As you read, look for the following information.

1. According to the author of the article what is the name of one of the first CD-Rom travel guides to be published?

___

2. Name three features of this guide, according to the article:

___

3. What future possibility has the editors so excited about tour guides on CD-Rom?

___

Tourisme

Le multimédia sur la rampe de lancement

Tous y pensent mais en silence. Dire aujourd'hui que les principaux éditeurs de tourisme s'intéressent au multimédia est une banalité. Il suffit de voir les responsables de collections à Francfort ou au Milia suivre de très près les évolutions des technologies pour savoir que ce secteur se sent particulièrement concerné. L'une des premières traductions de cet intérêt—du moins l'une des premières rendues publiques à ce jour—sera la sortie à l'automne sur CD-Rom du Guide bleu multimédia Val-de-Loire (en coproduction avec la Caisse nationale des monuments historiques, le Club d'investissement média et Coriolis). Conçu comme un complément au livre, ce CD-Rom bilingue français/anglais propose notamment, précise Adélaïde Barbey, directrice d'Hachette Guides de voyages, «toutes les photos et vidéos qu'on ne trouve pas dans les "Guides bleus"».... Michelin de son côté propose depuis juillet dernier son Michelin voyageur, le premier guide Michelin électronique de poche. Même les nouveau venus ... ont intégré dans la conception de leurs guides ... une éventuelle application sur support multimédia en cassant la structure linéaire traditionnelle et en introduisant des principes d'arborescence avec possibilités de zoom. Les nouveaux supports, c'est bien. Mais ce sont surtout les transmissions d'informations «on line» qui font rêver les éditeurs. Comment ne pas songer aux séduisantes possibilités offertes par les réseaux de type Internet? Il y a en effet fort à parier que les guides d'adresses notamment, faciles à mettre à jour sur ces systèmes, devraient être rapidement consultables sur ces réseaux.

Source: Véronique Rossignon, *Tourisme et guides 95*, Supplément à *Livres Hebdo*, du 10 février 1995

nom: ____________________ date: ____________________

7-31 Après avoir lu. Now that you've read the text, complete the following activities on a separate sheet of paper.

1. Based on the description of the CD-rom travel guide given in the article, would you be interested in purchasing a product like this? Why or why not?
2. What future possibilities could you envision for "on-line" tour guides? What advantages might this offer the consumer? and the publisher?
3. Sketch out some possibilities for a CD-Rom tourist guide for your region (or a region of the U.S. which you find particularly attractive). Before you begin, think about the answers to these questions: What types of information would you include? What formats would you include? With the possibility of digitalized sound, what other features might you include?

ÉCRIVONS

7-32 Les vacances en Touraine. Vous allez passer deux semaines en Touraine cet été. Sur une feuille séparée, écrivez une lettre à la direction de l'hôtel Le Beau Site près de Tours pour vous renseigner sur les possibilités de logement. Avant d'écrire, complétez ces activités:

- Notez le jour de votre arrivée et de votre départ
- Précisez quel type de chambre vous voulez
- Précisez les services que vous voulez

MODÈLE: À qui de droit,

Je vous écrit pour vous demander des renseignements au sujet de votre hôtel. J'arriverai à Tours le 3 juin et je voudrais rester dans votre hôtel jusqu'au 17. Je voudrais une chambre simple avec une belle vue et une douche plutôt qu'une baignoire. Votre hôtel a-t-il une piscine ou y a-t-il une piscine et un court de tennis tout près?

En vous remerciant d'avance de votre réponse, je vous adresse mes salutations les meilleures.
Monsieur Johnson

7-33 Un bon itinéraire. Vous venez de préparer un itinéraire pour un(e) ami(e) francophone qui va passer quelques semaines avec sa famille dans votre région cet été. Sur une feuille séparée, écrivez-lui une lettre où vous précisez ce qu'ils vont faire et où ils vont loger. Commencez par ces activités:

- Choisissez deux ou trois villes qu'ils pourront visiter
- Déterminez où ils logeront
- Décrivez deux ou trois activités
- Indiquez quand vous les verrez

MODÈLE: Chère Isa,

J'attends avec impatience ta visite. Je serai si contente de te voir. J'ai envie de connaître tes parents et ta petite sœur, Anne. J'ai préparé un bon itinéraire pour vous. D'abord, vous visiterez Atlanta. J'ai réservé deux chambres dans un hôtel pas très cher. À Atlanta, vous pouvez visiter la Tour CNN et la maison de Coca-Cola. Ensuite... Finalement, je vous verrai le 23 juillet. Je viendrai vous chercher à l'aéroport à Orlando. Nous irons à Disney World ensemble et....

Chez nous: L'Afrique actuelle

7-34 Du tourisme en Afrique. Complétez le tableau suivant avec des renseignements utiles pour les gens qui veulent visiter le Mali ou le Zaïre, deux pays francophones de l'Afrique de l'Ouest. Vous pouvez consulter des atlas, des encyclopédies, des guides touristiques ou d'autres ouvrages de référence à la bibliothèque. Vous pouvez également téléphoner à une agence de voyage ou chez votre médecin.

	LE MALI	LE ZAÏRE
Capitale		
Aéroport international		
Compagnies aériennes nationales		
Villes principales		
Langues		
Visas	Passeport en cours de validité et visa	
Climat		
Précautions médicales conseillées		Prophylaxie contre la malaria, la fièvre jaune, la typhoïde, le choléra et l'hépatite
Pour tout renseignement complémentaire	Embassy of the Republic of Mali 2130 R Street NW Washington, DC 20008 Tel: 1 202 332 2249	

7-35 Une ville africaine. Choisissez une des villes principales du Mali ou du Zaïre et, sur une feuille séparée, décrivez-la en un paragraphe. Comme modèle suivez la description des villes principales du Sénégal et de la Côte d'Ivoire dans votre manuel.

7-36 Voyager en Afrique? Vous avez appris beaucoup de choses sur l'Afrique francophone. Est-ce que l'idée de visiter l'Afrique vous tente? Pourquoi ou pourquoi pas? Sur une feuille séparée, donnez votre réponse en un ou deux paragraphes.

nom: ______________________ date: ______________________

LISONS POUR EN SAVOIR PLUS

7-37 Avant de lire. Before you read this advertisement for the Ivory Coast National Office for Tourism, answer these questions in English.

1. Where might you go to get information to help you plan a trip to another country?
____
2. What kinds of information and what type of documents would you expect to find in a National Office for Tourism? ______________________
____

7-38 En lisant. As you read, look for the following information.

1. Name two reasons why, according to the text, the Ivory Coast has decided to promote tourism so vigorously. ______________________
____
2. Complete the chart with information provided in the text about the Ivory Coast Office for Tourism.

Le Bureau du Tourisme de Côte d'Ivoire – Location ______________________
Year established ______________________
Geographic public targeted ______________________
Activities used to promote tourism ______________________
Director ______________________

LE BUREAU DU TOURISME DE CÔTE D'IVOIRE EN EUROPE

Pays ouvert au tourisme international dans le respect de ses traditions et de son originalité, la République de Côte d'Ivoire, grâce à la stabilité de ses institutions et à son prodigieux essor économique, est décidée à poursuivre l'effort déjà entrepris afin de faire de l'industrie touristique l'un des facteurs essentiels de sa croissance économique et de son développement social.

Installée à Paris depuis 1973, la Direction de la Promotion extérieure du Tourisme de Côte d'Ivoire pour l'Europe et l'Amérique est l'un des instruments les plus efficaces du développement de l'industrie touristique en Côte d'Ivoire. Cet organisme, dont les activités couvrent les principaux pays d'Europe et d'Amérique du Nord, est à l'étranger le trait d'union entres les tours-operators, les agents de voyages, les compagnies aériennes et le ministère du Tourisme de la République de Côte d'Ivoire. Organisme de promotion et de commercialisation de l'industrie touristique ivoirienne à l'étranger, il contribue, grâce à une intense activité, au rayonnement du pays auprès des professionnels du voyage et de la presse grâce à des conférences, à des expositions et à des voyages de promotion à destination de la Côte d'Ivoire. Il est dirigé par M. Noël Boa, journaliste de formation, entouré d'une équipe jeune et dynamique. Cette expérience ivorienne au niveau de la promotion de son tourisme est unique dans les pays de l'Afrique de l'Ouest.

Direction de la Promotion extérieure, délégation du Tourisme de Côte d'Ivoire, 24, boulevard Suchet, 75016 Paris. Tel.: 288.62.92 et 524.43.28, télex: Delefin 620.970.

Source: Mylène Rémy, *La Côte d'Ivoire aujourd'hui*

7-39 Après avoir lu. Now that you've read the article, complete the following activities on a separate sheet of paper.

1. Do you think the existence of an office like the Ivory Coast Office for Tourism in the United States would encourage more Americans to visit the Ivory Coast? Why or why not?
2. Imagine that you work for the United States' national tourist office in Paris and have been asked to write a short statement summarizing the services offered and the reason why they are offered. Using the text as a model, write a few short paragraphs under the following headings:

   Public visé:

   Services offerts:

   Adresse:

   Heures d'ouverture:

Chapitre 8: Nos relations personnelles

Première partie: Les jeunes et la vie

POINTS DE DÉPART

8-1 Les définitions. Pour chaque mot ou expression dans la colonne de gauche, trouvez une définition dans la colonne de droite.

_h_ 1. être bien dans sa peau
___ 2. être ingrat(e)
___ 3. être célibataire
___ 4. avoir des bons rapports
___ 5. avoir le goût du travail
___ 6. arriver plus haut
___ 7. laisser passer des heures
___ 8. bosser
___ 9. une femme au foyer
___ 10. une famille monoparentale

a. seulement un parent au foyer
b. s'entendre bien avec les gens
c. être travailleur/travailleuse
d. mieux réussir
e. ne pas apprécier ce qu'on fait pour nous
f. travailler
g. ne pas être marié(e)
h. avoir de la confiance
i. ne rien faire
j. une femme qui ne travaille pas hors de la maison

8-2 Qu'est-ce que vous en pensez? Sur une feuille séparée, dites si vous êtes d'accord ou pas d'accord avec les déclarations suivantes et expliquez vos réponses.

MODÈLE: C'est la responsabilité des professeurs de motiver les étudiants.
Pas d'accord: Les étudiants doivent être responsable pour leurs études. Les professeurs peuvent nous aider, mais nous devons travailler aussi pour réussir.

1. Un diplôme universitaire garantit le succès.
2. Avoir une famille traditionnelle, c'est très important pour les jeunes.
3. On peut juger une personne par les vêtements qu'elle porte.
4. La vie était plus facile pour mes parents quand ils avaient mon âge.

8-3 Les vœux. Vous travaillez comme traducteur/traductrice pour la société Hallmark. Vous devez trouver des expressions françaises appropriées pour les situations suivantes.

MODÈLE: le 25 décembre: *Joyeux Noël!*

1. une femme qui fête ses 40 ans: ______________________________
2. un couple qui vient d'avoir un bébé: ______________________________
3. le 31 décembre: ______________________________
4. un couple qui annonce ses fiançailles: ______________________________
5. un jeune homme qui finit ses études: ______________________________

8-4 Les fêtes. Complétez ces phrases sur une feuille séparée.

MODÈLE: La fête que je préfère, c'est…
La fête que je préfère, c'est Noël parce que j'adore offrir des cadeaux à ma famille et à mes amis. J'aime bien aussi les chants de Noël et le sapin de Noël, c'est-à-dire, l'arbre décoré.

1. La fête que je préfère, c'est…
2. La fête que mes parents préfèrent, c'est…
3. Une fête que je n'aime pas du tout, c'est…
4 La fête la plus importante pour ma famille, c'est…

8-5 Un grand événement. Choisissez une photo d'un grand événement ou d'une fête passée en famille. Collez la photo sur une feuille séparée et décrivez l'événement et les personnages.

MODÈLE: *Cette photo montre le baptême de mon petit cousin, Jamie. La femme qui tient le bébé est ma sœur, Stéphanie, la marraine. L'homme à côté d'elle est mon beau-frère Frank. C'est le parrain. Le couple derrière le bébé, ce sont mes parents… C'était une journée très agréable. On a bien mangé et….*

nom: ______________________________ date: ______________________

Formes et fonctions

L'imparfait et le passé composé

8-6 La Famille-ours et une petite fille curieuse. Voici un extrait d'une histoire pour enfants que vous connaissez sans doute. Décidez si on doit mettre les verbes au passé composé ou à l'imparfait et soulignez les formes appropriées.

Il [a été / étais] une fois une famille d'ours qui [ont habité / habitaient] une jolie maison dans les bois. Tous les matins, Maman-ours [a préparé / préparait] des céréales chaudes pour sa famille. Un matin, Papa-ours [a dit / disait] «C'est trop chaud. Attendons avant de manger». La Famille-ours [a décidé / décidait] de se promener dans les bois avant de manger.

De l'autre côté de la forêt, une petite fille [s'est réveillée / se réveillait]. Il [a fait / faisait] beau et elle [a décidé / décidait] de se promener dans les bois. Elle [a découvert / découvrait] la maison de la Famille-Ours. Elle [a ouvert / ouvrait] la porte et elle y [est entrée / entrait]. Elle [a eu / avait] faim. Elle [a goûté / goûtait] aux trois bols de céréales sur la table. Celui de Papa-ours [a été / était] trop chaud. Celui de Maman-ours [a été / était] trop froid. Mais celui de Bébé-ours [a été / était] parfait. La petite fille [a mangé / mangeait] le bol entier!

Après son petit déjeuner, elle [a eu / avait] sommeil, donc elle [a monté / montait] l'escalier pour trouver un lit confortable. Dans la chambre, il y [a eu / avait] trois lits. Elle [a essayé / essayait] le lit du Bébé-ours; [ça a été / c'était] parfait. La petite fille [s'est endormie / s'endormait] tout de suite. Elle [a dormi / dormait] tranquillement quand les trois ours [sont rentrés / rentraient] à la maison….

8-7 Des explications raisonnables. Dites ce que ces personnes faisaient hier au lieu de faire ce qui est indiqué.

MODÈLE: Jean-Patrick ne m'a pas téléphoné à 8 heures.
Il parlait au téléphone avec sa nouvelle copine.

1. Sophie n'a pas travaillé chez Macdo hier après-midi.

____

2. Nicolas et Laurence n'ont pas fait leurs devoirs entre 7 heures et 8 heures hier soir.

____

3. Marc n'a pas joué au foot avec ses copains à 4 heures, comme prévu.

____

4. Vous n'avez pas rendu visite à votre grand-mère hier après-midi.

____

5. Nous n'étions pas à la piscine hier matin.

____

6. Tu n'as pas fait la vaisselle après le repas, comme promis.

____

8-8 La dernière semaine du semestre. C'est la dernière semaine du semestre avant les examens finals. Bien sûr, votre routine a un peu changé. Précisez ces changements en comparant votre routine pendant le semestre avec les activités de cette semaine.

MODÈLE: Le vendredi, *je travaillais au département de mathématiques.*
Ce vendredi, *j'ai préparé mon examen de français à la bibliothèque.*

1. Le lundi, ____________________
   Ce lundi ____________________
2. Le mardi, ____________________
   Ce mardi, ____________________
3. Le jeudi, ____________________
   Ce jeudi, ____________________
4. Le week-end, ____________________
   Ce week-end, ____________________

8-9 Du courrier électronique. Imaginez que vous envoyez un message par courrier électronique à un(e) ami(e). Décrivez votre week-end sur une feuille séparée.

MODÈLE: *Quel week-end! Je voulais faire de la planche à voile avec des amis mais il a plu tout le week-end. Nous avons dû rester chez nous. Samedi soir, nous avons regardé une vidéo à la télé et ensuite nous avons joué aux cartes....*

Les verbes pronominaux idiomatiques

8-10 Autrement dit. Trouvez une autre manière d'exprimer ces phrases avec des verbes pronominaux.

MODÈLE: Anne arrive toujours en retard. *Elle ne se dépêche jamais.*

1. Nous parlons au téléphone chaque jour. ____________________
2. Vous aimez beaucoup le cinéma. ____________________
3. Elle n'oublie jamais les noms. ____________________
4. Jacques et Gus n'ont rien à faire. ____________________
5. Maryse et Françoise sont des bonnes amies. ____________________
6. Tu es assez nerveux. ____________________

nom: ______________________ date: ______________________

8-11 C'est prévisible. Dites à quel moment ou dans quelle situation il arrive à ces personnes de….

MODÈLE: s'inquiéter: Ma mère *s'inquiète quand j'arrive un peu en retard.*

1. se fâcher: Mon père ______________________
2. s'énerver: Mon prof de français ______________________
3. s'amuser: Mes amis ______________________
4. s'embrasser: Ma mère et moi ______________________
5. s'ennuyer: Mes amis et moi ______________________
6. se dépêcher: Je ______________________

Le pronom relatif **que**

8-12 Une fête d'anniversaire. Vos amis ont préparé une fête d'anniversaire. Montrez à votre copain/copine ce qui a été fait.

MODÈLE: Jeanette a envoyé les invitations. *Voici les invitations que Jeanette a envoyées.*

1. Marie-Laure a préparé un gâteau. ______________________
2. Étienne a acheté des bougies. ______________________
3. Sylvie et Laura ont choisi la musique. ______________________
4. Eric et Thierry ont cherché des boissons. ______________________
5. Rémy a préparé des hors-d'œuvres. ______________________
6. Fatima a préparé un couscous. ______________________

8-13 Les préférences. Complétez ces phrases avec vos préférences en utilisant le pronom rélatif approprié.

MODÈLE: J'adore les cadeaux *que mon copain m'offre. Il a bon goût.* ou
qui ne coûtent pas trop cher.

1. Je préfère les profs ______________________
2. J'aime bien les pull-overs ______________________
3. J'aime les cartes postales ______________________
4. Je n'aime pas les livres ______________________
5. J'aime la musique ______________________

LISONS

8-14 Avant de lire. You are going to read an excerpt from the autobiography of a French-Canadian writer, Gabrielle Roy. This passage describes the shopping trips she often took with her mother when she was a little girl. Before you read the passage, answer these questions in English.

1. Describe a shopping excursion you recall when you were younger.

____

2. Gabrielle Roy discusses her experience growing up Francophone in a non-Francophone region of Canada (Manitoba). What kind of things would you expect her to discuss?

____

____

8-15 En lisant. As you read, look for the following information. (Note: You will see a few verbs in the literary past tense: **fut**, **reçut**, and **demanda**. You should recognize these as the verbs **être**, **recevoir** and **demander**.)

1. Why does the writer feel that she was destined to be treated as an inferior?

____

2. Fill in the following chart to describe the shopping excursions:

	SHOPPING TRIPS
When did they leave?	
How did they travel?	
What was her mother's mood when they started off?	

3. The author mentions two possible scenarios for the day once they arrived at Eaton's. Tell what determined whether it would be a good or a bad day and describe what would happen on each type of day.

determining factor: ____

on a good day: ____

on a bad day: ____

nom: ______________________________ **date:** ______________________________

Quand donc ai-je pris conscience pour la première fois que j'étais, dans mon pays, d'une espèce destinée à être traitée en inférieure? Ce ne fut peut-être pas, malgré tout, au cours du trajet que nous avons tant de fois accompli, maman et moi, alors que nous engagions sur le pont Provencher au-dessus de la Rouge, laissant derrière nous notre petite ville française pour entrer dans Winnipeg, la capitale, qui jamais ne nous reçut tout à fait autrement qu'en étrangères. Cette sensation de dépaysement, de pénétrer, à deux pas seulement de chez nous, dans le lointain, m'était plutôt agréable, quand j'étais enfant. Je crois qu'elle m'ouvrait les yeux, stimulait mon imagination, m'entraînait à observer.

Nous partions habituellement de bonne heure, maman et moi, et à pied quand c'était l'été....

En partant, maman était le plus souvent rieuse, portée à l'optimisme et même au rêve, comme si de laisser derrière elle la maison, notre ville, le réseau habituel de ses contraintes et obligations, la libérait....

C'était à notre arrivée chez Eaton seulement que se décidait si nous allions oui ou non passer à la lutte ouverte. Tout dépendait de l'humeur de maman....

Si maman était dans ses bonnes journées, le moral haut... elle passait à l'attaque. Elle exigeait une de nos compatriotes pour nous venir en aide. Autant maman était énergique, autant, je l'avais déjà remarqué, le chef de rayon était obligeant. Il envoyait vite quérir une dame ou une demoiselle une telle, qui se trouvait souvent être de nos connaissances, parfois même une voisine. Alors s'engageait... la plus aimable et paisible des conversations....

Mais il arrivait à maman de se sentir vaincue d'avance, lasse de cette lutte toujours à reprendre, jamais gagnée une fois pour toutes, et de trouver plus simple, moins fatiguant de «sortir», comme elle disait, son anglais.

Nous allions de comptoir en comptoir. Maman ne se débrouillait pas trop mal, gestes et mimiques aidant. Parfois survenait une vraie difficulté comme ce jour où elle demanda «a yard or two of chinese skin to put under the coat ..», maman ayant en tête d'acheter une mesure de peau de chamois pour en faire une doublure de manteau.

Source: Gabrielle Roy, *La détresse et l'enchantement*

8-16 Après avoir lu. Now that you've read the article, answer these questions on a separate sheet of paper.

1. The author recounts one episode involving a linguistic misunderstanding. Her mother wanted to buy some shammy cloth to line a coat but asked for something different. Why would the author think this situation was difficult? Why do you think the author chose to include this particular example?
2. What do you think about the mother's choice to use the French language or the English language when she goes shopping? Do you think one approach was better than the other? Why or why not?
3. Do you think linguistic situations similar to those evoked in this passage arise in present-day Canada? If so, where might they occur and why? If not, why not?
4. Have you ever been in a situation where you were speaking a foreign language and had a big misunderstanding due to something that you said the wrong way? Or have you ever been in a situation where a foreign person trying to communicate with you said something very strange? Describe the situation(s).

ÉCRIVONS

8-17 Les "baby boudeurs" contre les "baby boomers". Sur une feuille séparée, comparez les attitudes des jeunes avec les attitudes de leurs parents sur deux des sujets suivants: **la musique, les vêtements, la famille, les études, l'avenir.** Si vous voulez, vous pouvez parler de vos attitudes par rapport à celles de vos parents.

MODÈLE: les vêtements:

Je m'intéresse beaucoup à la mode. Les vêtements que je porte signalent que je fais partie d'un certain groupe. Mes parents pensent que les vêtements sont importants, mais ils pensent que je dois m'habiller comme eux pour avoir du succès. Ils n'aiment pas les vêtements que mes amis et moi portons....

8-18 Mon enfance. Pensez à une activité que vous faisiez souvent quand vous étiez jeune. Avant d'écrire, faites une liste de vos souvenirs au sujet de cette activité. Ensuite, rédigez 1 ou 2 paragraphes sur une feuille séparée.

MODÈLE: Quand j'avais douze ou treize ans, je jouais au softball tout l'été. Mon père était l'entraîneur de notre équipe. J'aimais beaucoup les filles qui jouaient avec moi. Nous nous entendions très bien. Je me souviens surtout d'un match. Il faisait beau ce jour-là. Nous jouions contre nos rivales, les Hornet. Pour une fois, nous gagnions, quand soudainement il a commencé à pleuvoir. Nous nous sommes arrêtées pour quelques minutes mais il continuait à pleuvoir. Ils ont décidé d'annuler le match. Quand nous avons recommencé à jouer quelques jours plus tard, nous avons perdu!

nom: ______________________________ date: ______________________

Deuxième partie: Les relations et les émotions

POINTS DE DÉPART

8-19 Les histoires d'amour. Sur une feuille séparée donnez les détails de ces histoires d'amour.

MODÈLE: couple moyen/ relations pas malheureuses/ fin surprise
Alexandre et Karine se rencontrent à l'université. Ils se fiancent après deux ans et se marient à l'église. Ils restent toujours contents, mais il n'y a plus de passion dans leur vie. Un jour, Alexandre achète deux billets pour Paris, et là il tombe de nouveau amoureux.

1. vieux couple/ relations normales/ fin heureuse
2. jeune couple/ relations turbulentes/ fin triste
3. jeune couple/ relations merveilleuses/ fin tragique

8-20 Les mythes familiaux. Sur une feuille séparée racontez les histoires d'amour des membres de votre famille.

MODÈLE: votre tante et votre oncle préférés
Ma tante travaillait dans une banque et mon oncle était client. Un jour mon oncle a demandé si ma tante voulait déjeuner avec lui et voilà, ils sont tombés amoureux! Ils se sont mariés et ils ont eu une jolie fille. Malheureusement, le mariage a fini en divorce.

1. vos grands-parents 2. vos parents 3. vous et votre partenaire (vrai(e) ou imaginé(e))

8-21 Les amoureux au cinéma. Sur une feuille séparée, racontez l'intrigue de votre film d'amour favori.

MODÈLE: *Harry et Sally font connaissance quand ils voyagent à New York ensemble en voiture. Des années passent et ils ne se voient pas. Un jour, dans une librairie, ils se rencontrent de nouveau et ils commencent à parler. Ils sont tous les deux célibataires. Ils deviennent des très bons amis et après longtemps, ils tombent amoureux. Finalement ils se marient.*

8-22 L'humeur qui change. Donnez une explication possible pour les sentiments de ces personnes.

MODÈLE: votre frère: *Il est heureux parce qu'il a rencontré la femme de ses rêves!*

1. votre mère: ______________________________
2. votre camarade de chambre: ______________________________
3. votre oncle: ______________________________
4. votre ami(e): ______________________________
5. vous: ______________________________

8-23 Des réactions. Imaginez les réactions possibles aux réponses pour l'exercise 8-22.

MODÈLE: *Oh là là. C'est formidable!*

1. ____
2. ____
3. ____
4. ____
5. ____

8-24 Les émotions. Décrivez une situation qui provoque ces émotions chez les autres.

MODÈLE: votre mère: fâchée
Elle est fâchée quand je ne range pas ma chambre.

1. votre camarade de chambre: anxieuse/anxieux

____

2. votre prof: heureuse/heureux

____

3. votre meilleur(e) ami(e): gêné(e)

____

4. votre ami(e): stressé(e)

____

5. vous-même: ???

____

nom: ______________________ date: ______________________

Formes et fonctions

Les verbes de communication **écrire**, **dire** et **lire**

8-25 On écrit. Ces personnes cherchent le moyen le plus efficace pour exprimer leurs idées. À partir de la liste ci-dessous, déterminez quel moyen elles vont utiliser.

une autobiographie	une critique	une pièce	un rapport
un article	une lettre	un poème	un roman

MODÈLE: Jacqueline veut décrire son séjour en Afrique à une amie.
Elle écrit une lettre ou peut-être une carte postale.

1. Vous voulez décrire les sentiments d'une personne amoureuse.

____

2. Nous voulons raconter notre vie ensemble.

____

3. Tu veux critiquer l'ONU (l'Organisation des Nations Unies).

____

4. Vos profs veulent publier leur recherche en linguistique appliquée.

____

5. Un ami veut représenter la société moderne d'une façon absurde et bizarre.

____

8-26 La lecture. D'après la situation indiquée, dites ce que ces gens lisent.

MODÈLE: Vous vous intéressez aux événements politiques actuels.
Vous lisez des journaux comme Le Monde ou Le Figaro.

1. Elle adore l'œuvre de Shakespeare et de Molière. ______________________
2. Nous n'avons pas beaucoup de temps à lire. ______________________
3. Ils préparent un rapport sur les élections. ______________________
4. Tu aimes les histoires d'amour. ______________________
5. Je ______________________

8-27 Questions personnelles.Répondez aux questions suivantes.

MODÈLE: Qu'est-ce que votre mère vous dit quand vous êtes triste?
Elle me dit «Ce n'est pas si grave que ça. Ça va aller.»

1. Quand est-ce que votre copain/copine vous écrit?

____

2. Qu'est-ce que vos amis vous disent quand ils ont envie de sortir?

____

3. Combien de livres est-ce que vous avez lu l'été dernier?

____

4. Qu'est-ce que vous préférez lire?

____

5. À qui est-ce que vous écrivez le plus souvent?

____

La dislocation

8-28 La vie sentimentale. D'après le modèle, expliquez le rôle de chaque sentiment ou émotion dans les relations d'un couple.

MODÈLE: la fidélité: La fidélité, c'est très important si on ne veut pas se séparer. ou
La fidélité, c'est très important pour un bon mariage.

1. l'affection: ____
2. la jalousie: ____
3. la colère: ____
4. le bonheur: ____

8-29 Votre opinion. Donnez votre opinion pour chaque situation décrite, d'après le modèle.

MODÈLE: un jeune couple qui se marie très jeune et puis divorce
Se marier trop jeune, je trouve que ce n'est pas très raisonnable.

1. un couple malheureux qui reste ensemble "pour les enfants"

____

2. un couple heureux qui habitent ensemble sans être marié

____

3. "les hommes au foyer"

____

4. un couple qui ne veut pas d'enfants

____

nom: ______________________ date: ______________________

Pour situer dans le passé: le plus-que-parfait

8-30 La vie de Sylvain Ducrot. Sylvain Ducrot a obtenu son diplôme de Yale en 1932. Décidez si ces événements ont eu lieu avant ou après 1932. Ensuite, sur une feuille séparée, mettez ces phrases dans un ordre logique.

MODÈLE: Sylvain est né peu de temps après le mariage de ses parents. *avant*

1. Son institutrice l'avait recommandé pour un lycée privé. ______________________
2. Il avait beaucoup étudié et appris. ______________________
3. Il a donc reçu une bonne instruction. ______________________
4. Il est devenu médecin. ______________________
5. Après la guerre, il s'est marié. ______________________
6. Ses parents s'étaient mariés contre les vœux de leurs parents. ______________________
7. À cause de ses efforts, Sylvain a été reçu à Yale. ______________________
8. Il a aidé les soldats américains pendant la guerre. ______________________
9. Il a eu trois enfants. ______________________

8-31 Le reportage. Vous êtes journaliste et vous faites le récit d'un crime pour votre journal. Récrivez vos notes en style direct.

MODÈLE: On a appris qu'il y avait eu un holdup à la banque hier.
Il y a eu un holdup à la banque hier.

1. Le banquier a dit que le voleur était entré à midi.

____

2. Une femme a cru qu'il n'avait pas porté de masque.

____

3. Un jeune couple a dit qu'il avait porté un costume bleu et des chaussures italiennes.

____

4. Le banquier a dit qu'il avait sonné l'alarme.

____

5. Les agents de police ont raconté qu'ils avaient arrêté le voleur à midi et quart.

____

8-32 Avant de lire. This passage is from the novel ***Une si longue lettre*** by the Senegalese author Mariama Bâ. The novel is in the form of a letter written to a very close friend that relates a sad moment in the author's life. Before you read the text, answer these questions in English.

1. Do you have a close friend or relative whom you would contact if a traumatic event occurred in your life? Would you write a letter or contact this person in some other way?

___

___

2. This passage describes the death of a person close to the narrator. What feelings would you expect to be expressed?

___

___

8-33 En lisant. As you read, complete the chart with information from the passage. (Note: You will see a few unknown words in this passage that refer to the author's experience as a Muslim in Senegal. The word **pagnes** refers to the colorful pieces of cloth that African women wear as wrap-around dresses, skirts, and headdresses. **L'école coranique** refers to a religious school based on the Koran. There is also a footnote in the novel which explains the phrase **«Amie, amie, amie ! Je t'appelle trois fois»** as **«Manière d'interpeller qui montre la gravité du sujet qu'on va aborder.»**)

Une si longue lettre	
Friend's name	___
Length of their friendship	___
Reason for the letter	___
Mode of transportation to the hospital	___
Modou's status when she arrives	___
Doctor/Friend's name	___
Cause of death	___
Place of death	___
Narrator's feelings	___
Mawdo's appearance	___

nom: ______________________________ date: ______________________________

Aïssatou,

J'ai reçu ton mot. En guise de réponse, j'ouvre ce cahier.... notre longue pratique m'a enseigné que la confidence noie la douleur.

Ton existence dans ma vie n'est point hasard. Nos grand'mères...échangeaient journellement des messages. Nos mères se disputaient la garde de nos oncles et tantes. Nous, nous avons usé pagnes et sandales sur le même chemin caillouteux de l'école coranique....

Si les rêves meurent en traversant les ans et les réalités, je garde intacts mes souvenirs, sel de ma mémoire.

Je t'invoque. Le passé renaît avec son cortège d'émotions. Je ferme les yeux. Flux et reflux de sensations: chaleur et éblouissement, les feux de bois; délice dans notre bouche gourmande, la mangue verte pimentée.... Je ferme les yeux. Flux et reflux d'images; visage ocre de ta mère... à la sortie des cuisines; procession... des fillettes... revenant des fontaines.

Le même parcours nous a conduites de l'adolescence à la maturité où le passé féconde le présent.

Amie, amie, amie! Je t'appelle trois fois. Hier, tu as divorcé. Aujourd'hui, je suis veuve.

Modou est mort. Comment te raconter? On ne prend pas de rendez-vous avec le destin.... on subit. J'ai subi le coup de téléphone qui bouleverse ma vie.

Un taxi hélé! Vite! Plus vite!...L'odeur des suppurations et de l'éther mêlés. L'hôpital!...Un couloir qui s'étire, qui n'en finit pas de s'étirer. Au bout, une chambre. Dans la chambre, un lit. Sur ce lit: Modou étendu, déjà, isolé du monde des vivants par un drap blanc qui l'enveloppe entièrement....Je veux saisir sa main. Mais on m'éloigne. J'entends Mawdo, son ami médecin m'expliquer: Crise cardiaque foudroyante survenue à son bureau alors qu'il dictait une lettre. La secrétaire a eu la présence d'esprit de m'appeler. Mawdo redit son arrivée tardive avec l'ambulance. Je pense: «le médecin après la mort»....

J'écoute des mots qui créent autour de moi une atmosphère nouvelle où j'évolue, étrangère et crucifiée. La mort, passage ténu entre deux mondes opposés, l'un tumultueux, l'autre immobile....

Je regarde fixement Mawdo. Il me paraît plus grand que de coutume dans sa blouse blanche. Je le trouve maigre. Ses yeux rougis témoignent de quarante années d'amitié. J'apprécie ses mains d'une beauté racée, d'une finesse absolue, mais souples habituées à dépister le mal. Ces mains là, mues par l'amitié et une science rigoureuse, n'ont pu sauver l'ami.

Source: Mariama Bâ, Une si longue lettre

8-34. Après avoir lu. Now that you've read the passage, complete the following activities on a separate sheet of paper.

1. Did the author's feelings expressed in the passage correspond to what you expected her emotions to be? In what ways were they similar and in what ways were they different?
2. Does the expression of the narrator's grief in this passage strike you as universal? In what ways? In what ways do you think it might be specific to Islamic or West African tradition?
3. Describe the emotional state of the narrator upon the death of her husband. What kind of relationship might they have had? Imagine their «histoire d'amour» and write one or two paragraphs in French describing where they first met and their life together.

ÉCRIVONS

8-35 Les études à l'étranger. Imaginez que vous vous préparez à passer une année en France comme étudiant(e) étranger/étrangère. Écrivez une lettre sur une feuille séparée à un(e) ami(e) qui vous connaît très bien. Réfléchissez aux choses suivantes avant d'écrire:

- vos émotions
- vos incertitudes et vos craintes
- vos espoirs

MODÈLE: Cher Carl,

> Comme tu sais, je vais partir dans quelques semaines pour étudier en France. Je suis tellement content mais il reste toujours tant de choses à faire. Je commence à être un peu anxieux.... Et parfois je me pose des questions. Est-ce que je vais comprendre les gens quand ils parlent français? Est-ce que.... Je connais beaucoup de personnes qui ont bien aimé leur séjour à l'étranger, mais je connais aussi des gens qui.... J'espère que....
> Amitiés,
> Richard

8-36 Des conseils. Vous travaillez comme assistant(e) à Ann Landers, et vous répondez à la lettre d'une nouvelle mariée. C'est le début de son mariage et elle est très inquiète parce qu'elle se dispute avec son mari. Sur une feuille séparée répondez à sa lettre en discutant:

- les changements de vie provoqués par le mariage
- les émotions qu'elle éprouve
- ce qui est normal et ce qui n'est pas normal
- des suggestions

MODÈLE: Chère Inquiète,

> Ne vous faites pas beaucoup de soucis. Le mariage introduit beaucoup de changements dans la vie. Il est normal de vous disputer avec votre mari parce qu'il refuse de faire la vaisselle... Mais il n'est pas normal de.... Vous devez essayer de parler à votre mari pour lui expliquer vos sentiments.... Bon courage!

nom: ______________________ date: ______________________

Chez nous: La France, pays pluriculturel

8-37 Le Maghreb. Votre manuel présente le Maroc au Chapitre 2. C'est à vous de présenter les deux autres pays du Maghreb, la Tunisie et l'Algérie, surtout pour les gens qui voudraient y aller comme touristes. Vous pouvez consulter des atlas, des encyclopédies, d'autres ouvrages de référence à la bibliothèque ou des guides touristiques pour compléter ces tableaux. Vous pouvez également téléphoner à un agent de voyages.

	La Tunisie	*L'Algérie*
Capitale		
Aéroport international		
Compagnies aériennes nationales		
Villes principales		
Langues		
Visas		*Passeport en cours de validité et visa*
Climat		
Précautions médicales conseillées	*Prophylaxie contre…*	
Pour tout renseignement complémentaire		

8-38 L'immigration aux États-Unis. Votre manuel explique que les immigrés maghrébins ont des problèmes d'intégration à la société française. Votre pays est aussi un pays d'immigration. À votre avis, est-ce que tous les immigrés sont reçus de la même façon ou est-ce qu'il y a des difficultés particulières à un (ou plusieurs) groupe(s)? Sur une feuille séparée identifiez ce(s) groupe(s) et dites pourquoi ils ont des problèmes.

MODÈLE: *Je pense que les immigrés européens sont acceptés beaucoup plus facilement que les immigrés des pays de l'Amérique latine. Beaucoup d'Américains sont contre l'emploi de l'espagnol à l'école et ils….*

8-39 L'immigration et votre famille. Beaucoup d'Américains ont des parents ou des grands-parents qui ont immigré aux États-Unis. Sur une feuille séparée, parlez de l'expérience de votre famille.

MODÈLE: *Mon grand-père est né en Italie en 1904. Après la Première Guerre Mondiale il est venu aux États-Unis. Ma grand-mère est d'origine italienne aussi mais elle est née à Détroit dans le Michigan. Quand mes grands-parents se sont connus, ma grand-mère n'a pas voulu sortir avec mon grand-père parce que c'était un immigré! Mais ils ont fini par se marier et ils ont eu 3 enfants, 8 petits-enfants, et jusqu'à présent 2 arrière-petits-enfants. Malheureusement, les enfants et les petits-enfants ne parlent pas italien…*

LISONS POUR EN SAVOIR PLUS

8-40 Avant de lire. Before you read this article about a particular problem North African immigrants in France have experienced, answer these questions in English.

1. Based on what you've read in your textbook, what difficulties might North African immigrants encounter in France? ____

____

2. The title of this article is ***Le foulard interdit d'école***. Based on the title, what problem do you think the article will focus on? ____

____

____

8-41 En lisant. As you read, look for the following information.

1.

Le foulard interdit d'école

What is the debate about? ____

____

When did it start? ____

With what event? ____

Who is currently involved? ____

What is banned? ____

What is potentially not banned? ____

____

2. Is the Minister of Education alone in the belief that Islamic veils should not be worn in schools? Support your answer with specific information from the text. ____

____

____

3. The article mentions that it is initially up to school principals and parent councils to decide what is appropriate for each school, but that the ultimate authority rests with another body. Identify this body and the equivalent American institution.

ÉDUCATION ● Laïcité

Le foulard interdit d'école

Le ministère de l'Éducation nationale demande aux chefs d'établissement scolaire d'interdire le port des signes religieux trop voyants. Sans le nommer ouvertement, François Bayou vise avant tout le foulard islamique.

L'école laïque est-elle menacée par le foulard islamique? La polémique, lancée en 1989 lors de l'affaire du collège de Creil, où deux adolescentes avaient fait leur rentrée la tête voilée par un hijab, (foulard islamique) est ravivée cinq ans plus tard par le ministre de l'Éducation. Dans une circulaire adressée aux chefs d'établissement scolaire, François Bayrou demande d'interdire *«la présence de signes si ostentatoires* (voyants, à la limite de la provocation) que leur signification est précisément de séparer certains élèves des règles de vie commune de l'école.»

Des signes religieux discrets

Même s'il n'est pas nommé dans le texte officiel, c'est bien le foulard islamique qui est mis en accusation. Il est vrai que parmi les jeunes filles qui le portent, certaines ont clairement exprimé des idées intégristes. En tout état de cause, la position du ministre relaie celle de l'opinion publique—86% des Français se déclarent opposés au port du voile dans les écoles (sondage *Le Figaro*-Sofrés de juin 1994)—et s'aligne sur la politique offensive du ministre de l'Intérieur, Charles Pasqua, à l'égard des «activistes» musulmans. Sans plus de précisions quant à leur nature exacte, les signes religieux *«plus discrets»* (croix catholique ? kippa juive ?...) ne peuvent, selon la circulaire, *«faire l'objet des mêmes réserves»*....

Il restera alors aux principaux et aux proviseurs à modifier en conséquences les règlements intérieurs de leurs établissements ... et de les faire approuver par les parents d'élèves. Pour chaque cas litigieux, il leur faudra évaluer si tel signe religieux porté par un élève est, ou non, trop voyant.

Mais ce n'est pas tout. Plusieurs fois saisis pour des cas d'expulsions liées au port du foulard, différents tribunaux administratifs ont exigé la réintégration des élèves, en s'appuyant sur la Déclaration des droits de l'homme qui garantit la liberté d'expression. C'est donc au Conseil d'État—la plus haute juridiction administrative—, dont la tolérance envers le foulard islamique s'est maintes fois exprimée, qu'il appartiendra finalement de trancher cette délicate question. ■

Source: Marie Bardet, *Les clés de l'Actualité,* du 29 septembre au 5 octobre 1994

8-42 Après avoir lu. Now that you've read the article, discuss these questions on a separate sheet of paper.

1. The article clearly states that Islamic veils are forbidden in schools while other religious symbols like Catholic crosses and Jewish yarmulke are not objectionable because they are «plus discrets». Do you think this distinction is a valid one? Why or why not? What does this distinction imply about French attitudes towards North African immigrants?
2. Two fundamental issues underlying the wearing of the Islamic veil in school are the separation of Church and State and Freedom of Expression, both guaranteed by la *Déclaration des droits de l'homme.* What document in the U.S. would address these same issues? Can you think of a similar situation in the U.S. where these two ideas seem to be in conflict in the public schools?
3. Think about your own city, region, state, or country. Can you think of a similar situation where the behavior, dress, religion, etc. of a specific group of individuals appears to be opposed by the majority? How is the situation you've described similar to and different from the French situation described in the article?

Chapitre 9: La santé et le bien-être

Première partie: Restons en bonne santé

POINTS DE DÉPART

9-1 Les définitions. Trouvez dans la colonne de droite une définition pour chaque mot ou expression dans la colonne de gauche.

___ 1. l'état dépressif	a. l'indigestion
___ 2. les insomnies	b. quand on a très sommeil
___ 3. les maux de tête	c. quand on se sent toujours triste
___ 4. la nervosité	d. quand on a du mal à dormir
___ 5. avoir mal au dos	e. quand on a des douleurs au niveau de la tête
___ 6. la crise de foie	f. quand on a des douleurs au niveau du dos
___ 7. la fatigue	g. quand on est anxieux

9-2 Le médecin détective. Dites pourquoi ces personnes ont probablement mal.

MODÈLE: Céline a mal aux yeux. *Elle n'a pas mis ses lunettes.*

1. Miriam a mal au dos. ____________________
2. Jacques a mal au ventre. ____________________
3. Suzette a mal aux pieds. ____________________
4. Béatte a mal aux genoux. ____________________
5. Dominique a mal aux oreilles. ____________________

9-3 On a toujours mal! Dites où ces personnes ont toujours mal.

MODÈLE: votre grand-mère: *Ma grand-mère a toujours mal aux pieds!*

1. votre mère: ____________________
2. votre grand-père: ____________________
3. votre meilleur(e) ami(e): ____________________
4. votre copain/copine: ____________________
5. vous-même: ____________________

nom: ______________________ date: ______________________

9-4 Le médecin. Faites un diagnostic et suggérez un remède pour les situations indiquées.

MODÈLE: Arthaud est un petit garçon qui a de la fièvre. Il a aussi mal aux oreilles.
Il a probablement une infection aux oreilles. Il a besoin d'antibiotiques.

1. Patricia a mal aux épaules, au dos et au cou. Elle est toute rouge!

____

2. Françoise a mal au cœur, et elle a de la fièvre.

____

3. Stéphanie, trois ans, tousse sans arrêt. Elle n'a pas bonne mine et elle n'a pas d'énergie.

____

4. Georges est très fatigué. Il a le nez qui coule et il tousse un peu.

____

5. Hélène est tombée et elle a la cheville très enflée. Ça lui fait mal.

____

9-5 La santé des intimes. Parlez de la santé de vos amis, de vos parents et de vous-même.

MODÈLE: votre mère: *Elle se coupe toujours à la main quand elle fait la cuisine. Parfois elle se brûle aussi. Elle est assez maladroite dans la cuisine!*

1. votre prof de français: ______________________
2. votre camarade de chambre: ______________________
3. votre frère ou sœur: ______________________
4. vos grands-parents: ______________________
5. vous-même: ______________________

9-6 Le Docteur Lespérance. Imaginez que vous êtes le docteur Lespérance. Sur une feuille séparée répondez à ces lettres. Comme modèle, consultez dans votre manuel les réponses du docteur.

1. J'ai 20 ans et je suis étudiant à la fac de sciences. En ce moment, j'ai des difficultés pour m'endormir et pour me concentrer. Je suis très stressé et je commence à m'angoisser. C'est bientôt les examens finals. Je fume trois paquets de cigarettes par jour pour me calmer et je bois au moins 5 tasses de café et quelques verres de Coca pour me donner de l'énergie. Mais ça ne marche pas. Qu'est-ce que je dois faire?
2. J'ai 25 ans et je suis généralement en bonne santé. Mais dernièrement il m'arrive d'avoir des maux de tête terribles. Cela me prend surtout en fin d'après-midi et le soir. Je viens de commencer un nouveau travail et je ne peux pas me permettre d'être toujours malade. J'essaie de me reposer un peu après le travail mais j'ai deux jeunes enfants. Avez-vous des suggestions pour moi?

3. J'ai 35 ans et je suis en très bonne forme. Je fais du jogging ou de l'aérobique tous les jours. Je fais de la musculation deux ou trois fois par semaine. Je me suis foulé la cheville l'année dernière pendant une compétition. Le médecin m'a dit qu'il ne fallait pas que je coure pendant trois semaines. Je me suis reposée pendant quelques jours mais après une semaine j'ai recommencé à faire un petit jogging tous les matins. Ça allait mais maintenant chaque fois que je cours j'ai très mal à la cheville. Je ne peux pas arrêter de courir; qu'est-ce que je peux faire pour calmer la douleur?

Formes et fonctions

Les verbes **croire** et **voir**

9-7 Qu'est-ce qu'on voit? Donnez au moins deux choses que les personnes suivantes peuvent voir dans l'endroit où elles se trouvent.

MODÈLE: Sarah est au stade. *Elle voit un match de foot ou un match de baseball.*

1. M. et Mme Colin sont au musée d'art. ______________________________
2. Isabelle est au café avec des amis. ______________________________
3. Vous êtes à l'hôpital. ______________________________
4. Mes amis et moi sommes à la résidence. ______________________________
5. Tu es au magasin de vêtements. ______________________________
6. Je suis dans ma chambre. ______________________________

9-8 Les opinions. Comparez les opinions des personnes suivantes à propos des sujets suivants.

MODÈLE: l'alcool et les jeunes de 18 à 21 ans: vous / vos parents
Je crois que les jeunes doivent pouvoir boire de l'alcool parce qu'ils peuvent voter et servir dans l'armée. Mais, mes parents croient que les jeunes ne doivent pas boire parce qu'il y a trop d'accidents de voiture quand ils boivent et conduisent.

1. le tabac et la santé: vous / un producteur de tabac ______________________________
____
____
2. l'alcool et la santé: vous et vos amis / vos parents ______________________________
____
____
3. la caféine et la santé: votre prof de français / vous ______________________________
____
____

nom: ______________________ date: ______________________

Les verbes pronominaux à l'impératif

9-9 La garde. Imaginez que vous gardez trois petites filles énergiques: Dina, Moyenda et Émilie. Dites-leur ce qu'elles doivent faire d'après la situation indiquée.

MODÈLES: Émilie et Dina ont les mains très sales. *Lavez-vous les mains!*
Moyenda ne veut plus dormir. Elle sort du lit. *Ne te lève pas! Reste au lit!*

1. Vous faites une promenade et Émilie est loin derrière. ______________________
2. Dina et Moyenda jouent avec le maquillage de leur mère. ______________________
3. Émilie commence à enlever tous ses vêtements. ______________________
4. Dina et Moyenda insistent qu'elles veulent le même livre. ______________________
5. Moyenda est très frustrée avec un puzzle. ______________________
6. Vous donnez une serviette de bain à Dina et à Moyenda qui sortent de la douche. ______________________
____
7. Les trois filles se disent «Bonne nuit». ______________________

9-10 Les bons conseils. Donnez des conseils appropriés aux personnes suivantes. Utilisez au moins un verbe pronominal.

MODÈLE: Votre mère a des insomnies.
Ne t'énerve pas! Bois du lait chaud et lis un roman!

1. Votre camarade de chambre a trois examens la semaine prochaine.
____
2. Votre sœur et son ami de longue date viennent de séparer. Elle est assez déprimée.
____
3. Vos parents partent en vacances pour un deuxième voyage de noces.
____
4. Deux de vos meilleur(e)s ami(e)s ne se parlent plus après une petite dispute.
____
5. Vous voulez aller au ciné avec un ami mais il arrive toujours en retard.
____

Le conditionnel

9-11 Le médecin étranger. Imaginez que vous travaillez pour un médecin étranger qui ne sait pas bien s'exprimer avec ses patients. Aidez-le à donnez des conseils d'une façon plus polie.

MODÈLE: Vous devez arrêter de boire de la bière.
Vous devriez arrêter de boire de la bière.

1. Je veux vous revoir la semaine prochaine.
____

2. Madame, vos enfants peuvent perdre quelques kilos chacun.
____

3. Ma petite, tu dois arrêter de manger des pièces de monnaie.
____

4. Vous devez faire un peu plus de sport.
____

5. Monsieur, votre fille doit manger un peu moins de sucre.
____

9-12 Le prix Nobel. Si vous découvriez un remède pour le rhume, vous gagneriez sans doute le prix Nobel et beaucoup d'argent. Qu'est-ce que vous feriez avec cet argent?

Modèles: *J'achèterais une petite maison en France.* ou
Je donnerais trois mille dollars pour la recherche contre le cancer.

1. _______________
2. _______________
3. _______________
4. _______________
5. _______________

9-13 Et les autres à votre place? Qu'est-ce que vous pensez que ces autres personnes feraient avec l'argent si elles étaient à votre place?

MODÈLE: votre sœur: *Elle dépenserait tout l'argent pour des vêtements et des chaussures.*

1. votre meilleur(e) ami(e): _______________
2. vos parents: _______________
3. vos grands-parents: _______________
4. votre copain/copine: _______________
5. votre prof de français: _______________

nom: ______________________________ date: ______________________

9-14 Les bonnes résolutions. C'est le jour de l'an et vous parlez des résolutions que les membres de votre famille et vos amis ont prises.

MODÈLE: Ma sœur a dit qu'elle ne fumerait plus.

1. Mon oncle a dit qu'il ______________________________
2. Mes parents ont dit qu'ils ______________________________
3. Ma grand-mère a dit qu'elle ______________________________
4. Mon/ma meilleur(e) ami(e) a dit qu' ______________________________
5. Mon/ma camarade de chambre a dit qu' ______________________________
6. J'ai dit que ______________________________

LISONS

9-15 Avant de lire. The following passage is an excerpt from a play by Molière, ***Le Malade imaginaire***. In this scene, you will see the main character Argan and his servant, Toinette, who has disguised herself as a doctor. Before reading this scene, answer these questions in English.

1. List a few differences that you might expect when reading a play as opposed to literary prose; for example, the way the text is laid out on the page.

   ____

   ____

2. Given the title of the play, ***Le Malade imaginaire,*** and the fact that it is a comedy, what do you think the plot is about? ______________________________

   ____

9-16 En lisant. As you read, supply the following information. (Note: You will see a few words that you don't know, **le pouls** means *pulse*, **Ouais** is an informal pronunciation of **oui** and **la rate** means *the spleen*.)

1. List two types of cases the "doctor" claims to like:

   ____

   ____

2. Complete the chart by indicating Argan's symptoms and Toinette's corresponding diagnosis.

LES SYMPTÔMES	LE DIAGNOSTIC
weakness in limbs	

Scène X. — TOINETTE, en médecin; ARGAN…

TOINETTE: Vous ne trouverez pas mauvais, s'il vous plaît, la curiosité que j'ai eue de voir un illustre malade comme vous êtes; et votre réputation qui s'étend partout, peut excuser la liberté que j'ai prise.

ARGAN: Monsieur, je suis votre serviteur….

TOINETTE: Je suis médecin passager, qui vais de ville en ville, de province en province, de royaume en royaume, pour chercher d'illustres matières à ma capacité, pour trouver des malades dignes de m'occuper…. Je veux des maladies d'importance, de bonnes fièvres continues…, de bonnes pestes,… de bonnes pleurésies, avec des inflammations de poitrine; c'est là que me plais, c'est là que je triomphe…. Donnez-moi votre pouls. Allons donc, que l'on batte comme il faut. Ah! Je vous ferai bien aller comme vous devez. Ouais! ce pouls-là fait l'impertinent; je vois bien que vous ne me connaissez pas encore. Qui est votre médecin?

ARGAN: Monsieur Purgon.

TOINETTE: …De quoi dit-il que vous êtes malade?

ARGAN: Il dit que c'est du foie, et d'autres disent que c'est de la rate.

TOINETTE: Ce sont tous des ignorants. C'est du poumon que vous êtes malade.

ARGAN: Du poumon?

TOINETTE: Oui, Que sentez-vous?

ARGAN: Je sens de temps en temps des douleurs de tête.

TOINETTE: Justement, le poumon.

ARGAN: Il me semble parfois que j'ai un voile devant les yeux.

TOINETTE: Le poumon.

ARGAN: J'ai quelque fois des maux de cœur.

TOINETTE: Le poumon.

ARGAN: Je sens parfois des lassitudes par tous les membres.

TOINETTE: Le poumon.

ARGAN: Et quelquefois il me prend des douleurs dans le ventre, comme si c'était des coliques.

TOINETTE: Le poumon. Vous avez appétit à ce que vous mangez?

ARGAN: Oui, Monsieur.

TOINETTE: Le poumon. Vous aimez à boire un peu de vin?

ARGAN: Oui, Monsieur.

TOINETTE: Le poumon. Il vous prend un petit sommeil après le repas, et vous êtes bien aise de dormir?

ARGAN: Oui, Monsieur.

TOINETTE: Le poumon, le poumon, vous dis-je.

Source: Molière, *Le Malade imaginaire*

9-17 Après avoir lu. Now that you've read the passage, answer these questions on a separate sheet of paper and complete these activities.

1. Imagine what Toinette might prescribe for Argan and his "medical" problem.
2. Do you find this scene humorous? Why or why not?
3. Imagine how this scene might be staged. Provide some stage directions and then try them out with a few classmates. You may want to stage your version in front of the class.
4. Think of a hypochondriac (someone you know or imagine) and write a short scene between that person and a doctor (a real doctor or a fake doctor like Toinette) in French. Don't forget to include stage directions for your scene.

ÉCRIVONS

9-18 SOS Enfants. Vous devez rédiger une petite brochure pour expliquer aux parents ce qu'ils doivent faire pour éviter les accidents avec leurs enfants. Avant d'écrire, commencer par ces activités:

- Faites une liste de 3 ou 4 accidents qui peuvent arriver aux enfants
- Faites une liste de suggestions pour éviter ces accidents
- Pensez à un slogan pour la brochure

MODÈLE: se couper à la main: ne pas laisser de couteaux sur la table
se brûler dans la cuisine: ne pas jouer dans la cuisine avec les enfants
se brûler avec les cigarettes: d'abord ne pas fumer ET ne pas laisser les cigarettes sur la table

PARENTS: ATTENTION! VOTRE MAISON EST PLEINE DE DANGERS CACHÉS!

Est-ce que vous savez que les enfants peuvent se couper facilement avec les couteaux laissés sur la table?...
Est-ce que vous savez que les enfants peuvent se brûler dans la cuisine? Dites à vos enfants de ne pas jouer....

9-19 Votre dossier médical. Vous venez de déménager et vous devez donner votre dossier médical à votre nouveau médecin. Préparez-le sur une feuille séparée. Avant d'écrire, faites une liste de vos maladies, vos problèmes de santé et les accidents que vous avez eus. N'oubliez pas de fournir une petite description de votre santé en ce moment.

MODÈLE: Actuellement, je suis en assez bonne forme. Je fais du sport plusieurs fois par semaine et je ne fume pas. J'essaie de bien manger et de faire attention à ne pas manger trop de graisse... Quand j'avais 6 ans, j'ai eu une angine assez sérieuse... À 12 ans, je me suis cassé le bras gauche quand je suis tombée d'un arbre...

Deuxième partie: Sauvons la terre et la forêt

POINTS DE DÉPART

9-20 La pollution. Décrivez l'état des éléments suivants sur une feuille séparée.

MODÈLE: l'air *Quand on regarde l'air dans les villes industrielles, on voit beaucoup de fumée. Souvent les usines et les voitures produisent des gaz toxiques qui polluent l'air que nous respirons.*

1. les ressources non-renouvelables
2. les forêts
3. l'eau

9-21 C'est un problème? Expliquez pourquoi on ne doit pas faire ce qu'on fait.

MODÈLE: Je conduis seule à l'université chaque matin.
Tu produis trop de gaz qui contribuent au réchauffement de la Terre.

1. Ils se promènent dans les forêts en voiture.

   ____

2. Nous jetons les journaux à la poubelle.

   ____

3. Tu verses l'huile dans l'évier.

   ____

4. Elle jette les déchets dans la rue.

   ____

5. J'utilise des produits non-biodégradables.

   ____

9-22 La conscience. Avant, on n'était pas toujours aussi conscient des problèmes de l'environnement. Sur une feuille séparée, comparez comment on utilisait les choses suivantes avant et comment on les utilise maintenant.

MODÈLE: les transports *Il y a 10 ans, tout le monde prenait sa voiture. Maintenant, de plus en plus, on prend des transports en commun ou on va en groupe dans la même voiture.*

1. les produits non-biodégradables
2. les huiles usées
3. l'électricité
4. les déchets domestiques

nom: ______________________ date: ______________________

9-23 Ce qu'on fait chez vous. Sur une feuille séparée, indiquez cinq activités que les gens de votre communauté font pour protéger l'environnement et cinq activités qu'ils peuvent faire mais qu'ils ne font pas actuellement.

MODÈLE: À Louisville, si on habite une maison, on peut facilement recycler le verre, les journaux et les boîtes parce qu'il y a un camion qui s'arrête à chaque maison et emporte les divers matériaux pour le recyclage…

Malheureusement, les gens qui habitent les appartements n'ont pas le même service. La ville devrait organiser le ramassage des matériaux recyclables pour tout le monde…

9-24 Questions personnelles. Répondez à ces questions sur une feuille séparée.

1. Comment est-ce que vous vous déplacez en ville? Est-ce que vous utilisez les transports en commun ou votre vélo V.T.T. au lieu de votre voiture personnelle? Pourquoi ou pourquoi pas?
2. Qu'est-ce que vous pensez de l'idée des tramways (comme à Strasbourg) dans les villes américaines? Est-ce qu'ils seraient efficaces? Pourquoi ou pourquoi pas? Est-ce que vous connaissez les tramways à San Francisco? Comment sont-ils?
3. Est-ce que vous aimeriez faire du tourisme vert? Pourquoi ou pourquoi pas?
4. Est-ce qu'il y a un parti politique vert chez vous? S'il y en a qu'est-ce que vous pensez de leurs idées? S'il n'y en a pas, est-ce que vous pensez que sa présence serait un avantage? Pourquoi ou pourquoi pas?

Formes et fonctions

Le passé du conditionnel

9-25 Prise de conscience tardive. Dites ce que ces personnes auraient dû faire pour mieux réussir ce semestre.

MODÈLES: Ce semestre Karen n'est jamais allée au labo de langue.
Elle aurait dû aller au labo trois fois par semaine.

Xavier a joué aux cartes tous les soirs.
Il n'aurait pas dû jouer aux cartes tous les soirs.

1. Hélène est sortie trois ou quatre fois par semaine.

____

2. Paul et Julie sont rarement arrivés à l'heure pour le cours de français.

____

3. Suzanne n'a jamais fait ses devoirs.

____

4. Votre prof n'a jamais rendu les examens corrigés à temps.

____

5. J'ai ____

____

Le subjonctif

9-26 Garder la santé. Dites ce qu'on doit faire pour avoir une bonne santé. Utilisez une des expressions de la liste ci-dessous.

il est important que	il est nécessaire que	il est urgent que
il est utile que	il (ne) faut (pas) que	il vaut mieux que

MODÈLE: Je ne mange que des bonbons et des casse-croûte.
Il vaut mieux que je mange trois repas équilibrés.

1. Pierre-Gilles fume deux paquets de cigarettes par jour.
____
2. Vous travaillez 60 heures par semaine.
____
3. Robert et Paul adorent les desserts et refusent de manger des légumes.
____
4. Tu grignotes devant la télévision tout le week-end.
____
5. Je ______________________________
____

9-27 Des conseils. Vos amis vous demandent ce qu'il faut faire dans les situations suivantes. Donnez-leur des conseils.

MODÈLE: Mon frère et moi, nous nous disputons et nous ne nous parlons plus.
Alors, il faut que vous vous parliez tout de suite de vos différences d'opinion!

1. J'étais chez ma grand-mère et j'ai cassé son vase favori.
____
2. C'est l'anniversaire de ma mère et j'ai oublié de lui envoyer une carte de vœux.
____
3. Ma cousine a un nouvel appartement pas loin d'ici.
____
4. J'ai trouvé un carnet de chèques dans la rue.
____
5. Une bonne amie s'est séparée de son copain de deux ans.
____

nom: ______________________________ date: ______________________________

Le subjonctif d'autres verbes

9-28 Attention! Un groupe de Scouts fait du camping dans une forêt nationale. Donnez-leur la liste des règlements.

MODÈLES: mettre les déchets à la poubelle: *Il faut que vous mettiez les déchets à la poubelle.*
jeter les papiers par terre: *Il faut que vous ne jetiez pas les papiers par terre.*

1. respecter la nature: ______________________________
2. nettoyer votre site: ______________________________
3. faire du bruit: ______________________________
4. boire de l'alcool: ______________________________
5. fumer dans la forêt: ______________________________

9-29 Les responsabilités. Pierre passera les vacances de printemps chez sa grand-mère, avec quelques amis de fac. Ses parents essayent de le préparer pour toute éventualité. Donnez-lui des conseils en utilisant les verbes suivants: **acheter**, **appeler**, **emmener**, **nettoyer**, **inviter**, **mettre**, **payer**.

MODÈLE: Mamie tombe dans l'escalier. *Il faut que tu appelles l'ambulance.*

1. Mamie oublie de mettre la glace au frigo. ______________________________
2. C'est l'anniversaire de Mamie. ______________________________
3. Mamie veut aller en ville. ______________________________
4. Vous êtes au restaurant et Mamie a oublié son carnet de chèques. ______________________________
5. Vous mettez le désordre chez Mamie. ______________________________

LISONS

9-30 Avant de lire. Before you read this article about the different types of energy sources used in France, answer these questions in English.

1. Name as many sources of energy used in the U.S. as you can.

____

____

2. This article is specifically about nuclear power. What issues do you expect it will address?

____

____

9-31 En lisant. As you read, supply the following information.

1. Nuclear power was used more commonly following a gasoline crisis. When was this? ______________
2. How many nuclear power plants does France have? ______________
3. Find in the text the acronym for the name of France's power company in the text. What do you think it stands for? ______________
4. How long do the byproducts of nuclear power remain radioactive? ______________
5. Name one type of accident that France's nuclear waste containers are, in principle, able to withstand.

   ____

6. Name three countries which have decreased their use of nuclear energy. ______________, ______________ , and ______________ .
7. Name three renewable sources of energy.

   ______________,

   ______________ and ______________ .

8. Another part of the article has this to say about l'énergie éolienne: «**Elle utilise la force du vent. En 2030, le vent pourrait produire 10% de l'électricité en Europe**». Based on this, explain in your own words what *énergie éolienne* means. ______________

   ____

LE CHOIX DU NUCLEAIRE

L'énergie nucléaire, c'est pratique. Mais ça peut être aussi très dangereux. Faut-il lui faire confiance, ou s'orienter maintenant vers d'autres sources d'énergie?

Après la grave crise pétrolière des années 70, la France a décidé d'être indépendante et s'est lancée dans un vaste programme nucléaire. Cette énergie est devenue notre principal source d'électricité.
Avec ses 55 centrales, la France est à l'heure actuelle suréquipée. Il y a 15 ans, on pensait que la consommation d'énergie irait en augmentant. En fait, elle s'est ralentie. Du coup, la capacité de production des centrales est bien supérieure aux besoins. EDF, la société qui les exploite, est obligée d'exporter notre énergie à un prix relativement bas...

Les énergies renouvelables

Pour EDF, l'énergie nucléaire est bon marché. Pas tant que ça, disent les antinucléaires. C'est oublier les coûts de vieillissement des centrales qu'il faut entretenir ou démanteler, les déchets qu'il faut stocker...Les outils utilisés dans les centrales, les tenues usagées...restent radioactifs 300 ans!
Après plusieurs années d'utilisation, les matériaux situés dans le cœur du réacteur doivent être aussi remplacés. Une partie des éléments hautement radioactifs (uranium, plutonium) est recyclée en combustible neuf. Le reste est stocké, et au bout de 30 ans, enfoui dans le sous-sol.
Ces déchets resteront toutefois dangereux pendant plusieurs milliers d'années. Au rayon sécurité, les centrales françaises sont équipées d'une sorte de cloche de béton de plusieurs mètres d'épaisseur, capable, en principe, de résister plusieurs heures durant à toutes sortes d'accidents: incendie, tremblement de terre, attentat... Mais peut-on vraiment affirmer qu'un accident grave est impossible?
Certains pays, comme les États-Unis, la Suisse ou le Royaume-Uni, ont ralenti leur programme nucléaire. Ils se tournent vers les énergies renouvelables: le solaire, l'éolienne, le gaz, le bois...Il n'existe pas une énergie de remplacement idéale, mais des énergies multiples, adaptées selon les situations.

Source: Pascale Solana, *L'Événement junior*, 5 mai 1994

nom: ______________________ date: ______________________

9-32 Après avoir lu. Now that you've read the passage, complete the following activities on a separate sheet of paper.

1. What do you think about France's energy policy after reading this article? Do you think a more diversified approach makes more sense? Why or why not? What do you think an ideal energy policy would include?
2. This article states in several places that nuclear energy is dangerous, although it is very practical. Make a list of the pros and cons of nuclear energy use.
3. Imagine that your state wants to erect a nuclear power plant not far from where you live. Write a letter to your French pen pal describing your reaction to this proposal.

ÉCRIVONS

9-33 50 Façons de sauver la terre! Aux États-Unis, il existe un livre qui s'appelle ***50 Façons de sauver la terre***. C'est un livre destiné aux enfants qui leur explique ce qu'ils peuvent faire pour économiser les ressources naturelles. Faites une liste de 10 activités différentes que les enfants (et les adultes) peuvent faire pour mieux protéger l'environnement et la planète.

MODÈLE: 1. recyclez les bouteilles et les pots
2. …

9-34 Protégez le campus. Imaginez que vous faites partie d'un comité d'étudiants qui se mobilisent pour s'occuper de l'état du campus. Créez quelques affiches qui parlent des problèmes et proposent quelques solutions. N'oubliez pas d'inclure:

- deux ou trois problèmes sérieux sur votre campus
- quelques solutions

MODÈLE: Problèmes: manque de recyclage, trop de voitures…
Solutions: Recycler les journaux et les boîtes de coca, ne pas prendre trop souvent la voiture, ne pas jeter les déchets sur les pelouses…

ATTENTION! C'EST À VOUS DE PROTÉGER LE CAMPUS!

Sur notre beau campus, nous avons des problèmes comme le manque de recyclage… Il faut recycler davantage!… Il faut prendre le bus ou le vélo au lieu de la voiture!…

Chez nous: Les liens culturels entre l'Afrique et les Amériques

9-35 Les proverbes créoles. Devinez les sens des proverbes haïtiens suivants. Choisissez la phrase française qui convient le mieux pour exprimer chaque proverbe.

1. Pale franse pa di lespri pou sa.
   a. Les gens qui parlent français sont très intelligents.
   b. Parler français ne rend pas nécessairement plus intelligent.
   c. Les gens qui parlent français ont le sens de l'humour.
2. Kreyôl pale, kreyôl konprann.
   a. Je comprends et je parle créole.
   b. Si on parle créole, on peut aussi le comprendre.
   c. Lorsqu'on parle créole, on parle de manière plus claire.
3. Kreyon Bondye pa gen gonm.
   a. On ne peut pas changer le monde tel que Dieu l'a créé.
   b. On ne peut pas changer la parole de Dieu, par exemple, ce qui est écrit dans la Bible.
   c. Le Bon Dieu écrit avec un crayon qui n'a pas de gomme.

9-36 Toussaint Louverture. Est-ce que vous connaissez Toussaint Louverture? C'est un homme très important dans l'histoire d'Haïti. Consultez des ouvrages de référence à la bibliothèque pour découvrir ce que cet homme a fait et pour quelle raison il est considéré comme le George Washington haïtien. Ensuite, sur une feuille séparée, rédigez 2 ou 3 paragraphes en français qui présentent la vie et les actions de ce héros national haïtien. Avant de rédiger votre texte, vous pourriez faire un tableau avec les dates et les événements importants de sa vie.

LISONS POUR EN SAVOIR PLUS

9-37 Avant de lire. This text is an excerpt from an essay by Maryse Condé, a writer from Guadeloupe. In this essay, she is primarily concerned with the status of Haitian women novelists. Before you read the passage, answer these questions in English.

1. How is an essay different from other types of prose, such as fiction or autobiography?

____

____

____

2. What do you know about Haiti? List as many facts or impressions as you can.

____

____

nom: ______________________ date: ______________________

9-38 En lisant. As you read, look for the following information.

1. Fill in the chart with the historical information given in the passage.

HAÏTI D'AUTREFOIS	
What	Slave revolt
Where	
When	
Results	

2. Fill in this chart with information about present-day Haiti.

HAÏTI D'AUJOURD'HUI	
Government	
Economy	
Education	
Health	
Political atmosphere	
Literature	
Language	

3. What two groups of authors does Condé compare Haitian writers to?

____

4. According to Condé, what distinguishes Haitian writers from other writers?

____

Le paradoxe haïtien

Haïti est présent au cœur de tous les Négro-Africains et principalement des Antillais comme un paradoxe. Ne revenons pas sur l'histoire. Rappellons seulement qu'au XVIIIe siècle, à Saint-Domingue, une révolte d'esclaves conduisit à l'instauration d'un état noir indépendant … à la suppression définitive de l'esclavage et à l'élimination totale des maîtres blancs…. Aussi toute une littérature est née autour de cette révolte victorieuse, autour des chefs devenus légendaires. Pour certains, cet acte de refus est exemplaire… Cependant, le paradoxe d'Haïti, c'est qu'après cet acte de libération d'une vigueur et d'une beauté exceptionnelles, l'île soit devenue la proie d'une succession de dictateurs, tyrans… brutaux qui l'ont conduite à sa situation actuelle.
Ne citons pas les statistiques. On sait que c'est un des pays les plus pauvres du monde, avec le taux d'analphabétisme le plus élevé, un taux de mortalité effrayant, et des exilés sous tous les cieux. Et cependant la littérature haïtienne est la plus riche et la plus achevée des Caraïbes… Et cependant le créole haïtien sonne comme une langue fière et pure…

En nous penchant sur quelques romancières haïtiennes, nous avons d'abord cherché ce qui dans leur propos différait de celui des Martiniquaises ou des Guadeloupéennes, et il nous est vite apparu que, tout en étant très proche, il en différait cependant. Les auteurs étudiés ne se préoccupaient de leur enfance que pour la replacer aussitôt dans une perspective plus ample, ne s'attardaient pas à déplorer les conflits de leur adolescence et subordonnaient tout à un souci majeur: celui d'Haïti dans son ensemble, Haïti dans sa complexité sociale et ses drames politiques. Leurs aventures sentimentales sont-elles frustrées? C'est par l'intrusion du politique dans leur vie. Il est presqu'impossible de séparer vie personnelle et vie du pays…

Il est une question, que nous n'avons pas manqué de nous poser et à laquelle, nous l'avouons, nous n'avons trouvé aucun élément de réponses. Pourquoi si peu d'écrivains femmes en Haïti alors que la Guadeloupe et la Martinique en comptent tant, relativement parlant? … Bref, ce serait peut-être aux Haïtiennes de tenter de nous l'expliquer.

Source: Maryse Condé, *La Parole des femmes: essai sur des romancières des Antilles de langue française*

9-39 Après avoir lu. Now that you've read the passage, answer the following questions on a separate sheet of paper.

1. What is the Haitian paradox to which the author refers? How do you think the paradox might be explained? Do you think this type of paradox is limited to Haiti? (Hint: you might want to think about the political situation and recent history of post-colonial African states.)
2. Maryse Condé remarks that in contrast to women writers from Guadeloupe and Martinique, Haitian women writers do not seem very concerned with writing about childhood, adolescent conflicts, and experiences with love. Instead, she remarks that it seems impossible to separate personal issues from issues (political and other) facing the country as a whole. Why do you think this might be the case in Haiti? Do you think there is anything unusual in the fact that men and women writers in Haiti are preoccupied with the same issues? What might this imply about the relative status of men and women in Haitian society?
3. The author concludes her essay with a question. What is it? What possible responses might you imagine to that question? How might you go about testing the validity of your proposed responses?

Chapitre 10: 

Première partie: Le grand et le petit écran

POINTS DE DÉPART

10-1 Choix de vidéos. Imaginez que vous travaillez dans un magasin de vidéos et que des clients demandent votre avis sur les vidéos qu'ils pourraient louer. Donnez-leur des conseils.

MODÈLE: J'aime beaucoup l'histoire, surtout l'histoire européenne.
Alors, louez La reine Margot, c'est un film historique.

1. J'adore le suspense et les histoires d'espions.

____

2. J'aime les films amusants.

____

3. Mes petits cousins sont chez moi et je dois trouver un film pour enfants.

____

4. Je suis fanatique de musique.

____

5. Mes amis et moi aimons beaucoup la science-fiction.

____

6. Mon frère aime surtout les films violents avec beaucoup d'action.

____

10-2 Les goûts. Indiquez quelles sortes de films les personnes suivantes préfèrent.

MODÈLE: votre mère: Ma mère préfère surtout les films policiers ou les films d'aventures.

1. votre frère ou sœur: _______________
2. votre meilleur(e) ami(e): _______________
3. votre père: _______________
4. votre grand-mère: _______________
5. votre copain/copine: _______________
6. vous-même: _______________

10-3 Les propositions. Imaginez qu'un(e) ami(e) vous propose de regarder les films suivants. Dites quel film vous préféreriez regarder et pourquoi.

MODÈLE: Voyons… ce soir, il y a un film d'amour et un film d'espionnage. Qu'est-ce que tu préfères?
Moi, j'adore les films d'espionnage. Regardons le film de James Bond avec Sean Connery. Je trouve qu'il est très beau.

1. Voyons… on a le choix entre un drame psychologique et un film d'aventures. Qu'est-ce que tu veux voir?

2. J'ai envie d'aller au cinéma ce soir. Qu'est-ce que tu préfères, un film historique, un film policier ou une comédie?

3. Regarde! Ce soir à la télé, ils passent un bon film fantastique et un film policier. Qu'est-ce que tu veux regarder?

4. Si on louait une vidéo ce soir? Tu as envie de voir un drame psychologique, un film musical ou un film d'aventures?

10-4 À la télé. D'après ce téléguide, suggérez des programmes pour les personnes suivantes et expliquez votre choix.

MODÈLE: une petite fille de 9 ans: *Club Dorothée à 16h45 sur TF1 parce que c'est une émission pour enfants avec des dessins animés.*

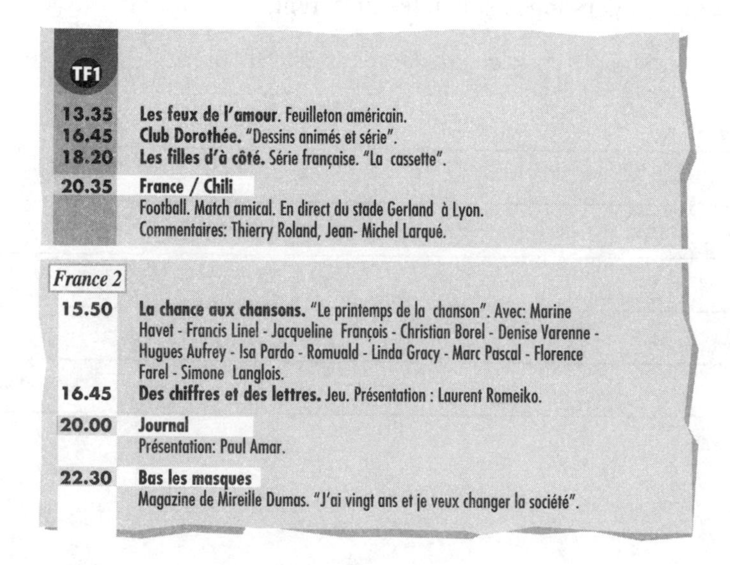

TF1

13.35 **Les feux de l'amour.** Feuilleton américain.
16.45 **Club Dorothée.** "Dessins animés et série".
18.20 **Les filles d'à côté.** Série française. "La cassette".
20.35 **France / Chili**
Football. Match amical. En direct du stade Gerland à Lyon.
Commentaires: Thierry Roland, Jean- Michel Larqué.

France 2

15.50 **La chance aux chansons.** "Le printemps de la chanson". Avec: Marine Havet - Francis Linel - Jacqueline François - Christian Borel - Denise Varenne - Hugues Aufrey - Isa Pardo - Romuald - Linda Gracy - Marc Pascal - Florence Farel - Simone Langlois.
16.45 **Des chiffres et des lettres.** Jeu. Présentation : Laurent Romeiko.
20.00 **Journal**
Présentation: Paul Amar.
22.30 **Bas les masques**
Magazine de Mireille Dumas. "J'ai vingt ans et je veux changer la société".

1. un prof de 32 ans qui parle français: ______________________
2. un homme de 67 ans qui aime rire: ______________________
3. une femme de 42 ans qui aime le drame: ______________________
4. un jeune homme sportif de 24 ans: ______________________
5. vous-même: ______________________

10-5 La télé et les habitudes. Parlez des goûts et des habitudes télévisuelles des personnes suivantes.

MODÈLE: votre sœur: *Elle regarde assez souvent la télé. Elle préfère les feuilletons et les séries, mais quelquefois, elle regarde un documentaire ou un film.*

1. votre camarade de chambre: ______________________
2. vos parents: ______________________
3. vos enfants ou vos nièces et neveux: ______________________
4. vous-même: ______________________

10-6 Si on regardait la télé? Imaginez que vous rendez visite à votre grand-mère. Elle est fanatique de télévision et elle vous propose de passer un moment agréable devant le petit écran. Répondez-lui d'après vos préférences.

MODÈLE: Si on regardait un ballet?
Non, je n'aime pas du tout le ballet. Regardons ce documentaire sur le Japon.

1. Si on regardait un programme de variétés?

____

2. Si on regardait un feuilleton?

____

3. Si on regardait le journal télévisé?

____

4. Si on regardait un dessin animé?

____

5. Si on regardait un jeu télévisé?

____

Formes et fonctions

Le subjonctif de verbes irréguliers

10-7 Les Oscars. Vous organisez une petite soirée avec des amis pour fêter les Oscars. C'est vous qui avez la liste des invités et de leurs responsabilités. Dites-leur ce qu'il faut faire.

- aller au supermarché acheter du vin: Alain et Bénédicte
- aller à la crémerie acheter du fromage: Dominique
- apporter du pain et des petits fours: Hervé
- être à l'heure: Paulette
- être bien habillés: nous tous
- avoir de la patience: Amélie et Brigitte

MODÈLE: à Alain et Bénédicte: *«Il faut que vous alliez au supermarché acheter du vin.»*

1. à Dominique: « ______________________________
2. à Hervé: « ______________________________
3. à Paulette: « ______________________________
4. à nous tous: « ______________________________
3. à Amélie et Brigitte: « ______________________________

10-8 Le metteur en scène. Imaginez que vous tournez un film avec un groupe d'amis et que vous êtes le metteur en scène. Dites ce qu'il faut faire pour réaliser un bon film.

MODÈLE: Nous devons avoir un bon caméscope.
Il faut que nous ayons un bon caméscope.

1. Je dois avoir des bons acteurs. ______________________________
____
2. Nous devons pouvoir filmer à l'intérieur. ______________________________
____
3. Je dois faire attention aux détails. ______________________________
____
4. Guy et Véro doivent savoir utiliser le caméscope. ______________________________
____
5. Sarah doit vouloir tourner le film avec nous. ______________________________
____

nom: ______________________ date: ______________________

Le subjonctif après les verbes de volonté et les expressions d'émotion

10-9 Les raisons plausibles. Pour chaque émotion exprimée, donnez une raison plausible choisie de la liste ci-dessous. Faites attention à la forme du verbe.

mon petit chat est malade
son mari est en retard
nous ne pouvons pas dîner ensemble
nous oublions son anniversaire
vous arrivez à l'aéroport demain
vous habitez toujours dans la même maison
nous ratons le train
on n'a pas assez de place pour tout le monde

MODÈLE: Je suis triste que *mon petit chat soit malade.*

1. Elle est déçue que ______________________
2. Nous sommes contents que ______________________
3. Je regrette que ______________________
4. Elle a peur que ______________________
5. Ma tante est inquiète que ______________________
6. Ils sont étonnés que ______________________
7. Il est dommage que ______________________

10-10 Les désirs et les exigences. Complétez ces phrases d'une manière personnelle.

MODÈLE: Mes parents veulent que je *réussisse dans la vie.*

1. Ma mère veut que je ______________________
2. Mon père désire que mon frère et moi ______________________
3. Mes profs exigent que les étudiants ______________________
4. Mes amis veulent que nous ______________________
5. Mon ami(e) exige que je ______________________

LISONS

10-11 Avant de lire. This article is from ***Le Devoir***, a daily French-language newspaper published in Montréal. It is about a French Canadian film which was shown at the Cannes Film Festival. Before you read the article, answer these questions in English.

1. What have you learned about the Cannes Film Festival from your textbook? What do you know about the festival from newspapers, magazines and television news reports you have seen or read in the past?

 ____

 ____

 ____

2. The author of the article characterizes the French-Canadian film as one of a number of **Génération X** films. In your opinion, what would classify a film as a Generation X film?

 ____

 ____

10-12 En lisant. As you read, supply the following information.

1. Complete the chart with information from the article.

Un film québécois au festival de Cannes

Name of French-Canadian film being shown: ______________________________

Director of film: ______________________________

Reaction of public to screening: ______________________________

Director's expectations for the film: ______________________________

Company which bought the French rights to film: ______________________________

Type of film they specialize in: ______________________________

Name of the company spokeswoman: ______________________________

What she especially liked about the film: ______________________________

Name of the actor who particularly impressed her: ______________________________

Date when film should come out in France: ______________________________

nom: ______________________ date: ______________________

2. The article states that the film will not have subtitles in «**français de France**». What does this expression mean? Why would one consider providing subtitles for a French-Canadian film being shown in France?

____

____

3. What reason does the distributor give for not giving the film subtitles?

____

4. How does the distributor believe that French young people will react to the film?

____

____

ELDORADO RETIENT L'ATTENTION À CANNES

Le film de Binamé sur les écrans français en 1996

Cannes—Charles Binamé était peut-être nerveux à l'idée de présenter son film à la Quinzaine des réalisateurs, mais il affichait un air décontracté et semblait s'en remettre à sa bonne étoile pour le reste. Il faut dire qu'à la projection d'Eldorado, hier matin, le film a été visionné dans un silence attentif avant d'être chaudement applaudi par le public, surtout composé de cinéphiles cannois (la plupart des critiques étaient à la projection du dernier Angelopoulos). Deux autres présentations du long métrage québécois sont prévues, dont la première officielle avait lieu hier soir. Mais ça demarre bien. Elles sont nombreuses cette année au Festival de Cannes, dispersées à travers les catégories, les œuvres abordant les dérivés de la génération X, du Kids américain à l'espagnol Cancion del Kronen en passant par le canadien Rude, mais aucune à mon avis ne possède la fraîcheur d'Eldorado. On se demande alors pourquoi il n'a pas été retenu pour la sélection officielle. Gilles Jacob avait demandé à Binamé de retrancher 20 minutes du film, ce qu'il a refusé. Mais aujourd'hui le cinéaste se dit content de voir figurer Eldorado à la Quinzaine, une catégorie plus audacieuse.

Qu'attend le cinéaste Charles Binamé de l'aventure cannoise? Comme tout le monde qui débarque ici ... «Être applaudi, aimé, distribué», répond-il.... En tout cas, avant-hier un des rêves de Binamé s'est réalisé puisque Eldorado vient d'être acheté en France par la maison de distribution Haut et court, qui diffuse à travers un réseau d'art et essai dans l'Hexagone. Lorraine Petit, la directrice de Haut et court, révélait hier avoir eu un coup de cœur pour le film (qu'elle a visionné à Paris au début de la semaine). Elle a goûté l'atmosphère, le montage, la direction d'acteurs, le jeu de Pascale Montpetit en particulier, et elle croit que la jeunesse française se reconnaîtra dans le miroir de cette réalité québécoise, guère différente de la sienne, tout compte fait. Pas question de sous-titrer le film en «français de France». «Le public des salles d'art et essai est habitué à faire un effort de compréhension», affirme la distibutrice. Eldorado, premier film québécois acheté par Haut et court ... devrait apparaître sur les écrans français en janvier 1996, un peu avant *When Night is Falling* de l'Ontarienne Patricia Rozema....

Source: Odile Tremblay, *Le Devoir*, le jeudi 25 mai 1995

10-13 Après avoir lu. Now that you've read the article, complete the following activities on a separate sheet of paper.

1. This article appeared in the top right-hand corner of the front page of ***Le Devoir***. Do you think this type of article merits front page coverage? Why or why not? (Hint: you may want to consider the status of French in Canada.)
2. Have you ever seen a Generation X film? Which one(s)? What was it like? Did you like the movie? Why or why not? In what ways do you think a Canadian or Spanish Generation X film would differ from an American Generation X film?
3. Do you think you would like to see ***Eldorado*** if it were playing in your city or available on video? Why or why not?

ÉCRIVONS

10-14 Le téléguide. Imaginez que vous avez des invités francophones chez vous qui voudraient regarder un peu de télévision américaine, même s'ils ne comprennent pas bien l'anglais. Préparez-leur un petit téléguide en français pour le week-end à venir qui donne le nom et une brève description de quatre types d'émissions différentes. N'oubliez pas d'inclure votre opinion sur les programmes.

MODÈLE: E.R. (Salle d'urgence): série, samedi soir à 20h30 sur NBC
C'est un drame médical qui a lieu dans un hôpital à Chicago. C'est assez intéressant et très réaliste. Je crois que c'est une bonne série parce que.... Les acteurs sont...

10-15 Le cinéma aux États-Unis. Votre manuel présente les résultats d'un sondage sur les attitudes des Français quant au cinéma. Maintenant, faites un sondage parmi vos amis et les membres de votre famille pour déterminer leurs attitudes et leurs habitudes vis-à-vis du cinéma. D'abord, préparez la liste des questions que vous voulez poser. Ensuite, notez les réponses. Finalement, sur une feuille séparée, rédigez un ou deux paragraphes dans lesquels vous présentez les résultats de votre sondage.

MODÈLE: Combien de fois par semaine est-ce que tu vas au cinéma?
Avec qui est-ce que vous y allez le plus souvent?

Est-ce que vous faites attention aux vedettes quand vous choisissez un film?...
Mes amis vont assez souvent au cinéma, surtout mon meilleur ami John. Il aime les films... Il ne fait pas très attention aux vedettes mais il s'intéresse beaucoup aux metteurs en scène.... Le plus souvent il va au ciné avec une copine ou des copains. Quelquefois il y va tout seul.

Mes parents vont rarement au cinéma. Quant à moi, j'y vais de temps en temps... Souvent je...

nom: ______________________________ date: ______________________________

Deuxième partie: On se renseigne

POINTS DE DÉPART

10-16 La lecture. Donnez au moins deux exemples de chaque type de lecture.

MODÈLE: des journaux nationaux: *Wall Street Journal, USA Today*

1. des magazines d'informations: ______________________________
2. des bandes dessinées: ______________________________
3. des ouvrages de référence: ______________________________
4. des livres de loisir: ______________________________
5. des romans: ______________________________

10-17 Les cadeaux. Vous allez à une librairie pour acheter des livres pour des membres de votre famille et vos amis. Dites ce que vous allez acheter pour chaque personne et expliquez pourquoi en décrivant les intérêts de chaque personne.

MODÈLE: votre frère: *Mon frère est très intellectuel et super intelligent. Il fait des études dans les sciences de l'environnement. Il aime les livres de science. Je vais lui acheter un livre sur la restauration des écosytèmes aquatiques.*

1. votre meilleur(e) ami(e): ______________________________

____

____

2. votre mère: ______________________________

____

____

3. votre copain/copine: ______________________________

____

____

4. votre père: ______________________________

____

____

10-18 Les stéréotypes. Donnez une intrigue caractéristique pour chaque genre.

MODÈLE: un roman d'amour: *Anne travaille comme infirmière dans un hôpital. Elle tombe amoureuse d'un jeune médecin avec qui elle travaille. Mais il ne s'intéresse pas à elle. Alors elle sort avec un autre garçon. Le jeune médecin devient jaloux et il se rend compte qu'il l'aime. Mais c'est trop tard; elle a décidé de se marier avec l'autre homme.*

1. un roman policier: ______________________________

____

____

2. un livre biographique sur un(e) président(e): ______________________________

____

____

3. une bande dessinée: ______________________________

____

____

10-19 Les technophiles. Vous travaillez dans un magasin d'informatique. Les clients vous demandent ce qu'il faut pour chaque situation. Donnez-leur des conseils.

MODÈLE: pour rédiger des lettres et des rapports: *Il faut un logiciel de traitement de texte.*

1. pour utiliser Windows: ______________________________
2. pour travailler pendant les voyages: ______________________________
3. pour faire marcher un logiciel en couleur: ______________________________
4. pour sauvegarder un fichier: ______________________________
5. pour classer beaucoup d'information: ______________________________
6. pour communiquer: ______________________________
7. pour imprimer: ______________________________

nom: ______________________ date: ______________________

10-20 L'experience en informatique. Vos amis et vous cherchez du travail. Imaginez que vous avez une interview et dites quelles sont vos connaissances en informatique.

MODÈLE: vous/ le traitement de texte:
Je connais bien quelques logiciels, comme WordPerfect.

1. votre amie/ les banques de données: ______________________

2. votre frère/ un CD-Rom: ______________________

3. vos camarades de classe/ le courrier électronique: ______________________

4. vous/ les logiciels: ______________________

Formes et fonctions

Les combinaisons de pronoms compléments d'objet

10-21 Le calendrier. Vous créez un calendrier sur ordinateur. Mais avant de pouvoir le faire, il faut savoir combien de jours, de semaines, etc. il y a dans l'année.

MODÈLE: jours: *Il y en a 365, sauf dans les années bissextiles où il y en a 366.*

1. semaines: ______________________
2. mois: ______________________
3. jours en avril: ______________________
4. jours fériés en décembre: ______________________

10-22 Les emprunts. Dites si vous empruntez ces choses à vos amis et à des membres de votre famille.

MODÈLES: de l'argent à vos parents? *Je ne leur en emprunte jamais.*
les vêtements à votre camarade de chambre? *Je les lui emprunte quelquefois.*

1. la voiture à votre père? ______________________
2. des livres à la bibliothèque? ______________________
3. les notes de cours à vos camarades de classe? ______________________
4. du papier à un camarade de classe? ______________________
5. des stylos à votre prof? ______________________

L'emploi des temps avec certaines conjonctions

10-23 Un rapport. Imaginez que votre amie Chantal doit préparer un rapport sur la technologie en France. Mais, comme toujours, elle a du mal à commencer. Donnez-lui des suggestions en complétant ces phrases.

MODÈLE: Dès que tu arriveras à la bibliothèque, *nous commencerons nos rédactions.*

1. Si tu trouves quelques articles dans un magazine, ______________________________
2. Si tu ne trouves pas les livres que tu cherches, ______________________________
3. Pendant que tu es à la bibliothèque, ______________________________
4. Quand tu demanderas des renseignements à la documentaliste, ______________________________

10-24 Des projections. Dites ce que vous feriez dans les circonstances suivantes.

MODÈLE: Si j'étais malade, *je rentrerais chez moi et dormirais pendant toute la journée.*

1. Si je gagnais à la loterie, ______________________________
2. Si j'avais une nouvelle voiture, ______________________________
3. Si je prenais des vacances en Europe, ______________________________
4. Si j'étais prof de français, ______________________________
5. Si j'étais président(e), ______________________________

10-25 Votre vie. Dites ce que vous avez fait et ce que vous voudriez faire dans la vie.

MODÈLE: Quand j'avais 12 ans, *je suis allée à New York avec mes parents et mes sœurs.*

1. Quand j'avais 16 ans, ______________________________
2. Dès que j'ai commencé à étudier à l'université, ______________________________
3. Pendant que je suis étudiant(e), ______________________________
4. Aussitôt que je finirai mes études à l'université, ______________________________
5. Lorsque je me marierai, ______________________________

nom: ______________________ date: ______________________

LISONS

10-26 Avant de lire. This article about the African press in Paris appeared in a French weekly news magazine, ***L'Événement du jeudi***. Before you read the excerpt, answer these questions in English.

1. Recall a time, real or imagined, when you travelled to another city, state or country where you were unable to learn about news in your hometown. How did you feel? ______________________

2. What kinds of articles or information about home do you think people travelling or living in another country would be interested in reading? ______________________

10-27 En lisant. As you read, fill in the chart, in English, with the information requested.

Number of African magazines available in Paris: ______________________

Reasons why these magazines are published in Paris: ______________________

Material considerations making Paris ideal for their publication: ______________________

Leading magazine of African press: ______________________

Two Problems facing **Africa International** and **Afrique Asie**: ______________________

Outlook for African press in Paris: ______________________

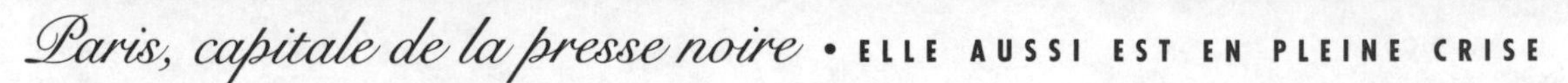

Paris, capitale de la presse noire • ELLE AUSSI EST EN PLEINE CRISE

Jeune Afrique, Amina, Africa International, Afrique football, France-Antilles...Paris est la capitale de la presse black. Une vingtaine de titres s'étalent sur les présentoirs du kiosque .... Pourquoi ces journaux, qui ne visent pas seulement Africains et Antillais vivant en France, mais qui s'exportent aussi, ont-ils choisi de se faire à Paris?

Historiques, politiques et tout simplement matérielles, les raisons ne manquent pas. «Dans les pays africains, jusqu'à la fin des années 80, il y a eu une volonté des gouvernements de museler la presse. Paris a été pour certains journaux un refuge d'où ils pouvaient exercer une liberté critique à l'égard des dictatures», analyse Philippe Duru, qui a collaboré à la fabrication de nombreux journaux africains.

Mais au-delà de ces vertueuses considérations, Paris offrait aussi des moyens matériels introuvables localement: composition, imprimerie, annonceurs et donc publicité. Sans compter l'essentiel: une cible de lectorat de plusieurs centaines de milliers d'Africains et d'Antillais, pour beaucoup installés dans la capitale. «Comme tout Africain, je suis très attaché à mon pays, très avide d'informations. Ce n'est pas dans le Monde que je vais trouver par exemple le compte rendu du dernier congrès du Parti démocratique de Côte d'Ivoire», explique Alain Kouakou, étudiant ivoirien à Paris. De plus, les newsmagazines ont un rôle fédérateur entre les différentes communautés. Les journaux permettent aux membres de la diaspora d'être parfaitement au courant des situations politique ou économique au Tchad, à Madagascar ou à Libreville.

Leader incontesté, Jeune Afrique s'est créé à Paris il y a plus de trente ans. Initialement porte-parole d'une indépendance retrouvée, l'hebdomadaire s'est ouvert aujourd'hui à une actualité plus internationale, mais l'information sur l'Afrique et le Maghreb reste privilégiée. «France-Afrique: que va faire la droite?», titrait l'hebdomadaire au lendemain des dernières législatives.

Diffusé à 100 000 exemplaires dans une cinquantaine de pays (dont 15% en France), il a souvent connu la censure en Afrique et au Maghreb. Mais il a pu aussi trouver un modus vivendi avec certains pays africains qui lui apportent un financement à travers des publi-reportages.

Au-delà de son fleuron initial, le groupe Jeune Afrique, dirigé par Bechir Ben Yamed, s'est ensuite ramifié pour toucher des publics plus ciblés: les affaires avec Jeune Afrique économie, revendu depuis, et surtout les femmes avec Afrique magazine, lancé il y a dix ans. Son grand format, son goût pour les photos et les rubriques «people» lui donne un petit air de Paris Match au féminin. Le dynamisme de ce groupe ne cache pas les difficultés que rencontre, peut-être plus que d'autres, la presse africaine. Par exemple, pour les mensuels Africa International ou le nouvel Afrique Asie dont les ventes ne dépassent pas 15 000 exemplaires en France, l'équilibre financier est parfois fragile....

La presse black à Paris a-t-elle de beaux jours devant elle? Pas si sûr. Selon de récentes études réalisées par Havas, sa diffusion serait en chute. Un déclin, non seulement provoqué par la crise de la publicité, mais surtout par une explosion de titres en Afrique depuis l'avènement du pluralisme politique....

Source: Jean-Christophe da Silva, L'Événement du jeudi-16 au 22 Septembre 1993

10-28. Après avoir lu. Now that you've read the article, complete the following activities on a separate sheet of paper.

1. In the third paragraph, an Ivorian student in Paris says «**Comme tout Africain, je suis très attaché à mon pays, très avide d'informations. Ce n'est pas dans le Monde que je vais trouver par exemple le compte rendu du dernier congrès du Parti démocratique de Côte d'Ivoire.**» Do you think his point is valid? Why or why not? Do you think you would feel the same way if you were studying abroad?
2. Imagine that you are journalist for a magazine called le *Journal américain de Paris.* Write a short article in French on a topic that would interest people from your region currently living in Paris.
3. Investigate the Francophone periodicals to which your university library subscribes. Make a list of all of the current periodicals available, then make a short list of 5 that really interest you and include their call numbers. Finally, in French, describe the kinds of articles that each periodical publishes.

nom: ______________________________ date: ______________________________

ÉCRIVONS

10-29 Les Amis de la Bibliothèque. Imaginez que vous faites partie du groupe **Les Amis de la Bibliothèque.** Vous allez vendre des vieux livres pour gagner de l'argent. Sur une feuille séparée, écrivez une annonce pour cet événement.

- l'heure et la date de la vente des livres
- le genre de livre que vous allez vendre
- les raisons pour lesquelles on doit soutenir la bibliothèque

MODÈLE: *Vendredi et samedi, 21 et 22 mai*
de 9h à 18h
Venez nombreux à la Bibliothèque Municipale
pour notre grande VENTE DE LIVRES…

10-30 La critique. Donnez votre opinion sur un livre que vous avez lu récemment. Dans votre critique, n'oubliez pas d'inclure:

- le nom du livre et l'écrivain
- le genre du livre
- un résumé de l'intrigue
- votre opinion

MODÈLE: *Je viens de lire un roman qui s'appelle Madame Bovary. C'est un roman du dix-neuvième siècle écrit par Gustave Flaubert. C'est l'histoire d'une femme, Emma Bovary, qui se marie avec un médecin de campagne. Son mari est un homme simple et elle rêve d'une vie plus romantique. Elle n'est pas satifaite de sa vie, alors elle a deux liaisons amoureuses avec d'autres hommes. Mais ces liasons finissent mal et Emma se suicide. J'ai bien aimé ce roman mais je ne l'ai pas trouvé très réaliste. Je trouve qu'Emma Bovary aurait dû être contente d'une vie simple avec un mari qui l'aimait beaucoup.*

Chez nous: Le français, langue interculturelle

10-31 Léopold Sédar Senghor. Le manuel décrit Léopold Sédar Senghor surtout comme écrivain et fondateur du mouvement de la négritude. Mais c'est aussi un homme politique important puisqu'il a été le premier président du Sénégal. Sur une feuille séparée, rédigez une biographie dans laquelle vous montrez comment il est allé de l'enseignement et de la littérature à la politique.

MODÈLE: *Léopold Sédar Senghor est né au Sénégal en 1906. Il a fait des études en France… et il a travaillé comme professeur de lycée…*

10-32 Qu'est-ce que vous en pensez? Dans le manuel, vous avez appris qu'il existe un grand nombre d'écrivains africains et antillais qui s'expriment en français même si la plupart des gens dans leurs pays d'origine ne savent ni lire ni écrire le français. À votre avis, pourquoi alors est-ce que ces auteurs écrivent en français? Pourquoi ne pas utiliser leurs langues maternelles ou la langue de la majorité de la population chez eux? Rédigez un paragraphe de 4 à 5 phrases qui explique vos idées à propos de cette question.

MODÈLE: *Je crois que les écrivains africains utilisent le français parce que c'est une langue de communication internationale qui peut toucher beaucoup de personnes dans d'autres pays et pas seulement les gens de leur pays... Je pense aussi que...*

LISONS POUR EN SAVOIR PLUS

10-33 Avant de lire. This exerpt is from the novel, ***Le royaume aveugle,*** by Véronique Tadjo, a writer from the Ivory Coast. The main character of the novel is a young woman, Akissi, whose father is king. This excerpt is from a chapter entitled "**Les paroles jamais dites**" in which Akissi finally reveals to her father the thoughts she has been having for some time but has never expressed. She also explains that she is leaving the kingdom to go off on her own. Before you read this passage, answer these questions in English.

1. Have you ever been in a situation where you felt that it was important to make a break with an authority figure (parent, teacher, boss) and become more independent? If so, what kinds of emotions did you experience at that time? If not, what emotions do you imagine you might experience?

____

____

____

2. Akissi feels that she and her father have not really communicated or understood each other for a long time. Have you ever experienced this type of situation with a parent, a grand-parent, an older sibling, or perhaps your own child? If so, briefly describe the areas of misunderstanding. If not, list some areas of potential misunderstanding which could arise.

____

____

____

10-34 En lisant. As you read look for the following information. (Note: You will see a few unfamiliar words, **lâche** means *cowardly* and the verb **se taire** in the expression **les voix se sont tues** means *to keep quiet.*)

1. Name two reasons why Akissi worries about her father. _______________

____

2. Akissi remembers a day when she and her father got along very well. Describe what happened that day as Akissi remembers it. ______

3. Akissi says she has been hurt by her father. Name two ways in which he has hurt her. ______

4. What reasons does Akissi give for saying that she needs to leave? ______

5. What criticisms does she make about the way her father has ruled his kingdom? ______

Les paroles jamais dites

"Écoute papa, le vent souffle en arrière, les pluies tardent à tomber, l'herbe est sèche, le soleil est en guerre. Écoute bien ce que je vais te dire. Je ne parlerai plus encore. Peut-être m'entendras-tu dans le silence? Écoute, il y a longtemps que j'attends le moment de te dire des paroles qui ne sont jamais sorties de ma bouche...

Je me fais du souci pour toi. À cause de ta voix qui tremblote et de tes mains qui ne sont plus fermes. Mais, il y a un mur entre nous. Nous sommes des inconnus. Toute ma vie, j'ai vécu à tes côtés, et pourtant, nous ne nous connaissons pas. Toi et moi cloîtrés dans nos mondes sans jamais nous rencontrer.

Ce mur maintenant est plus grand que jamais, puisque je ne reconnais plus le son de ta voix, puisque je sais que tu vieillis et que tu en souffres, puisque je sais que tu te sens seul, même en ma présence, puisqu'il y a si longtemps que nous ne savons rien l'un de l'autre.

Ce mur aujourd'hui me fait peur, car le temps presse et les jours passent sans fléchir. On ne peut pas tout refaire. Ç'auraient été des mots riches, des paroles qui nous auraient rapprochés, des gestes qui nous auraient fait revivre.

Mais pourquoi suis-je si lâche? Pourquoi n'ai-je pas su faire mieux?…

Maintenant que je suis femme, je me fais du souci pour toi et je me dis que ma force devrait servir à quelque chose. Te souviens-tu encore du seul jour ou nous avons joué ensemble, quand tu étais venu jusqu'à moi et que tu t'étais livré à mes jeux enfantins? Te souviens-tu comme ta poitrine s'était gonflée de rires très forts?

Père, tes absences me font mal. Tes paroles me déroutent. Les mots que nous échangeons n'ont ni substance ni odeur. Tu te caches et je ne sais pas où te trouver. Me diras-tu un jour que tu m'aimes?

Écoute, c'est simple. Les temps sont mauvais. Je n'ai plus la foi. Si nous ne voulons pas construire la guerre, il nous faut bâtir la paix. Ça au moins, je le sais. Rien d'autre ne compte. Il faut changer....

Père! Père! Pendant trop longtemps tu as régné avec fureur. Tu as façonné le royaume comme il te semblait bon. Tu as parlé au nom de tous et les voix se sont tues pour que chacun puisse t'écouter.

Aujourd'hui, c'est à toi de garder le silence et de t'asseoir dans un coin de l'histoire.

Écoute, c'est important: je m'en vais!"

Source: Véronique Tadjo, *Le royaume aveugle*

10-35 Après avoir lu. Now that you've read the passage, complete the following activities on a separate sheet of paper.

1. List the emotions that Akissi is experiencing while addressing her father and provide textual support for each one. How well do these emotions correspond to the emotions you described in 10-30?
2. What advice would you offer to Akissi? and to her father?
3. Imagine Akissi's father's response to her statements. How do you think he feels? Do you think he has any criticisms of his daughter? Do you think he has any regrets? Write one or two paragraphs which portray the father's reaction, either as a spoken response or as a letter written to his daughter after her departure.

Chez nous

Branché sur le monde francophone

Lab Manual

Prepared by

Barbara Rusterholz
University of Wisconsin-La Crosse

Chapitre 1: Ma famille et mes activités

Première partie: Voici ma famille

Points de départ

1-1 Écoutons. Listen and follow along as the section from your textbook entitled **Ils ont quel âge?** is read to you.

1-2 C'est qui, ça? Jean-François is pointing out his family members in a photo album. Confirm what he's telling you by restating the relationship with the appropriate term. Choose from the following terms:

cousin	cousine	grand-mère	grand-père
neveu	nièce	oncle	

MODÈLE: You hear: C'est la soeur de mon père.
You see: Alors, c'est ta ______________
You write: tante

1. Alors, c'est ton ________________.
2. Alors, c'est ton ________________.
3. Alors, c'est ton ________________.
4. Alors, c'est ta ________________.
5. Alors, c'est ton ________________.

1-3 Trois générations. Listen to Jean-François talk about his family and jot down the age of each person he mentions. Number one has been completed for you as an example.

1. Tante Alice ___53___
2. ma soeur _______
3. mon père _______
4. ma mère _______
5. mon frère _______
6. mon grand-père _______
7. ma grand-mère _______
8. mon cousin _______

Sons et lettres

La prononciation des chiffres

1-4 Muette ou pas? Listen to the following phrases and mark the silent or pronounced consonants as shown in the models.

MODÈLES: deux_enveloppes
trois/cahiers

1. cinq enfants
2. dix chaises
3. six oncles
4. six photos
5. trois affiches
6. cinq cousins
7. un bureau
8. deux lits
9. un an

1-5 Une comptine. Listen to the words of a traditional French counting rhyme. As it is read a second time, repeat each phrase after the speaker.

Un, deux, trois,
Allons dans les bois,
Quatre, cinq, six,
Cueillir des cerises,
Sept, huit, neuf,
Dans mon panier neuf,
Dix, onze, douze,
Elles seront toutes rouges.

Formes et fonctions

Le genre et les articles

1-6 Masculin ou féminin? You are at the French Open tennis tournament at Roland Garros stadium, and your companion seems to know everyone there, celebrities as well as ordinary people. Circle the appropriate symbol to indicate whether each person mentioned is male (**m.**), female (**f.**), or if it is impossible to tell from what you hear (**?**).

MODÈLE: You hear: Voilà une architecte.
You circle: f.

1. m. f. ?
2. m. f. ?
3. m. f. ?
4. m. f. ?
5. m. f. ?
6. m. f. ?
7. m. f. ?
8. m. f. ?

nom: ________________________ date: ________________________

Le nombre

1-7 Combien? Your friend Louis is giving you a tour of his new apartment. For each thing he mentions, circle **1** if he is pointing out one item and **1+** if he is pointing out more than one item.

MODÈLE: You hear: Voilà des livres.
You circle: 1+

1.	1	1+	5.	1	1+
2.	1	1+	6.	1	1+
3.	1	1+	7.	1	1+
4.	1	1+	8.	1	1+

1-8 Les affaires de Cécile. Many of the things in Louis's apartment belong to his friend Cécile. Play the role of Louis and point that out. Then listen and repeat the correct response after the speaker.

MODÈLE: You hear: Voici un bureau.
You say: *Oui, c'est le bureau de Cécile.*
You hear: Oui, c'est le bureau de Cécile.
You repeat: *Oui, c'est le bureau de Cécile.*

1.	—	3.	—	5.	—	7.	—
2.	—	4.	—	6.	—	8.	—

Les pronoms sujets et le verbe **avoir**

1-9 Possessions. Listen as Jeanne-Émmanuelle talks about the things that her friends have. Match each owner to a possession by writing the letter of the object next to the person's name. Number one has been completed for you as an example.

1. Éric ___g___
2. Julie _______
3. Alexandre _______
4. Sophie _______
5. Sandrine _______
6. Mehdi _______
7. Catherine _______
8. Gérard _______

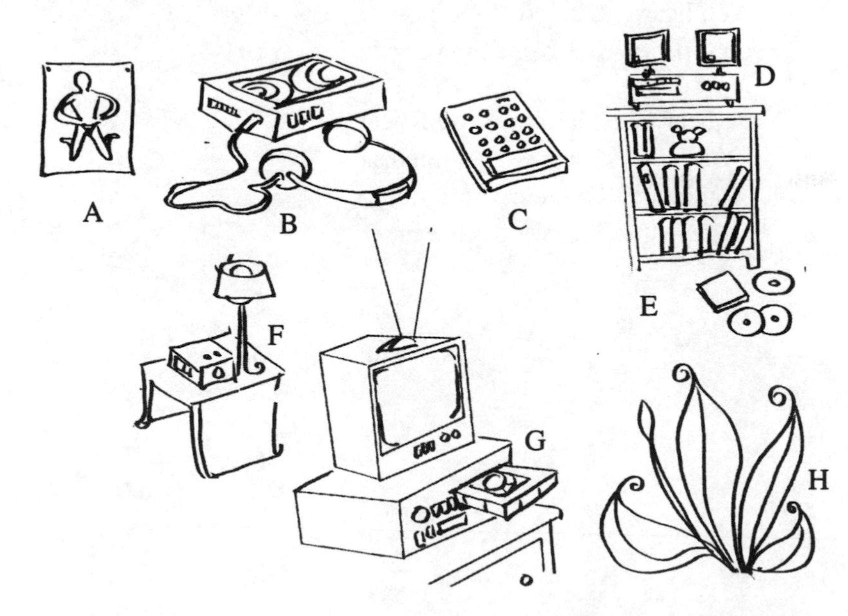

1-10 Des familles diverses. Michel is comparing his family with his friends' families. Write the subject and verb forms you hear to complete each of his statements. You may stop the tape while you write.

1. ____________ trois soeurs.
2. ____________ une soeur.
3. ____________ dix cousins?
4. ____________ deux grand-mères.
5. ____________ un grand-père.
6. ____________ quatre oncles.
7. ____________ cinq tantes.
8. ____________ six neveux?

Les adjectifs possessifs

1-11 Combien? Richard and his friends are sorting out their possessions at the end of the year. Listen to each sentence and circle the correct form of the noun, based on the possessive adjective you hear.

MODÈLE: You hear: Voici notre chaise.
You see: chaise chaises
You circle: chaise

1. lit lits
2. chat chats
3. affiche affiches
4. photo photos
5. calculatrice calculatrices
6. plante plantes

1-12 C'est ton oncle? At a family reunion, you help a new in-law sort out the family members. Respond to each question with an appropriate possessive adjective. Then listen and repeat the correct response after the speaker.

MODÈLES: You hear: C'est ton oncle?
You say: *Oui, c'est mon oncle.*
You hear: Oui, c'est mon oncle.
You repeat: *Oui, c'est mon oncle.*

You hear:C'est la femme de Roger?
You say: *Oui, c'est sa femme.*
You hear: Oui, c'est sa femme.
You repeat: *Oui, c'est sa femme.*

1. —
2. —
3. —
4. —
5. —
6. —
7. —
8. —

nom: ______________________ date: ______________________

Mise en pratique

1-13 Un arbre généalogique. Listen as Georges tells about his family. Fill in each person on the family tree below. Here are the names of the family members: **Paul, Jean-Claude, Marie-Pierre, Gilberte, Marlène, Agnès, André, Didier, Monique, Vincent, Jeanne, Geneviève, Pascal**.

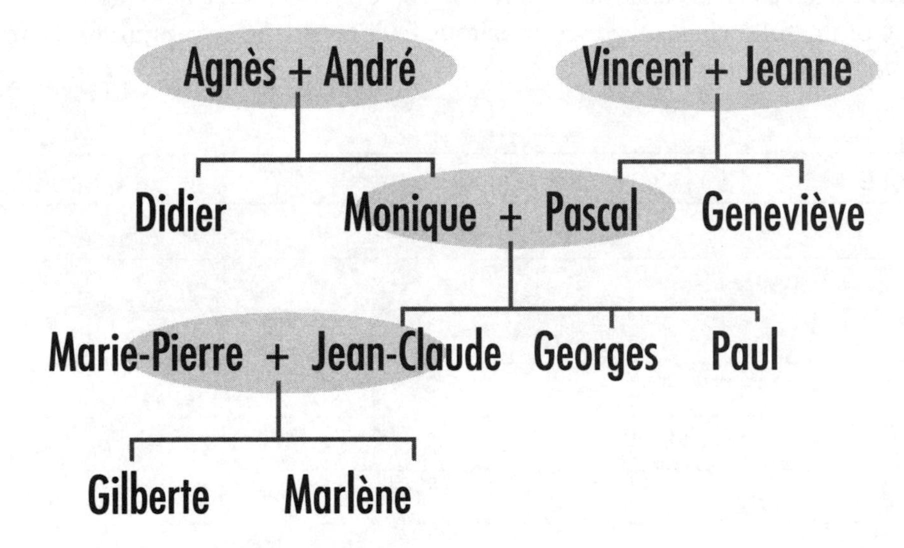

1-14 Et vous? Stop the tape while you write three sentences in French comparing your family with that of Georges.

MODÈLE: *Georges a deux frères mais j'ai trois soeurs.*

____

____

____

Deuxième partie: Mes activités préférées

Points de départ

1-15 Écoutons. Listen and follow along as the section from your textbook entitled **Projets pour le week-end** is read to you.

1-16 Une journée en famille. Listen as Henri talks about various people's leisure time activities. Classify each activity mentioned in one of the following categories: **musique, jeux actifs, jeux tranquilles**. Number one has been completed for you as an example.

	MUSIQUE	JEUX ACTIFS	JEUX TRANQUILLES
1.			*échecs*
2.			
3.			
4.			
5.			
6.			
7.			
8.			

1-17 Une semaine chargée. Listen as Marianne and Louise try to arrange a time to get together. Write down the day of the week that they will be doing each of the following activities. Then indicate which day(s) will be left for them to get together.

1. chanter dans une chorale ____________________
2. préparer le dîner ____________________
3. travailler dans le jardin ____________________
4. jouer au golf ____________________
5. jouer au tennis ____________________
6. danser ____________________

What day(s) would they be free to get together? ______________________________

1-18 Projets pour le week-end. Claude and his friends are discussing their weekend activities. Circle **logique** if the second statement is a logical response to the first, and **illogique** if it is illogical.

MODÈLE: You hear: On joue au basket?
Oh, non, je n'aime pas les sports.
You circle: logique

1. logique illogique
2. logique illogique
3. logique illogique
4. logique illogique
5. logique illogique
6. logique illogique

Sons et lettres

L'alphabet

1-19 Ça s'écrit comment? (*How do you spell that?*) You work in an office and have to take messages from many people you don't know. Each one spells the name you need to write down. Write the spelling you hear.

1. ____________________
2. ____________________
3. ____________________
4. ____________________
5. ____________________
6. ____________________

1-20 é, e ou è? Listen carefully to the words below, then add the accent aigu or accent grave as necessary. Remember that the accent aigu gives the sound /e/ as in **activité**; the accent grave gives the sound / ɛ / as in **collège**. An e without an accent is usually silent or has the sound / ø / as in **le**.

1. beaute
2. leve
3. ne
4. reponse
5. mere
6. pere
7. demande
8. repete
9. ecoute

Formes et fonctions

Le présent des verbes en -er et la forme négative

1-21 Combien? For each statement, circle **1** if the subject of the sentence is one person, **1+** if it is more than one person, and **?** if it is impossible to tell from what you hear.

MODÈLE: You hear: Ils écoutent une cassette.
You circle: 1+

1. 1 1+ ?
2. 1 1+ ?
3. 1 1+ ?
4. 1 1+ ?
5. 1 1+ ?
6. 1 1+ ?
7. 1 1+ ?
8. 1 1+ ?

1-22 Préférences. Indicate how the speaker feels about each activity mentioned by placing a check mark on the scale below (likes a lot; likes somewhat; doesn't like).

MODÈLE: You hear: Je déteste préparer des repas.
You check: _

ACTIVITÉ	LIKES ALOT	LIKES SOMEWHAT	DOESN'T LIKE
1. écouter de la musique			
2. parler au téléphone			
3. travailler dans le jardin			
4. chanter dans la chorale			
5. jouer au rugby			
6. jouer aux cartes			

nom: ______________________________ date: ______________________________

Les questions

1-23 Réponses. Listen to each question and choose the best response from the options shown.

MODÈLE: You hear: Tu écoutes une cassette?
You read: a. Oui, c'est du jazz.
b. Oui, j'adore le rugby.
You circle: a.

1. a. Oui, j'ai une raquette. b. Non, je déteste le tennis.
2. a. Oui, Marie Dubonnet. b. Non, je m'appelle Marie.
3. a. Si, j'adore le français. b. Oui, je parle français.
4. a. Oui, c'est la soeur de ma mère. b. Oui, c'est ma cousine.
5. a. Si, j'aime beaucoup le jazz. b. Non, je préfère le jazz.
6. a. Non, c'est un magnétoscope. b. Oui, c'est un magnétoscope.

1-24 Confirmation. You're not quite sure you hear each statement accurately, so you repeat the information as a question. Be sure to use the appropriate intonation. Then listen and repeat the correct response after the speaker.

MODÈLE: You hear: J'aime la musique classique.
You say: *Ah? Tu aimes la musique classique?*
You hear: Ah? Tu aimes la musique classique?
You repeat: *Ah? Tu aimes la musique classique?*

1. —
2. —
3. —
4. —
5. —
6. —
7. —
8. —

L'impératif

1-25 Dire, demander ou commander? Listen to each sentence and circle **.** if it is a declarative statement, **?** if it is a question, and **!** if it is a suggestion in the imperative.

1. . ? !
2. . ? !
3. . ? !
4. . ? !
5. . ? !
6. . ? !

1-26 Un peu d'action! You had lots of plans for the day, but your friends are sitting around doing nothing. Listen to what they're not doing and tell them to do it! Then listen and repeat the correct response after the speaker.

MODÈLE: You hear: Paul et Gérard ne jouent pas au football.
You say: *Paul et Gérard, jouez au football!*
You hear: Paul et Gérard, jouez au football!
You repeat: *Paul et Gérard, jouez au football!*

1. —
2. —
3. —
4. —
5. —
6. —

Mise en pratique

1-27 Vos passe-temps préférés. Stop the tape while you jot down a few activities that you like to do in your spare time and a few activities you don't like.

J'aime ______________________________

____

Je n'aime pas ______________________________

____

1-28 Et les autres? Listen as Janine, Guillaume and Jacques describe their activities. Take notes in the chart below.

	JANINE	GUILLAUME	JACQUES
aime			
n'aime pas			

1-29 Projets de week-end. Stop the tape while you review your notes and decide which of these people you would like to spend the weekend with and why. Then write a sentence or two in French explaining your choice.

Je voudrais passer le week-end avec ______________ parce que ______________________________

____

____

Chapitre 2: Décrivons-nous!

Première partie: Notre caractère et physique

Points de départ

2-1 Écoutons. Listen and follow along as the section from your textbook entitled **D'accord ou pas d'accord?** is read to you.

2-2 Ma famille et mes amis. Marc seems to have no outstanding or extreme characteristics. He is neither one way nor another. For each observation you hear, circle the letter of the phrase that most logically completes the description of this "middle of the road" person.

MODÈLE: You hear: Marc n'est pas calme...
You read: a. mais il n'est pas agité non plus.
b. mais il n'est pas réservé non plus.
You circle: a

1. a. mais il n'est pas détestable non plus.
   b. mais il n'est pas sociable non plus.
2. a. mais il n'est pas excentrique non plus.
   b. mais il n'est pas conformiste non plus.
3. a. mais il est souvent indiscipliné aussi.
   b. mais il est souvent raisonnable aussi.
4. a. mais il est souvent raisonnable.
   b. mais il est souvent pénible.
5. a. mais il n'est pas vraiment doué.
   b. mais il n'est pas vraiment sage.
6. a. mais il est quelquefois pénible.
   b. mais il est quelquefois réservé.
7. a. mais il n'est pas de mauvaise humeur non plus.
   b. mais il n'est pas en mauvaise forme non plus.

2-3 D'accord ou pas d'accord. Read the statements below. Then listen to the description of three friends and decide whether each statement is true (**vrai**) or false (**faux**).

1.	Vrai	Faux	The speaker and her friends are very similar.
2.	Vrai	Faux	The speaker is taller than her friends.
3.	Vrai	Faux	Élisabeth is blonde.
4.	Vrai	Faux	Sophie is plump.
5.	Vrai	Faux	Elisabeth is athletic.
6.	Vrai	Faux	The speaker is elegant.
7.	Vrai	Faux	The speaker is stout.

2-4 Elle est comment? Check **C** (**conséquent**) when the description you hear indicates consistent behavior and **I** (**inconséquent**) when it indicates inconsistent behavior.

MODÈLE: You hear: Michèle est ambitieuse et paresseuse.
You check: I

	C	I
1.	_______	_______
2.	_______	_______
3.	_______	_______
4.	_______	_______
5.	_______	_______
6.	_______	_______
7.	_______	_______

Sons et lettres

La détente des consonnes finales

2-5 Qui est-ce? Circle the name you hear. Listen for the presence or absence of a pronounced final consonant.

1.	Clément	Clémence
2.	François	Françoise
3.	Jean	Jeanne
4.	Laurent	Laurence
5.	Yvon	Yvonne
6.	Gilbert	Gilberte
7.	Louis	Louise
8.	Simon	Simone

nom: ______________________________ date: ______________________________

2-6 Répétez. Repeat the words and phrases you hear. Be sure to articulate the final consonants clearly.

1. chic
2. sportif
3. active
4. mal
5. ambitieuse
6. Bonjour, Viviane.
7. Voilà Françoise.
8. C'est ma copine.
9. Elle est intelligente.
10. Nous sommes sportives.

2-7 Proverbes. Listen to the following well-known French proverbs. As they are read a second time, repeat after the speaker. Be sure to articulate clearly any pronounced final consonants.

1. Tel père, tel fils.
2. Qui cherche, trouve.
3. Grande fortune, grande servitude.
4. La critique est aisée, l'art est difficile.
5. Pas de nouvelles, bonnes nouvelles.

Formes et fonctions

Le verbe **être**

2-8 Combien? For each statement, circle **1** if the subject of the sentence is one person and **1+** if it is more than one person.

1. 1 1+
2. 1 1+
3. 1 1+
4. 1 1+
5. 1 1+
6. 1 1+
7. 1 1+
8. 1 1+

2-9 Sujets perdus. Fill in the missing subjects and verb forms in the following mini-conversations. You may stop the tape while you write.

1. —____________________ calmes!
   —Mais, ____________________ agité!
2. —____________________ lundi aujourd'hui?
   —____________________ évident, puisque
   ____________________ en classe.
3. —Est-ce que ____________________ chez Nadine?
   —Non, ____________________ chez moi.
4. —____________________ vraiment sympa!
   —____________________ sérieux pour une fois!
5. —Hé! ____________________ mes livres!
   —____________________ sûr?

Les adjectifs

2-10 Délibérations. At an end-of-year meeting, a professor gives his opinion of his students. Take notes by writing down the adjectives you hear. Make sure each adjective agrees with its subject(s).

MODÈLE: You hear: Andrès est intelligente. Elle a 15 sur 20.
You write: *intelligente* by the name Andrès

1. BERNARD ______
2. BOIVIN ______
   BRUN ______
3. COURTADON pas assez ______
   DESCAMPS ______
4. FAUST, C. très ______
   FAUST, P. ______
5. LUTHIN ______
6. MEYER trop ______
7. MUFFAT ______
8. PATAUD ______
9. REY trop ______
10. TOMAS ______
11. TUGÈNE ______
12. VAUTHIER ______
    WEIL

2-11 Frères et soeurs. A friend asks you about your sister, but all of the qualities he mentions actually describe your brother. Answer each question according to the model. Then listen and repeat the correct response after the speaker.

MODÈLE: You hear: Ta soeur est blonde?
You say: *Non, c'est mon frère qui est blond.*
You hear: Non, c'est mon frère qui est blond.
You repeat: *Non, c'est mon frère qui est blond.*

1. —
2. —
3. —
4. —
5. —
6. —
7. —

nom: ______________________________ date: ______________________________

Les pronoms disjoints

2-12 Ensemble ou séparément? Circle **ensemble** to indicate when the people mentioned are doing an activity together and **séparément** to indicate when they are doing separate activities.

MODÈLE: You hear: Moi, je prépare mes leçons. Elle, elle joue au tennis.
You circle: séparément

1.	ensemble	séparément	5.	ensemble	séparément
2.	ensemble	séparément	6.	ensemble	séparément
3.	ensemble	séparément	7.	ensemble	séparément
4.	ensemble	séparément	8.	ensemble	séparément

2-13 Pour et contre. When your little sister gives her opinion of you and your friends, protest according to the model. Then listen and repeat the correct response after the speaker.

MODÈLE: You hear: Martine est bête.
You say: *Elle? Bête? Pas du tout!*
You hear: Elle? Bête? Pas du tout!
You repeat: *Elle? Bête? Pas du tout!*

1. —
2. —
3. —
4. —
5. —
6. —

Mise en pratique

2-14 Un bon parti. Suppose you were going to France on an exchange program. What kind of host family would you like to live with? Stop the tape while you indicate your general preferences by checking your choices below.

Âge:	____ jeune couple	____ couple âgé
Résidence:	____ maison	____ appartment
Enfants:	____ avec enfants	____ sans enfants
Animaux:	____ avec animaux	____ sans animaux
Caractère:	____ réservé	____ sociable
Activité:	____ sports	____ concerts

2-15 Trois familles. Now that you've thought about your preferences, use the chart below to help you organize the information you are about to hear regarding three families who have indicated their willingness to have you stay with them. Some information has already been provided for you.

	MME LEQUIEUX	M. ET MME MOY	M. ET MME JORET
Âge	40 ans		
Résidence			maison
Enfants		pas d'enfants	
Animaux			
Caractère			
Activités préférées			

2-16 Décisions. On the basis of the information you have just heard, decide which family you would like to stay with. Stop the tape while you write a few sentences explaining your choice. Begin the paragraph with the phrase *Je préfère habiter chez…*

MODÈLE: *Je préfère habiter chez M. et Mme Moy parce qu'ils n'ont pas d'enfants.*
Je n'aime pas les enfants. Ils sont pénibles.

____

____

____

____

nom: ______________________ date: ______________________

Deuxième partie: Comment les autres nous voient

Points de départ

2-17 Écoutons. Listen and follow along as the section from your textbook entitled **Les compliments** is read to you.

2-18 Un cadeau. Madame Capus is deciding what to get her daughter for her birthday. Write the letter corresponding to each item she considers.

1. ____
2. ____
3. ____
4. ____
5. ____
6. ____
7. ____
8. ____

2-19 Conseils inattendus. Hervé and Anne's grandmother likes to give advice about what they should wear. Circle logique if her advice is **logical** and **illogique** if it is illogical.

1. logique illogique
2. logique illogique
3. logique illogique
4. logique illogique
5. logique illogique
6. logique illogique
7. logique illogique
8. logique illogique

2-20 Jugements. Christine believes that the way her friends dress reflects their personalities. For each comment she makes, decide which sentence best completes her observation.

MODÈLE: You hear: Marc est drôle. Il porte des sandales avec son complet.
You read: a. Ben, il est conformiste!
b. Ben, il est individualiste!
You circle: b.

1. a. À mon avis, elle est toujours sportive.
b. À mon avis, elle est toujours élégante.

2. a. Elle est individualiste, cette fille!
b. Elle est réservée, cette fille!

3. a. C'est parce qu'il est énergique.
b. C'est parce qu'il n'est pas sportif.

4. a. Il est pessimiste, cet homme!
b. Il est conformiste, cet homme!

5. a. C'est parce qu'elle est égoïste.
b. C'est parce qu'elle est raisonnable.

6. a. Je suis trop ambitieuse.
b. Je suis trop paresseuse.

Sons et lettres

L'enchaînement et la liaison

2-21 Liaisons dangereuses. Listen to the following phrases. Indicate when you hear a liaison consonant by drawing a link from the consonant to the following word.

MODÈLE: You hear: les amis
You write: les_amis

1. son complet
2. nos amis
3. nous avons
4. un collant
5. mon anorak
6. chez lui
7. ils sont
8. chez eux
9. un imperméable
10. aux échecs
11. vous avez
12. elles ont
13. cet enfant
14. C'est un enfant.
15. C'est un petit enfant.

nom: ______________________________ date: ______________________

2-22 Marchons. Listen to the words of a song French children use to mark their pace when hiking. As the words are read a second time, repeat them after the speaker. Be sure to imitate any liaisons.

Un éléphant, ça trompe, ça trompe,

Un éléphant, ça trompe énormément!

Un, deux

Deux éléphants, ça trompe, ça trompe,

Deux éléphants, ça trompe énormément!

Un, deux, trois

Trois éléphants, ça trompe, ça trompe,

Trois éléphants, ça trompe énormément!

Un, deux, trois, quatre

Quatre éléphants, ça trompe, ça trompe,

Quatre éléphants, ça trompe énormément!

Un, deux, trois, quatre, cinq

Cinq éléphants, ça trompe, ça trompe,

Cinq éléphants, ça trompe énormément.

Un, deux, trois, quatre, cinq, six...

Six éléphants, ça trompe, ça trompe,

Six éléphants, ça trompe énormément.

Un, deux, trois, quatre, cinq, six, sept...

Formes et fonctions

L'adjectif démonstratif

2-23 Soyons précis. Circle **G (en général)** to indicate when the speakers are talking about things in general and **P (en particulier)** to indicate when they are talking about specific items or ones that are close at hand.

MODÈLE: You hear: Tu aimes ce chemisier bleu?
You circle: P

1. G P
2. G P
3. G P
4. G P
5. G P
6. G P
7. G P
8. G P

2-24 Mes compliments. Respond politely to each compliment you receive, following the model. Then listen and repeat the correct response after the speaker.

MODÈLE: You hear: Elle est jolie, ta robe.
You say: *Cette robe? Tu trouves?*
You hear: Cette robe? Tu trouves?
You repeat: *Cette robe? Tu trouves?*

1. —
2. —
3. —
4. —
5. —
6. —
7. —
8. —

La comparaison des adjectifs

2-25 Entre frères et soeurs. Jean-Marc is comparing his siblings. Circle **son frère** to indicate that his brother has more of the quality he mentions or **sa soeur** to indicate that his sister has more. Circle **les deux** to indicate that brother and sister are alike in the quality mentioned.

MODÈLE: You hear: Mon frère est plus grand que ma soeur.
You circle: son frère

1. son frère sa soeur les deux
2. son frère sa soeur les deux
3. son frère sa soeur les deux
4. son frère sa soeur les deux
5. son frère sa soeur les deux
6. son frère sa soeur les deux
7. son frère sa soeur les deux
8. son frère sa soeur les deux

nom: ____ **date:** ____________________________

2-26 La rentrée. A new school year has begun for Nathalie and Frédéric Rocard. Complete the letter Mme Rocard writes to her mother by filling in the words you hear. Remember that in making comparisons, the adjective must agree with the noun.

Les jumeaux vont très bien. Leur professeur, Madame Tailleur, est ____________________ que l'autre, Monsieur Moreau, mais elle est aussi ____________________ que lui. Les enfants sont beaucoup ____ . En classe, Frédéric est toujours ____________________ que Nathalie, mais il est un peu ____________________________ cette année quand-même. Comme tu sais, il est ____________________ de tes petits-enfants, mais il est aussi ____________________ .

2-27 La classe. When the principal comes to visit a class, the teacher agrees with her observations about the students. Answer according to the model. Then listen and repeat the correct response after the speaker.

MODÈLE: You hear: Jacques est moins égoïste que les autres, n'est-ce pas?
You say: *Oui. À mon avis, c'est le moins égoïste.*
You hear: Oui. À mon avis, c'est le moins égoïste.
You say: *Oui. À mon avis, c'est le moins égoïste.*

1. —
2. —
3. —
4. —
5. —
6. —

Les verbes comme **préférer**

2-28 Au répondeur. Complete the message that Muriel Landry found on her answering machine by filling in the verbs you hear. Remember to include all necessary accents.

Bonjour, Muriel, c'est ta soeur. Nous ________________________ arriver lundi. Est-ce que vous ________________________ manger au restaurant ce soir-là? Raymond ____________________ le petit café près de l'université. Il est toujours ouvert, je __________________ ! Si ça ne va pas, téléphone-moi à l'hôtel: c'est le 31.23.19.46. Je _______________ : 31.23.19.46. Bisous! À lundi!

Mise en pratique

2-29 Qui va garder mon enfant? A friend is looking for someone to look after her three-year-old daughter in the morning while she goes to school. Stop the tape while you make a list of at least five French adjectives describing qualities that you think would be important in such a person.

1. ____________________ 4. ____________________

2. ____________________ 5. ____________________

3. ____________________ 6. ____________________

2-30 Deux candidats. Your friend has begun interviewing possible sitters. For each candidate she describes, fill in the notecard she has made to help her remember what the candidate was like. Some information has already been provided for you. You may rewind the tape as many times as necessary to understand her.

NOM: GASPARD, Carole
Age: 23 ans
Physique: ____________________
QUALITÉS
Intelligente? ____________________
Amusante? ____________________
Énergique? ____________________
Généreuse? ____________________
Sympathique? ____________________

NOM: LEGER, Martine
Age: ____________________
Physique: petite, ____________________
QUALITÉS
Intelligente? ____________________
Amusante? ____________________
Énergique? ____________________
Généreuse? ____________________
Sympathique? ____________________

2-31 Décisions. On the basis of the information you have just heard, decide which candidate you think would be the better choice. Stop the tape while you write a few sentences in French comparing the two candidates to explain your choice.

____

____

____

____

Première partie: À l'université

Points de départ

3-1 Écoutons. Listen and follow along as the section from your textbook entitled **Parlons des cours** is read to you.

3-2 Des programmes d'études et des cours. Listen as Gilberte tells what courses she and her friends are taking. Write down each course you hear in the appropriate category.

LETTRES	SCIENCES HUMAINES	SCIENCES NATURELLES	SCIENCES PHYSIQUES	SCIENCES ÉCONOMIQUES	BEAUX-ARTS

3-3 Parlons des cours. Listen as Hervé talks about his schedule, and indicate the days of the week that he has each course.

1. la biologie ______________________________
2. la chimie ______________________________
3. les maths ______________________________
4. l'allemand ______________________________
5. l'informatique ______________________________

3-4 Le campus et les environs. A group of students are discussing their plans for the afternoon. Match each statement with the most likely setting for the activity mentioned. Write the number of each sentence on the line next to the appropriate location. Number one has been completed for you as an example.

_____ au café

_____ chez moi

_____ au labo

_____ au cinéma

_____ à la librairie

_____ en classe

__1__ à la bibliothèque

Sons et lettres

Les voyelles /o/ et / ɔ /

3-5 /o/ ou / ɔ /? Indicate whether the vowel you hear is /o/ as in **beau** or / ɔ / as in **botte**.

1. le m**o**t ________
2. le g**o**lf ________
3. **o**ct**o**bre ________
4. gr**os** ________
5. c**o**mme ________
6. pian**o** ________
7. la r**o**be ________
8. dr**ô**le ________
9. le maill**ot** ________
10. la g**o**mme ________

3-6 Répétez. Repeat the following sentences paying careful attention to the sounds /o/ and / ɔ /.

1. Marg**o**t est **au** bur**eau**.
2. P**au**l d**o**nne ses b**o**ttes à Ge**o**rges.
3. Yv**o**nne ad**o**re le chap**eau** de Cl**au**de.
4. Brun**o** téléph**o**ne à n**o**s amis.

3-7 Une berceuse. Listen to the words of this traditional French lullaby. As it is read a second time, repeat each phrase after the speaker.

Fais dodo, Colin, mon p'tit frère,

Fais dodo, t'auras du lolo.

Maman est en haut

Qui fait du gateau,

Papa est en bas

Qui fait du chocolat.

Fais dodo, Colin, mon p'tit frère,

Fais dodo, t'auras du lolo.

Formes et fonctions

Les prépositions **à** et **de**

3-8 À ou de? Listen to each sentence. Circle **à** if the person is going to the place mentioned and **de** if he or she is coming from the place mentioned.

1. à de
2. à de
3. à de
4. à de
5. à de
6. à de
7. à de
8. à de

3-9 C'est ton livre? Rémy is asking whether various objects belong to you, but none is yours. Use the cues in your lab manual to indicate who the owners are. Be careful to use the correct form of **de** and any articles. Then listen and repeat the correct response after the speaker.

MODÈLE: You hear: C'est ton livre?
You read: Pierre
You say: *Non, c'est le livre de Pierre*
You hear: Non, c'est le livre de Pierre.
You repeat: *Non, c'est le livre de Pierre*

1. le professeur
2. les garçons
3. ma camarade
4. les voisins
5. l'avocat
6. Brigitte
7. M. Dupont

Le verbe **aller** et le futur proche

3-10 Logique ou illogique? Gilles is talking about what various people like to do and where they go to do it. Circle **logique** if the statement is logical and **illogique** if it is illogical.

MODÈLE: You hear: Philippe aime jouer au foot, alors il va à la bibliothèque.
You circle: illogique

1. logique illogique
2. logique illogique
3. logique illogique
4. logique illogique
5. logique illogique
6. logique illogique

3-11 Qui va à la fac? Answer each question with the appropriate pronoun subject and form of **aller**.

MODÈLE: You hear: Qui va à la librairie? Toi et Caroline?
You write: *Oui, nous allons...*

1. Oui, ___________________________ à la bibliothèque.
2. Oui, ___________________________ au cinéma.
3. Oui, ___________________________ au resto-U.
4. Oui, ___________________________ en cours.
5. Oui, ___________________________ au centre de l'informatique.
6. Oui, ___________________________ au gymnase.
7. Oui, ___________________________ au théâtre.
8. Oui, ___________________________ à la résidence.

3-12 En général ou bientôt? Circle **en général** if the people mentioned do the activities on a regular basis and **bientôt** they are going to do them soon.

MODÈLE: You hear: Yves va travailler ce soir.
You circle: bientôt

1.	en général	bientôt	5.	en général	bientôt
2.	en général	bientôt	6.	en général	bientôt
3.	en général	bientôt	7.	en général	bientôt
4.	en général	bientôt	8.	en général	bientôt

Les questions

3-13 On fait connaissance. Bernard's new roommate is asking him many questions. Write the number of each question you hear next to the most likely response.

_____________ a. Trois.

_____________ b. Non.

_____________ c. À neuf heures.

_____________ d. À Trois Rivières.

_____________ e. Bernard.

_____________ f. Histoire.

_____________ g. J'aime Montréal.

nom: ______________________ date: ______________________

3-14 Renseignements complémentaires. For each statement Danielle makes, you want to know more. Formulate a question with the word printed in your laboratory manual. Then listen and repeat the correct question after the speaker.

MODÈLE: You hear: J'ai cours à une heure.
You read: Où?
You say: *Où est-ce que tu as cours?*
You hear: Où est-ce que tu as cours?
You repeat: *Où est-ce que tu as cours?*

1. Quand?
2. Pourquoi?
3. Comment?
4. Combien?
5. Quel?
6. Où?

Mise en pratique

3-15 Une soirée typique. Stop the tape while you write at least four sentences in French telling some of the ways that you and your friends spend your weekday evenings.

____

____

____

3-16 Une soirée bien remplie. Now listen to Francine and Nicolas discuss their plans for the evening. Then circle the letter of the most appropriate completion of each statement below.

1. Nicolas est probablement étudiant en…

   a. sciences physiques. b. lettres. c. sciences économiques.

2. Francine est surprise parce que…

   a. Nicolas dit qu'il est malade. b. Nicolas est méchant avec elle. c. Nicolas prépare un diplôme difficile.

3. Finalement Nicolas décide…

   a. d'aller au cinéma. b. de travailler à la bibliothèque. c. de rester dans sa chambre.

4. Write two sentences in English telling how you think the rest of Nicolas's week will go, based on what you heard in this conversation.

____

____

5. What advice would you give Nicolas? Write your advice in French in the command form (l'impératif).

____

____

Deuxième partie: Au travail

Points de départ

3-17 Écoutons. Listen and follow along as the section from your textbook entitled **Chez la conseillère en orientation** is read to you.

3-18 Quel est son métier? Write the number of each job description you hear beside the appropriate title. Number one has been completed for you as an example.

MODÈLE: You hear: 1. Gisèle travaille à l'hôpital. Elle a beaucoup de symphathie pour les malades.
You write: 1 beside **médecin**

_________ a. acteur

_________ b. architecte

_________ c. comptable

____1____ d. médecin

_________ e. professeur

_________ f. serveuse

_________ g. ingénieure

3-19 Parlons du travail et de la carrière. Make a logical assumption about each person's career plans, based on the course of study.

MODÈLE: You hear: Ninon suit des cours de biologie et de chimie.
You write: *Elle va devenir pharmacienne.*

1. ____________________
2. ____________________
3. ____________________
4. ____________________
5. ____________________
6. ____________________

3-20 Un peu d'histoire. Listen and write the date you hear associated with each of the following historical events.

1. Mort d'Henri IV _______
2. Révocation de l'Édit de Nantes _______
3. Prise de la Bastille _______
4. Défaite de Napoléon _______
5. La Commune _______
6. Fin de la Première guerre mondiale _______
7. Début de l'occupation par les Nazis _______
8. Création de la Cinquième République _______

nom: ______________________________ date: ______________________

Sons et lettres

Les voyelles /e/ et /ɛ/

3-21 /e/ ou /ɛ/? Indicate whether the final vowel you hear in each word is /e/ as in **l'été** or / ɛ / as in **bête**.

1. _______
2. _______
3. _______
4. _______
5. _______
6. _______
7. _______
8. _______

3-22 Répétez. Repeat the following words. Be careful to distinguish between the sounds /e/ and / ɛ /.

1. bête
2. la nièce
3. le collège
4. le lycée
5. répétez
6. l'été dernier
7. les échecs
8. une étagère

Formes et fonctions

C'est et il est

3-23 Qualités. Answer affirmatively the questions you hear about various people's professions, including the adjectives below. Then listen and repeat the correct response after the speaker.

MODÈLE: You hear: Martine est athlète?
You read: extraordinaire
You say: *Oui, c'est une athlète extraordinaire.*
You hear: Oui, c'est une athlète extraordinaire.
You repeat: *Oui, c'est une athlète extraordinaire.*

1. ambitieuse
2. intelligent
3. énergique
4. drôle
5. sérieux
6. doué
7. têtue
8. sympathique

Les verbes **devoir, pouvoir** et **vouloir**

3-24 Discrimination. Tell whether the speaker is talking about what someone wants to do, can do, or has to do by circling the correct word or expression.

1.	wants to	can	has to
2.	wants to	can	has to
3.	wants to	can	has to
4.	wants to	can	has to
5.	wants to	can	has to
6.	wants to	can	has to
7.	wants to	can	has to
8.	wants to	can	has to

3-25 Dormir toute la journée? Robert has been so busy that he would like to sleep all the time, but he has other things he must do. Follow the model to express this conflict, as Robert is asked to do other things. Then listen and repeat the correct response after the speaker.

MODÈLE: You hear: Robert, tu dois travailler.
You say: *Robert voudrait dormir mais il doit travailler.*
You hear: Robert voudrait dormir mais il doit travailler.
You repeat: *Robert voudrait dormir mais il doit travailler.*

1. —
2. —
3. —
4. —
5. —
6. —

Les verbes en **-ir** comme **dormir**

3-26 Combien? For each statement, circle **1** if the subject of the sentence is one person and **1+** if it is more than one person. Remember that in the plural forms of these verbs, you can hear a final consonant at the end.

1.	1	1+
2.	1	1+
3.	1	1+
4.	1	1+
5.	1	1+
6.	1	1+
7.	1	1+
8.	1	1+

nom: ______________________________ date: ______________________________

3-27 Qu'est-ce qu'on fait? Several families are spending a vacation together in the country and many people have similar plans. Indicate this consensus by answering the questions you hear affirmatively. Then listen and repeat the correct response after the speaker.

MODÈLE: You hear: Monique sort demain soir. Et toi?
You say: *Oui, je sors demain soir aussi.*
You hear: Oui, je sors demain soir aussi.
You repeat: *Oui, je sors demain soir aussi.*

1. —
2. —
3. —
4. —
5. —
6. —

Mise en pratique

3-28 Chez la conseillère en orientation. Mélanie is discussing possible career paths with a counselor. Listen to their conversation and answer the questions below by circling the correct response.

1. Pourquoi est-ce que Mélanie prépare un diplôme de médecine?

   a. Elle adore les maths.

   b. C'est une tradition familiale.

   c. Elle a le tempérament nécessaire.

2. Qu'est-ce que sa conversation avec la conseillère révèle?

   a. Elle fait un travail médiocre en sciences naturelles.

   b. Elle n'aime pas sa famille.

   c. Elle est trop solitaire pour être un bon médecin.

3. Quelle nouvelle possibilité se présente à la fin de la conversation?

   a. Mélanie va étudier la biologie.

   b. Mélanie va faire de la musique.

   c. Mélanie va demander l'opinion de ses copains.

4. À votre avis, qu'est-ce que Mélanie devrait faire?

____

____

Première partie: Qu'est-ce qu'on fait quand il fait beau?

Points de départ

4-1 Écoutons. Listen and follow along as the section from your textbook entitled **Projets de vacances** is read to you.

4-2 Le temps par toutes les saisons. Listen to the weather forecasts for six different regions. Find the drawing that corresponds to each forecast and write the letter of that drawing next to the number of the forecast.

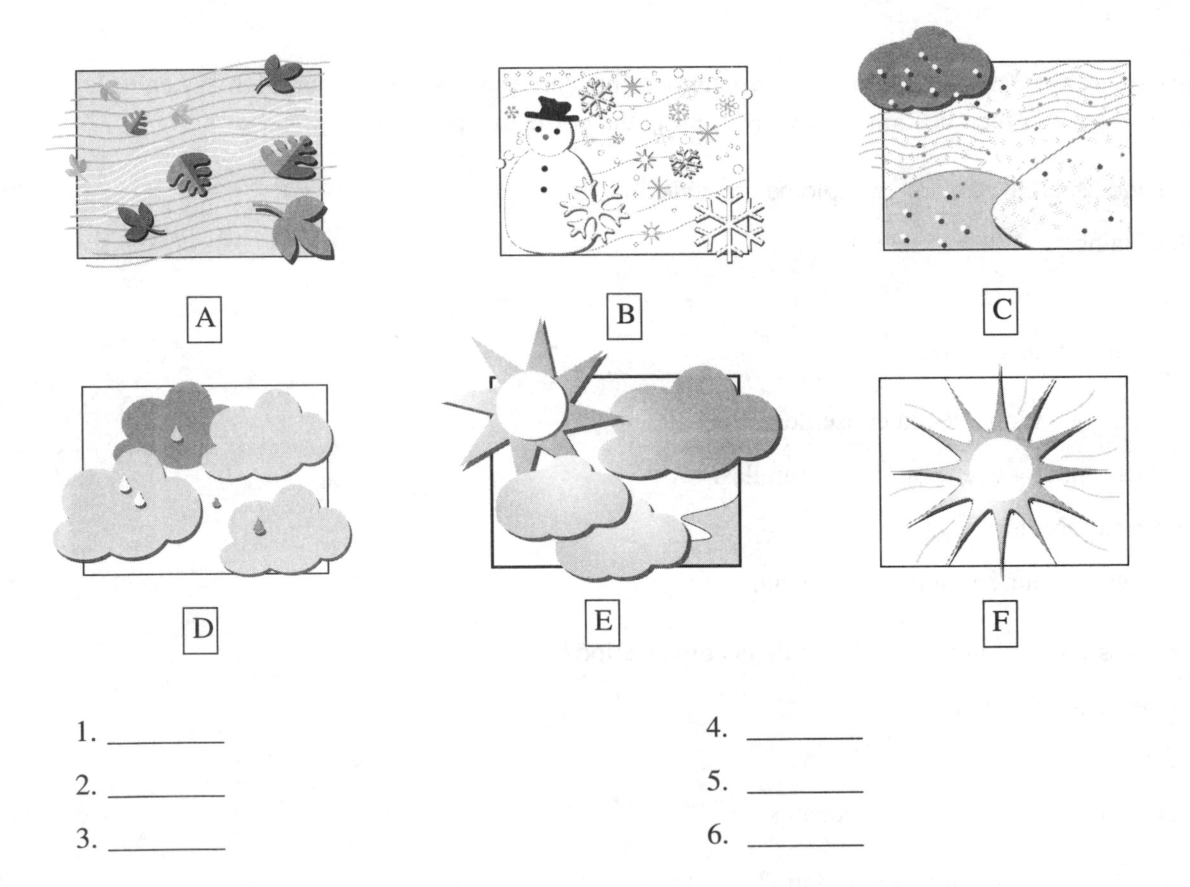

1. ________
2. ________
3. ________
4. ________
5. ________
6. ________

4-3 Des activités par tous les temps. Listen to Yves, Marguerite and Hong talking about their favorite activities and jot down those that each person enjoys. Yves is the first to speak.

Yves: ______________________________

Marguerite: ______________________________

Hong: ______________________________

nom: ________________________________ date: ________________________

Sons et lettres

Les voyelles nasales

4-4 Nasale ou orale? First, listen as each pair of words shown below is pronounced. Then, listen a second time when only one of each pair is pronounced. Circle the word that you hear this second time.

1.	beau	bon
2.	bon	bonne
3.	château	chaton
4.	planche	plage
5.	sans	ça
6.	attendre	entendre
7.	non	nos
8.	vent	va

4-5 Où sont les nasales? Circle the number of nasal vowels you hear in each of the following family terms.

MODÈLE: Vous entendez:mon père
Vous encerclez: 1

1.	0	1	2	3
2.	0	1	2	3
3.	0	1	2	3
4.	0	1	2	3
5.	0	1	2	3
6.	0	1	2	3
7.	0	1	2	3

4-6 Phrases. Repeat the following sentences in the pauses provided, paying careful attention to the nasal vowels.

1. Mon enfant aime le vent.
2. Voilà un bon restaurant.
3. Jacqueline et sa cousine font de la natation.
4. Ton grand-père a quatre-vingt-onze ans?
5. Mes parents ont cinquante et un ans.

Formes et fonctions

Le verbe **faire**

4-7 Toujours ou jamais? Listen as Michel talks about his habits, and arrange his activities according to frequency in the chart. The first entry has been made for you.

TOUJOURS	SOUVENT	DE TEMPS EN TEMPS	JAMAIS
fait ses devoirs			

4-8 Où sont-ils? According to the activities that each person is engaged in, where is she/he? Circle the most likely location for each activity that you hear.

1. a. Elle est à la piscine.
   b. Elle est à la campagne.
2. a. Nous sommes à la maison.
   b. Nous sommes en classe.
3. a. Vous êtes au bord de la mer.
   b. Vous êtes à la montagne.
4. a. Tu es au bord de la mer.
   b. Tu es à l'université.
5. a. Ils sont au cinéma.
   b. Ils sont à la piscine.
6. a. Je suis à la librairie.
   b. Je suis au terrain de sport.
7. a. Il est à la bibliothèque.
   b. Il est à l'usine.
8. a. Nous sommes à la maison.
   b. Nous sommes en ville.

nom: ______________________ date: ______________________

Les verbes en **-ir** comme **finir**

4-9 Nous aussi! Indicate that everything Mehdi says about himself applies to you and your friends as well. Then listen and repeat the correct response after the speaker.

MODÈLE: Vous entendez: Je grossis beaucoup.
Vous dites: *Nous aussi, nous grossissons beaucoup!*
Vous entendez: Nous aussi, nous grossissons beaucoup!
Vous répétez: *Nous aussi, nous grossissons beaucoup!*

1. —
2. —
3. —
4. —
5. —

4-10 La maîtresse s'explique. M. Valois is having a conference with his son Julien's teacher. Listen to his questions and circle the letter of the most appropriate reply.

1. a. Oui, s'il continue à travailler.
   b. Probablement, parce qu'il ne travaille pas beaucoup.
2. a. Non, parce qu'ils ne m'obéissent pas.
   b. Oui, quand ils ne m'obéissent pas.
3. a. Oui. Est-ce qu'il n'aime pas manger?
   b. Oui. Est-ce qu'il mange tout le temps?
4. a. Oui, il est souvent sociable.
   b. Oui, quand il ne trouve pas la bonne réponse.
5. a. Non, c'est le directeur qui choisit les textes.
   b. Non, je choisis les textes moi-même.

Le passé composé avec **avoir**

4-11 Aujourd'hui ou hier? Listen as Alcée responds to Janine's invitation. Check the appropriate column to indicate whether each activity he mentions took place yesterday or is taking place today.

	AUJOURD'HUI	HIER
1. inviter au concert	________	________
2. faire un grand dîner	________	________
3. jouer aux cartes	________	________
4. aller au cinéma	________	________
5. faire la vaisselle	________	________
6. ranger la maison	________	________

4-12 Dimanche soir. It's Sunday evening and your companion is concerned that you haven't accomplished what you intended to this weekend. Reassure her that you did everything yesterday.

MODÈLE: Vous entendez: Quand est-ce que tu vas téléphoner à Patrick?
Vous dites: *Mais j'ai téléphoné à Patrick hier!*
Vous entendez: Mais j'ai téléphoné à Patrick hier!
Vous répétez: *Mais j'ai téléphoné à Patrick hier!*

1. —
2. —
3. —
4. —
5. —
6. —

Mise en pratique

4-13 Préparation: Des vacances splendides. Imagine that you have just had a perfect vacation in Florida. Stop the tape while you write five sentences describing your experience, indicating where you went, what the weather was like, and what you did.

MODÈLE: *Il a fait du soleil tous les jours.*

1. ____
2. ____
3. ____
4. ____
5. ____

nom: ______________________________ date: ______________________

4-14 La vie n'est pas toujours belle. Patrick was not as fortunate as you. Listen to him talking about his vacation on the Côte d'Azur and complete the chart below. The first day's entries have been provided.

	TEMPS	ACTIVITÉS	OÙ?
jeudi	froid	achats	centre commercial
vendredi			
samedi			
dimanche			

4-15 À votre tour. Imagine that you were in Nice at the same time Patrick was. You had the same weather, but made different choices. Stop the tape while you write a note to a friend telling how you spent your time.

Cher/Chère ____________________,

____

____

____

____

____

____

____

____

Amitiés,

____

Deuxième partie: Je vous invite

Points de départ

4-16 Écoutons. Listen and follow along while the dialogues from the section of your text entitled **Comment inviter** are read to you.

4-17 Distractions. Listen as Catherine describes various people's leisure time activities. Write the number of each sentence next to the corresponding general description below. Number one has been completed for you as an example.

______ a. Il est sportif

______ b. Elle est musicienne.

______ c. Ils aiment la nature.

__1__ d. Elles sont sédentaires.

______ e. Elle est sociable.

______ f. Il aime les arts.

______ g. Ils sont studieux.

______ h. Elles aiment danser.

4-18 Comment inviter. Circle the most appropriate reply to each invitation or suggestion you hear.

1. a. Désolé, mais je dois travailler.
   b. Oui, mais je dois travailler
   c. Si, mais mon mari ne peut pas.

2. a. Oui, on va au cinéma?
   b. C'est très gentil à vous.
   c. Merci, mais j'ai trop faim.

3. a. Je regrette. J'ai un rendez-vous ce matin.
   b. D'accord. À quelle heure?
   c. Non, je n'aime pas beaucoup les musées.

4. a. Si, mais je travaille jusqu'à vingt heures.
   b. Oui, c'est impossible.
   c. Oui, c'est vrai.

5. a. D'accord. Je ne suis pas libre.
   b. Pourquoi pas au café à 19 heures?
   c. Bonne idée. Je passe chez toi à 19h30.

6. a. Non, je préfère aller danser.
   b. Chouette! J'adore ça.
   c. D'accord. À ce soir.

nom: ______________________ date: ______________________

4-19 À quelle heure? You are serving as an interpreter for your employer in France. Write the times of his appointments; use American style.

MODÈLE: Vous entendez: Le déjeuner est à midi et demie.
Vous écrivez: 12:30

1. M. Blancpain: ______________________
2. Secretary will call: ______________________
3. Director: ______________________
4. M. Rolland: ______________________
5. Dinner at Mme Thiaville's: ______________________
6. Presentation: ______________________
7. Departure: ______________________

Sons et lettres

La voyelle /y/

4-20 /y/ ou /u/? Listen as each pair of words is read. Then listen again as only one of each pair is read. Circle the word you hear the second time.

1.	bu	boue	5.	vu	vous
2.	lu	loup	6.	lu	loup
3.	dessus	dessous	7.	su	sous
4.	remue	remous	8.	pu	pou

4-21 Répétez. Repeat the following phrases. Be sure to round your lips. It will also help to imitate the intonation on the tape.

1. Bien sûr!
2. Tu refuses?
3. Tu mets une jupe?
4. Tu es venu au campus?
5. Luc étudie la musique?

4-22 Phrases. Repeat the following sentences, paying particular attention to the sounds /y/ (spelled **u**) and /u/ (spelled **ou**).

1. Le **mur** **mu**rant Na**mur** rend Na**mur** **murmu**rant.
2. J'ai **vu** **Ju**les et **Ur**sule **rue** de la Ré**pu**blique.
3. Les **Ru**sses ne sont pas **tou**tes **rou**sses. Il y en a aussi de br**u**nes

Formes et fonctions

Les verbes comme **mettre**

4-23 Combien? For each statement, circle **1** if the subject of the sentence is one person and **1+** if it is more than one person.

1. 1 1+
2. 1 1+
3. 1 1+
4. 1 1+
5. 1 1+
6. 1 1+
7. 1 1+
8. 1 1+

4-24 Qu'est-ce que je mets? Help Véronique and Xavier decide what to wear in various situations. Choose from the vocabulary below. Then listen and repeat the correct response after the speaker.

VOCABULAIRE: **un chemisier, un complet, un imperméable, un manteau, une robe, des sandales**

MODÈLE: Vous entendez: Qu'est-ce que je mets pour nager dans la mer?
Vous dites: *Tu mets un maillot de bain.*
Vous entendez: Tu mets un maillot de bain.
Vous répétez: *Tu mets un maillot de bain.*

1. —
2. —
3. —
4. —
5. —
6. —

Le passé composé avec **être**

4-25 Dictée. Listen to Nicole and Martin talking about their vacations. Complete the dialogue with the verb forms you hear. Be careful of agreement.

MARTIN: Salut, Nicole. Tu __________ déjà ______________________ de Nice?

NICOLE: Oui, je ___________________________ hier soir. Et toi, Martin? Tu ________________ pour les vacances aussi?

MARTIN: Oui, je ___________________________ à Rouen, où habitent mes parents.

NICOLE: Qu'est-ce que tu __________________________ là-bas?

MARTIN: Pas grand-chose. Mes parents et moi ________________________ visite à ma grand-mère, qui _______________________ un grand repas dimanche à midi. J'___________________________ beaucoup trop de gâteau! Mireille et Sandrine ___________________________ d'Angleterre?

NICOLE: Je ne sais pas. Elles _________________________ dimanche, mais elles n'______________ pas ____________________ le retour.

4-26 Moi, j'ai fait ça hier! Each time that someone tells what your friends are doing, indicate that you did it yesterday. Then listen and repeat the correct response after the speaker.

MODÈLE: Vous entendez: Madeleine rentre tard ce soir.
Vous dites: *Moi, je suis rentré(e) tard hier.*
Vous entendez: Moi, je suis rentré(e) tard hier.
Vous répétez: *Moi, je suis rentré(e) tard hier.*

1. —
2. —
3. —
4. —
5. —
6. —

Les questions avec les pronoms interrogatifs

4-27 Une excursion. Stéphane has many questions about his friends' plans for the weekend. Write the letter of each question next to the phrase that best answers it.

_____ a. une bouteille d'eau et des biscuits

_____ b. des copains

_____ c. de tomber

_____ d. une randonnée

_____ e. Jean-Claude a eu un accident.

4-28 Comment? You're having a conversation with a friend at the airport. Each time he tries to say something, the ambient noise keeps you from understanding a different word. Ask the questions you need for clarification. Then listen and repeat the correct response after the speaker.

MODÈLE: Vous entendez: J'ai fait du ski hier.
Vous dites: *Qu'est-ce que tu as fait?*
Vous entendez: Qu'est-ce que tu as fait?
Vous répétez: *Qu'est-ce que tu as fait?*

1. —
2. —
3. —
4. —
5. —

Mise en pratique

4-29 Préparation. Stop the tape while you write four questions in French that you might ask someone who was inviting you to a party.

1. ____

____

2. ____
3. ____
4. ____

4-30 Une invitation. Listen to the dialogue between Henri and Gisèle and take notes on the essential information by answering the basic questions below.

What? ____

Who? ____

Where? ____

When? ____

Why? ____

4-31 Quelle fête! Imagine that you are Gisèle and you have been to the party the night before. Stop the tape while you write a note to a friend telling about it. Include the information you learned from the dialogue, and add some details from your imagination.

Cher/Chère______________________________,

____

____

____

____

____

____

____

____

____

____

____

____

Première partie: Qu'est-ce que vous prenez?

Points de départ

5-1 Écoutons. Listen as the section of your textbook entitled **Allons au café** is read to you.

5-2 Allons au café. A group of friends is at a café. Listen to what each person orders, and place a check mark in the appropriate column to indicate whether it is a hot drink (**boisson chaude**), a cool drink (**boisson fraîche**), or something to eat (**quelque chose à manger**).

	BOISSON CHAUDE	BOISSON FRAÎCHE	QUELQUE CHOSE À MANGER
1.	______	______	______
2.	______	______	______
3.	______	______	______
4.	______	______	______
5.	______	______	______
6.	______	______	______
7.	______	______	______
8.	______	______	______

5-3 À table. For each description you hear, write its number next to the name of the meal or dish it describes.

____ a. une tarte

____ b. le petit déjeuner

____ c. le goûter

____ d. une omelette

____ e. un citron pressé

____ f. un croque-monsieur

____ g. une soupe de légumes

5-4 Quelques expressions avec avoir. Listen to various travelers commenting on their experiences and feelings. Sum up each person's statement using an appropriate expression with avoir. Then listen and repeat the correct response after the speaker.

MODÈLE: Vous entendez: Je suis en Alaska au mois de décembre.
Vous dites: *Il a froid.*
Vous entendez: Il a froid.
Vous répétez: *Il a froid.*

1. —
2. —
3. —
4. —
5. —
6. —

Sons et lettres

Les voyelles / ø / et / œ /

5-5 Lequel? Circle the word you hear.

1. serveuse/serveur
2. il peut/ils peuvent
3. jeune/jeu
4. neveu/neuf heures
5. ils veulent/il veut
6. il pleure/il pleut

5-6 Répétez. Repeat the following phrases, taken from French poetry and traditional songs. Pay careful attention to the sounds / ø / and / œ /.

1. Il pleure dans mon coeur comme il pleut sur la ville. (Paul Verlaine)
2. Tirez-lui la queue/Il pondra des œufs. (Chanson enfantine)
3. Mon enfant, ma soeur, songe à la douceur… (Charles Baudelaire)
4. …les charmes si mystérieux de tes traîtres yeux… (Charles Baudelaire)

nom: ______________________ date: ______________________

Formes et fonctions.

Les verbes **prendre** et **boire**

5-7 Répliques. Write the number of each question or statement you hear next to the most appropriate response below.

_____ a. Non, mais j'apprends l'espagnol.

_____ b. Un croque-monsieur, s'il vous plaît.

_____ c. Pardon. Je vais parler plus lentement.

_____ d. Oui, nous trouvons que c'est bon pour les enfants.

_____ e. Non, merci. Je ne bois jamais de vin.

_____ f. Nous prenons le train.

5-8 Qu'est-ce que vous buvez? You are responding to a survey about your beverage preferences and those of your friends and family. Answer each question with a complete sentence and a different beverage.

MODÈLE: Vous entendez: Qu'est-ce que vous buvez le matin?
Vous écrivez: *Je bois du café.*

1. ______________________________
2. ______________________________
3. ______________________________
4. ______________________________
5. ______________________________
6. ______________________________

L'article partitif

5-9 Logique ou illogique? You overhear two people talking about their preferences in food. Circle **logique** if the second sentence is a logical reply to the first, and **illogique** if it is illogical.

1. logique illogique
2. logique illogique
3. logique illogique
4. logique illogique
5. logique illogique
6. logique illogique

5-10 On choisit le menu. You and your friends are choosing the menu for a party you're giving. If someone likes a particular food, say you're going to serve it. If someone doesn't like it, say you're not going to serve it. Then listen and repeat the correct response after the speaker. Be careful of the articles!

MODÈLES: Vous entendez: J'adore le fromage.
Vous dites: *Alors, on sert du fromage.*
Vous entendez: Alors, on sert du fromage.
Vous répétez: *Alors, on sert du fromage.*

Vous entendez: Je déteste les bananes.
Vous dites: *Alors, on ne sert pas de bananes.*
Vous entendez: Alors, on ne sert pas de bananes.
Vous répétez: *Alors, on ne sert pas de bananes.*

1. —
2. —
3. —
4. —
5. —
6. —
7. —

Les verbes en **-re**

5-11 Combien? For each statement, circle **1** if the subject of the sentence is one person and **1+** if it is more than one person.

1. 1 1+
2. 1 1+
3. 1 1+
4. 1 1+
5. 1 1+
6. 1 1+

5-12 Conclusions. Listen to each sentence on the tape, then respond logically using the subject and verb printed in your lab manual.

MODÈLE: Vous entendez: Le professeur pose une question.
Vous lisez: L'étudiant/répondre
Vous dites: *L'étudiant répond à la question.*
Vous entendez: L'étudiant répond à la question.
Vous répétez: *L'étudiant répond à la question.*

1. Brigitte/rendre visite—
2. Maintenant il/rendre—
3. Je/vendre—
4. Il a probablement/perdre—
5. C'est parce qu'il ne/entendre—
6. Maintenant nous/descendre—

Mise en pratique

5-13 Avant d'écouter. Have you ever had an unpleasant experience in a restaurant? Stop the tape and make a list in French of things that can go wrong in a restaurant.

MODÈLE: Vous écrivez: La soupe est froide.

1. ____
2. ____
3. ____
4. ____
5. ____

5-14 Une soirée désastreuse. Maurice is describing a meal he had at a restaurant last Friday. Listen to his story and take notes as indicated below.

Maurice ordered:____

The waiter brought: ____

Notes on the service: ____

Maurice's reactions: ____

5-15 Une soirée réussie. Stop the tape and write five sentences describing a pleasant meal in a restaurant.

1. ____
2. ____
3. ____
4. ____
5. ____

Deuxième partie: Faisons des courses!

5-16 Écoutons. Listen and follow along as the section of your textbook entitled ***Allons au marché*** is read to you.

5-17 Les petits commerçants et les grandes surfaces. You are spending a few weeks with a French family, and they have asked you to do some shopping. As you are told what is needed, say which store you will go to for each product. Then listen and repeat the correct response after the speaker.

MODÈLE: Vous entendez: Nous avons besoin de deux baguettes.
Vous dites: *Alors, je vais à la boulangerie.*
Vous entendez: Alors, je vais à la boulangerie.
Vous répétez: *Alors, je vais à la boulangerie.*

1. —
2. —
3. —
4. —
5. —
6. —

5-18 Allons au marché! Write in your lab manual the quantity of each product that the customer requests.

MODÈLE: Vous entendez: Donnez-moi un kilo de cerises, s'il vous plaît.
Vous lisez: ____________ cerises
Vous écrivez: *un kilo de*

1. ________________________ riz
2. ________________________ pâté de campagne
3. ________________________ vin rouge
4. ________________________ tomates
5. ________________________ boeuf
6. ________________________ thon

Sons et lettres

L'e instable à l'intérieur d'un mot

5-19 Contrastes. Listen to the following words, paying careful attention to the boldface **e**'s. If the **e** is pronounced, underline it. If it is not pronounced, draw a line through it.

MODÈLES: ach~~e~~ter
un~~e~~ chemis~~e~~

check ms. and the boldfacing

1. médecin
2. quatre-vingts
3. quelquefois
4. tout le monde
5. à demain
6. pour demain
7. vendredi
8. une heure et demie
9. des pommes de terre
10. un pain de campagne

nom:____ date: ________________________________

5-20 Phrases. Repeat the following sentences, imitating carefully the treatment of the unstable **e**'s.

1. L'agent de police a pris une tasse de thé.
2. Il y a un terrain de sport près du centre commercial.
3. Est-ce que tu as acheté des pommes de terre pour demain?
4. Vous prenez un verre de lait au petit déjeuner?

Formes et fonctions

Les verbes comme **acheter** et **appeler**

5-21 Répliques. Listen to the questions on the tape, then complete each response using the appropriate form of one of the following verbs: **acheter, amener, appeler, épeler, jeter, lever.**

1. J'__________________ du lait.
2. Il __________________ son nom.
3. Nous _______________ le médecin.
4. Ils _________________ la main.
5. Tu _________________ les papiers dans la corbeille.
6. Vous _______________ vos enfants, bien sûr!

5-22 Commandes. You and your friends have many responsibilities. Use the imperative to tell each person what to do. Then listen and repeat the correct response after the speaker.

MODÈLE: Vous entendez: Sandrine doit appeler sa mère.
Vous dites: *Sandrine, appelle ta mère!*
Vous entendez: Sandrine, appelle ta mère!
Vous répétez: *Sandrine, appelle ta mère!*

1. —
2. —
3. —
4. —
5. —
6. —
7. —

Les pronoms compléments d'objet direct: **le, la, l', les**

5-23 Répliques. Write the number of each question or statement you hear next to the most appropriate response below.

_____ a. Les voici.

_____ b. Non, je ne veux pas la faire.

_____ c. Je les ai achetés au marché.

_____ d. Je le déteste.

_____ e. C'est André qui les a mangées.

_____ f. Je vais la manger.

5-24 Chacun son goût. Bruno and Élise are telling you about their preferences in food. Relay their statements to a third person using an appropriate object pronoun. Then listen and repeat the correct response after the speaker.

MODÈLE: Vous entendez: J'aime bien les haricots.
Vous dites: *Les haricots? Il les aime bien.*
Vous entendez: Les haricots? Il les aime bien.
Vous répétez: *Les haricots? Il les aime bien.*

1. —
2. —
3. —
4. —-
5. —
6. —
7. —
8. —

nom:____date:

Le pronom partitif **en**

5-25 Je vous en donne combien? Listen to each exchange between a customer and a grocer. Then circle the most appropriate reply for the customer.

MODÈLE: Vous entendez: Je voudrais des pommes de terre.
Je vous en donne un sac?
Vous lisez: a. Oui, s'il vous plaît.
b. Non, j'en voudrais une tranche.
Vous encerclez: a.

1. a. Oui, s'il vous plaît.
   b. Non, j'en voudrais un litre.
2. a. Oui, s'il vous plaît.
   b. Non, j'en voudrais une douzaine.
3. a. Oui, s'il vous plaît.
   b. Non, j'en voudrais un pot.
4. a. Oui, s'il vous plaît.
   b. Non, j'en voudrais une bouteille.
5. a. Oui, s'il vous plaît.
   b. Non, j'en voudrais un paquet.
6. a. Oui, s'il vous plaît.
   b. Non, j'en voudrais une tranche.

Faire des suggestions avec l'imparfait

5-26 Politesse. Your friend Jeanne is sometimes a little too direct. Soften her commands by using **Si** + ***l'imparfait***. Then listen and repeat the correct response after the speaker.

MODÈLE: Vous entendez: Jean-Luc, fais la vaisselle!
Vous dites: *Oui, si tu faisais la vaisselle?*
Vous entendez: Oui, si tu faisais la vaisselle?
Vous répétez: *Oui, si tu faisais la vaisselle?*

1. —
2. —
3. —
4. —
5. —
6. —

Mise en pratique

5-27 On fait les courses. Gérard is telling Gisèle about his morning at the market. The first time you listen, make a list of all the products he mentions. The second time, indicate whether he bought each product or not. If not, say why.

PRODUITS MENTIONNÉS	ACHETÉ	PAS ACHETÉ	POURQUOI PAS?

5-28 Un bon déjeuner. Imagine that you are Gérard or Gisèle, and stop the tape while you write a note to a friend describing the lunch you had that day. You can assume that you already had some food on hand, but you should include the products that were bought as well.

Cher/Chère ______________________________,

Gérard/Gisèle et moi, nous avons fait un excellent repas aujourd'hui.. ______________________________

____

____

____

____

____

Je t'embrasse,

____

Chapitre 6: Nous sommes chez nous

Première partie: La vie en ville

Points de départ

6-1 Écoutons. Listen and follow along as the section from your textbook entitled **À quel étage?** is read to you.

6-2 Un bel appartement. Your friend Serge is showing you his new apartment. Identify each room according to his description.

MODÈLE: Vous entendez: Voilà le lavabo, si tu veux te laver les mains.
Vous écrivez: *C'est la salle de bains.*

1. ______________________
2. ______________________
3. ______________________
4. ______________________
5. ______________________
6. ______________________

6-3 À quel étage? You are the concierge in a large apartment building. Use the directory below to help visitors find the people they are looking for. Follow the model. Then listen and repeat the correct response after the speaker.

MODÈLE: Vous entendez: Les Phillipou, ils sont à quel étage?
Vous dites: *Au cinquième à gauche, monsieur.*
Vous entendez: Au cinquième à gauche, monsieur.
Vous répétez: *Au cinquième à gauche, monsieur.*

1. ----
2. ---
3. ---
4. ---
5. ---
6. ---

ÉTAGE	GAUCHE	DROITE
1er	Leclerc	Sy
2e	Verne	Mégevand
3e	Lelièvre	Sarr
4e	Camus-Biaggioni	Dudard
5e	Phillipou	Martin-Rémy
6e	Garcia-Martinez	Truong
7e	Thomas	Lazard

6-4 La routine de la journée. Listen to a description of Étienne's daily routine. Indicate the order in which he performs the activities shown by listing the activities in order in the space below. Number one has been completed for you as an example.

Étienne's activities: **se brosser les dents, se coucher, se déshabiller, dîner, s'endormir, faire les courses, s'habiller, lire, partir, prendre le petit déjeuner, prendre sa douche, regarder la télé, rentrer, se réveiller.**

1. se réveiller
2. ____________________
3. ____________________
4. ____________________
5. ____________________
6. ____________________
7. ____________________
8. ____________________
9. ____________________
10. ____________________
11. ____________________
12. ____________________
13. ____________________
14. ____________________

Sons et lettres

Les consonnes **l** et **r**

6-5 Répétez. Pronounce the following words, being sure to keep the tip of your tongue pointing down. Do not move it up and back.

1. j'a**rr**ive
2. o**r**ange
3. le ga**r**age
4. sé**r**ieux
5. vous p**r**éfé**r**ez
6. la guita**r**e
7. fai**r**e
8. le soi**r**

6-6 Phrases. Pronounce the following sentences, being sure to place your tongue against the back of your upper front teeth to form the final **l**.

1. Quelle école?
2. Il gèle!
3. Quelle belle ville!
4. Il est difficile!
5. Pas mal!
6. Elles sont drôles!
7. Elles sont jumelles.

6-7 Contrastes. Pronounce the following sentences, paying careful attention to both the **r**'s and the **l**'s.

1. **Rira** bien qui **rira le** dernier.
2. Que**ll**e ho**rr**eu**r**!
3. Tu **préfères le** footba**ll** ou **le** basketba**ll**?
4. **Elle** po**r**te un sho**r**t et des sanda**l**es.

Formes et fonctions

Les verbes pronominaux et les verbes réfléchis

6-8 Une matinée chargée. The Montagne family has a lot to do the morning of their daughter Céleste's wedding. For each sentence you hear, check **déjà** if the person has already done the action, **maintenant** if the person is performing the action right now, or **plus tard** if the person is going to do the action later.

MODÈLE: Vous entendez: Je vais m'habiller à dix heures.
Vous cochez (x): plus tard

	DÉJÀ	MAINTENANT	PLUS TARD
MODÈLE:			X
1.			
2.			
3.			
4.			
5.			
6.			
7.			
8.			

6-9 C'est déjà fait! Each time your friend asks you if you are going to do something, you respond that you have already done it. Be careful: not all verbs are pronominal! Then listen and repeat the correct response after the speaker.

MODÈLE: Vous entendez: Tu vas t'habiller?
Vous dites: *Je me suis déjà habillé(e).*
Vous entendez: Je me suis déjà habillé(e).
Vous répétez: *Je me suis déjà habillé(e).*

1. —
2. —
3. —
4. —
5. —
6. —
7. —

Les adjectifs prénominaux

6-10 Votre famille d'accueil. You're talking on the phone to the family who will host you for a month in France. In response to questions you have asked them, they are describing their apartment. Fill in the adjectives you hear, paying attention to the form of each adjective.

Nous habitons un ____________ immeuble au bord du Rhône. Il n'y a pas de jardin, mais nous avons un balcon avec une ____________ vue sur la ville. Au rez de chaussée de l'immeuble il y a une ____________ boutique où on vend des vêtements. Notre appartment est au ____________ étage. Dans la salle de séjour il y a un divan et un ____________ fauteuil. Dans votre chambre il y a une ____________ armoire et un ____________ lit très confortable.

6-11 On visite la ville. Now you are in France and your host family is showing you around the city. Comment on each site that they point out, using the adjective specified. Follow the model, paying attention to the form of the adjective. Then listen and repeat the correct response after the speaker.

MODÈLE: Vous entendez: Voilà l'église.
Vous lisez: (vieux)
Vous dites: *Ça c'est une vieille église!*
Vous entendez: Ça c'est une vieille église!
Vous répétez: *Ça c'est une vieille église!*

1. (grand) —
2. (bon) —
3. (joli) —
4. (nouveau) —
5. (gros) —
6. (petit) —

nom: ______________________________ date: ______________________

Les pronoms compléments d'objet indirect **lui** et **leur**

6-12 Logique ou illogique? Circle **logique** if the second sentence is a logical reply to the first and **illogique** if it is illogical.

1. logique illogique
2. logique illogique
3. logique illogique
4. logique illogique
5. logique illogique
6. logique illogique

6-13 Messagerie. Last week Bertrand's mother gave him a list of people to contact. She has called to see if he has made any progress. You hear the first part of his response on the tape. Add a second sentence, following the model. Then listen and repeat the correct response after the speaker.

MODÈLE: Vous entendez: J'ai téléphoné à Tante Georgine.
Vous lisez: (hier)
Vous dites: *Je lui ai téléphoné hier.*
Vous entendez: Je lui ai téléphoné hier.
Vous répétez: *Je lui ai téléphoné hier.*

1. (demain)—
2. (maintenant)—
3. (hier soir)—
4. (la semaine passée)—
5. (la semaine prochaine)—
6. (ce matin)—

Mise en pratique

6-14 Un nouveau logement. Pierre and Denise Gagné have moved recently. Listen to Denise describing their new quarters. Since you will be looking for a new place to live yourself, take notes below about their home. Then tell (in 6-15) what you would like to be similar or different in the place you find for yourself.

1. Type of dwelling: ______________________________
2. Location: ______________________________
3. Rooms: ______________________________
4. Furnishings: ______________________________
____
5. Advantages: ______________________________
____
6. Disadvantages: ______________________________
____

6-15 Et vous? Now stop the tape while you indicate in a short letter to a friend how Pierre and Denise's home compares to what you will be looking for.

MODÈLE: Vous écrivez: *L'appartement de Denise et Pierre est dans le centre ville, et moi je préfère la banlieue...*

____

____

____

____

____

____

Deuxième partie: La vie à la campagne

Points de départ

6-16 Écoutons. Listen and follow along as the section from your textbook entitled **Tout près de la nature** is read to you.

6-17 Une maison à la campagne. Listen to people's comments about the advantages and disadvantages of city and country living. Indicate in each case, by circling the appropriate word, whether the person is discussing country life (**campagne**) or city life (**ville**).

1.	campagne	ville	4.	campagne	ville
2.	campagne	ville	5.	campagne	ville
3.	campagne	ville	6.	campagne	ville

6-18 Tout près de la nature. A geography professor is describing various geographical features. Write the number of each description you hear next to the name of the feature.

____ a. un bois

____ b. un champ

____ c. une colline

____ d. un lac

____ e. une vallée

____ f. une plage

nom: ______________________________ date: ____________________

Sons et lettres

La liaison avec /t/, /z/, et /n/

6-19 Liaison? Listen carefully to the following groups of words, and circle the words that contain a liaison consonant.

MODÈLE: Vous entendez: un hôtel
Vous encerclez: un

1. une grosse auto
2. un grand hôtel
3. une belle histoire
4. mes vieux amis
5. un gros homme
6. les autres étés
7. une bonne omelette
8. mon oncle
9. un avocat
10. une étudiante

6-20 Répétez. Listen to the following groups of words, writing the liaison consonant you hear. Then repeat them after the speaker, making sure that you link that liaison consonant to the following word.

MODÈLE: Vous entendez: un grand homme
Vous écrivez: un grand /t/ homme
Vous entendez: un grand homme
Vous répétez: un grand homme

1. cet /   / ami — mon /   / ami
2. un /   / hôtel — un grand /   / hôtel
3. vous /   / avez — ils /   / ont
4. en /   / été — ces /   / étés
5. Elle a deux /   / ans. — Il a vingt /   / ans.
6. un petit /   / homme — les petits /   / hommes

6-21 Phrases. Listen to the following sentences, and mark the liaisons where you hear them. Then listen as they are read again and repeat each phrase after the speaker.

1. En hiver, on voit souvent des petits oiseaux dans cet arbre.
2. Je suis heureuse de faire votre connaissance. Très heureuse.
3. —Vous avez acheté des oranges?
   —Non, j'en ai déjà chez moi.

4. —On y va?

—Quelle heure est-il?

—Il est déjà trois heures.

—Allons-y!

5. Mon oncle est en Italie.

Formes et fonctions

Les adjectifs prénominaux au pluriel

6-22 Combien? Circle **1** if the noun in the sentence is one person or object and **1+** if it is more than one.

1.	1	1+	5.	1	1+
2.	1	1+	6.	1	1+
3.	1	1+	7.	1	1+
4.	1	1+	8.	1	1+

6-23 Combien? Your friend is quite observant, but you see even more. Each time he sees one object, you see several. Respond according to the model. Then listen and repeat the correct response after the speaker.

MODÈLE: Vous entendez: Regarde ce grand hôtel!
Vous dites: *Regarde ces grands hôtels!*
Vous entendez: Regarde ces grands hôtels!
Vous répétez: *Regarde ces grands hôtels!*

1. —
2. —
3. —
4. —
5. —
6. —
7. —
8. —

nom: ______________________________ date: ______________________

Les pronoms relatifs **qui** et **où**

6-24 Précisions. Complete each sentence that you hear with a logical phrase chosen from the list below. Then listen and repeat the correct response after the speaker.

MODÈLE: Vous entendez: Nous cherchons un appartement…
Vous dites: *Nous cherchons un appartement qui a cinq pièces.*
Vous entendez: Nous cherchons un appartement qui a cinq pièces.
Vous répétez: *Nous cherchons un appartement qui a cinq pièces.*

…où on peut acheter du bon pain.

…qui apprécient la nature.

…qui est ouvert le mardi.

…où j'aime faire des randonnées.

…où nous cultivons des tomates et des haricots verts.

…qui a trois enfants.

6-25 Définitions. Complete each definition by choosing the right relative pronoun (**qui** or **où**) and incorporating the information you hear on the tape.

MODÈLE: Vous entendez: Une villa est située à la campagne.
Vous lisez: Une villa, c'est une maison
Vous écrivez: *qui est située à la campagne.*

1. Une villa, c'est une maison ______________________________
2. Une plage, c'est un endroit ______________________________
3. Un immeuble, c'est un bâtiment ______________________________
4. Une chambre, c'est la pièce ______________________________
5. Un potager, c'est un jardin ______________________________
6. Un ascenseur, c'est une machine ______________________________
7. Une armoire, c'est un meuble ______________________________
8. Une voiture, c'est une machine ______________________________

L'imparfait: la description au passé

6-26 Dictée. Chantal is describing the vacations she used to spend in the country when she was little. Complete her story with the verb forms you hear.

Chaque été nous ____________ le premier août, comme tout le monde. Il y ____________ toujours beaucoup de circulation à la sortie de la ville, mais quand on ____________ en Auvergne, tout ____________ calme. Le premier jour, nous ne ____________ jamais grand-chose. Ma mère ____________ le jardin, qui ____________ toujours beaucoup d'attention. Mon frère et moi nous ____________ faire une randonnée dans les bois, s'il ne ____________ pas. Je me ____________ de bonne heure, car je ____________ l'air de la campagne fatigant.

6-27 Plus ça change... Your little brother is talking about elementary school. You tell him that things were the same when you were his age. Respond according to the model. Then listen and repeat the correct response after the speaker.

MODÈLE: Vous entendez: J'ai trop de devoirs.
Vous dites: *J'avais trop de devoirs aussi.*
Vous entendez: J'avais trop de devoirs aussi.
Vous répétez: *J'avais trop de devoirs aussi.*

1. —
2. —
3. —
4. —
5. —
6. —
7. —
8. —

nom: ______________________ date: ______________________

Mise en pratique

6-28 Contrastes. Noëlle Hénin spends the weekends with her family in the country. She finds the rhythm of life there very different from the pace during the week. Listen to what she says and take notes in the chart below.

	WEEKDAYS	WEEKENDS
Sleep schedule		
Morning activities		
Evening activities		
Meals		

6-29 Et vous? Now stop the tape while you write four sentences in French comparing your life to the Hénins', noting two similarities and two differences.

MODÈLE: Vous écrivez: *Ils font du bricolage le samedi matin et moi je fais les courses.*

1. ______________________
2. ______________________
3. ______________________
4. ______________________

Chapitre 7: Voyageons!

Première partie: Projets de voyage

Points de départ

7-1 Écoutons. Listen and follow along as the dialogue between M. DosSantos and the travel agent, from the section of your textbook entitled **À l'agence de voyages**, is read to you.

7-2 Comment est-ce que vous y allez? Complete the following sentences by the destination and the means of transportation that you hear.

1. Pour aller ____________ , Gérard prend ____________ .
2. Les Smith retournent en Angleterre ________________ .
3. M. Bénac va __________________________________ .
4. Pour aller à Versailles, prenez ___________________ .
5. Nous sommes allés en Russie ____________________ .
6. Ils sont rentrés __________________________________ .
7. Mon frère aime circuler _________________________.
8. Moi, je préfère ________________________________ .

7-3 Vous êtes de quel pays? State the nationality of each speaker, according to his or her city of origin. Then listen and repeat the correct response after the speaker.

MODÈLE: Vous entendez: J'habite à Paris.
Vous dites: *Alors, vous êtes française.*
Vous entendez: Alors, vous êtes française.
Vous répétez: *Alors, vous êtes française.*

1. —
2. —
3. —
4. —
5. —
6. —
7. —
8. —

7-4 À l'agence de voyages. You are a travel agent dealing with a first-time traveler who asks your advice on many practical matters. Tell him what he needs according to his stated wishes, using the vocabulary provided. Then listen and repeat the correct response after the speaker.

MODÈLE: Vous entendez: Je voudrais voyager en Suisse.
Vous dites: *Vous avez besoin d'un passeport.*
Vous entendez: Vous avez besoin d'un passeport.
Vous répétez: *Vous avez besoin d'un passeport.*

VOCABULAIRE: un appareil photo, un carnet d'adresses, une carte postale, une carte de crédit, lunettes de soleil,
un passeport, un plan de ville, un portefeuille, une réservation

1. —— 3. —— 5.——

2. —— 4. —— 6.——

Sons et lettres

La prononciation de **i** devant une voyelle

7-5 Combien de syllabes? Indicate the number of syllables in the group of words you will hear. First, compare: **en janvier/en février**. In **janvier** the **i** is pronounced as a single syllable with the following vowel. In **février**, it is pronounced as a syllable on its own.

MODÈLE: Vous entendez: nous trions
Vous écrivez: *3*

1. le lion ____
2. il y a ____
3. un avion ____
4. vous riez? ____
5. les italiennes ____
6. nous lions ____
7. en février ____
8. les vieux ____

7-6 Phrases. Repeat the following sentences, being careful to pronounce the **i** as part of the syllable with the following vowel.

1. —Une bière?
   —Volontiers!
2. C'est un repas copieux et la viande est délicieuse.
3. Combien d'étudiants viennent dans ce quartier?
4. Nous apprécions beaucoup les vieux quartiers résidentiels.
5. Ma nièce est étudiante en sociologie à Montpellier.

7-7 Une chanson. Listen to these lines from a traditional French children's song. As it is read a second time, repeat the words after the speaker. Be careful to pronounce the boldface **i** as a single syllable with the following vowel. Also pronounce the final **l** with the tip of your tongue touching the upper front teeth.

Cadet Rousselle a trois gros chiens.

L'un court le lièvre, l'autre le lapin.

Le troisième s'enfuit quand on l'appelle,

Comme le chien de Jean de Nivelle.

Formes et fonctions

Les prépositions avec les noms de lieux

7-8 Quel continent? Listen to eight people's comments about their recent trips, writing down the name of the country each has visited beside the appropriate continent.

MODÈLE: Vous entendez: Je suis allé en Allemagne.
Vous lisez: L'Europe: ___________
Vous écrivez: l'Allemagne

L'Afrique: ___________

L'Amérique du Nord: ___________

L'Amérique du Sud: ___________

L'Asie: ___________

L'Europe: ___________

7-9 Projets de voyage. Whenever someone mentions a place, indicate that you want to go there. Follow the model, and be careful in your use of prepositions. Then listen and repeat the correct response after the speaker.

MODÈLE: Vous entendez: L'Italie est un beau pays.
Vous dites: *Je voudrais aller en Italie.*
Vous entendez: Je voudrais aller en Italie.
Vous répétez: *Je voudrais aller en Italie.*

1. —
2. —
3. —
4. —
5. —
6. —
7. —
8. —

Les verbes comme **venir**

7-10 Combien? For each statement, circle **1** if the subject of the sentence is one person and **1+** if it is more than one person.

1. 1 1+
2. 1 1+
3. 1 1+
4. 1 1+
5. 1 1+
6. 1 1+
7. 1 1+
8. 1 1+

7-11 Emploi du temps. Your Aunt Louise gives piano lessons and is asking you to help clarify her new spring schedule. Tell her what day various people are coming, according to the chart below. Then listen and repeat the correct response after the speaker.

MODÈLE: Vous entendez: Quand est-ce que Mme Duclos vient?
Vous dites: Elle vient le mardi.
Vous entendez: Elle vient le mardi.
Vous répétez: Elle vient le mardi.

LUNDI	16h	Philippe Vincent
	16h40	Monique Peugeot
MARDI	15h20	Vous
	16h	Votre frère Paul
	16h40	Marie Duclos
MERCREDI	16h	Denise Martin
	16h40	Michel Martin
	17h20	Raoul Horry
JEUDI	15h20	Henri Bergeron
	16h	Caroline Clavier

1. ---
2. ---
3. ---
4. ---
5. ---
6. ---

Le pronom **y**

7-12 On y va! You overhear bits of conversation in which people say why they are going somewhere. Indicate where they are probably going by writing the number of the sentence next to the appropriate destination. Number one has been completed for you as an example.

____ a. à l'aéroport

____ b. en Allemagne

____ c. dans les Alpes

____ d. en Angleterre

____ e. à la banque

____ f. au bord de la mer

____ g. en Italie

__1__ h. à Paris

7-13 Projets de voyage. You and a friend are going on a trip, but you have been doing all the planning. Answer your friend's questions using **y** and the words in parentheses. Pay attention to verb tense. Then listen and repeat the correct response after the speaker.

MODÈLE:	Vous entendez:	Tu vas souvent en Europe?
	Vous lisez:	(assez souvent)
	Vous dites:	*J'y vais assez souvent.*
	Vous entendez:	J'y vais assez souvent.
	Vous répétez:	*J'y vais assez souvent.*

1. (le 3 juin)—-
2. (trois jours)—-
3. (Non)—-
4. (Oui, la semaine prochaine)—-
5. (Oui, demain)—-

nom: ______________________________ date: ______________________

Mise en pratique

7-14 Un voyage difficile. Marc and Joelle had planned the "trip of a lifetime," but things didn't go quite as planned. Listen to Joelle's story and answer the questions below.

1. The first series of mishaps grew out of one mistake on Marc's part. What was that?

____

2. That mistake had numerous consequences. Name at least three of them. ______________________

____

____

3. What was the second mistake they made? ______________________________

4. What was the major consequence of that mistake? ______________________________

____

____

5. What were the secondary consequences?______________________________

____

7-15 La prochaine fois. Stop the tape while you write a short note in French to Marc and Joëlle giving them some advice about how to do things differently next time.

Chers amis,

Je suis désolé(e) d'apprendre les difficultés que vous avez eues au cours de vos récentes vacances. J'ai quelques conseils à vous offrir pour éviter de tels problèmes la prochaine fois. ______________________

____

____

____

Deuxième partie: Faisons du tourisme

Points de départ

7-16 Écoutons. Listen and follow along as the section of your textbook entitled **À l'hôtel** is read to you.

7-17 À l'hôtel. Stop the tape while you review the page from the Michelin guide reprinted below. Then listen to people describe the type of hotel they're looking for, and make a recommendation based on the descriptions in the guide. You may stop the tape after each description while you study the guide and write your recommendation.

MODÈLE: Vous entendez: Je cherche un hôtel moderne où on peut dîner. Le prix des chambres n'a pas d'importance.

Vous écrivez: *Je vous conseille le Mercure ou le Holiday Inn.*

Harmonie M sans rest, 15 r. F. Joliot-Curie 47 66 01 48, Télex 752587 Fax 47 61 66 38 – cuisinette TV – 40 AE GB JCB DZ **b**
fermé 20 déc. au 10 janv. – 55 – **48 ch** 450/750 6 appart.

Mercure M 4 pl. Thiers 47 05 50 05, Télex 752740, Fax 47 20 22 07 ch. TV – 70. AE GB V **z**
Repas 135/230 bc. enf. 50 – 55 – **120 ch** 395/490.

Holiday Inn M 15 r. Ed. Vaillant 47 31 12 12, Fax 47 38 53 35 – ch. ch. TV – 50. AE GB JCB DZ **m**
Repas 120/150 – 70 – **105 ch** 460/680.

Royal sans rest, 65 av Grammont 47 64 71 78, Télex 752006, Fax 47 05 84 62 – TV – 35. AE GB V **s**
39 – **25 ch** 220/310.

Le Manoir sans rest, 2 r. Traversière 47 05 37 37 – TV P AE GB CZ **h**
30 – **20 ch** 240/320.

Central H. sans rest, 21 r. Berthelot 47 05 46 44, Télex 751173, Fax 47 66 10 26 – TV P AE GB JCB CY **k**
40 – **41 ch** 310/520.

Criden sans rest, 65 bd Heurteloup 47 20 81 14, Fax 47 05 61 65 – TV
33 – **32 ch** 265/315. AE GB JCB DZ **g**

1. ______________________________

2. ______________________________

3. ______________________________

4. ______________________________

5. ______________________________

nom: ______________________ date: ______________________

7-18 Comment se renseigner. Imagine that you are in front of the Faculté in Tours, with your back to the Loire. Using the map below, follow the directions on the tape and indicate your point of arrival. (Each set of directions begins at the Faculté.)

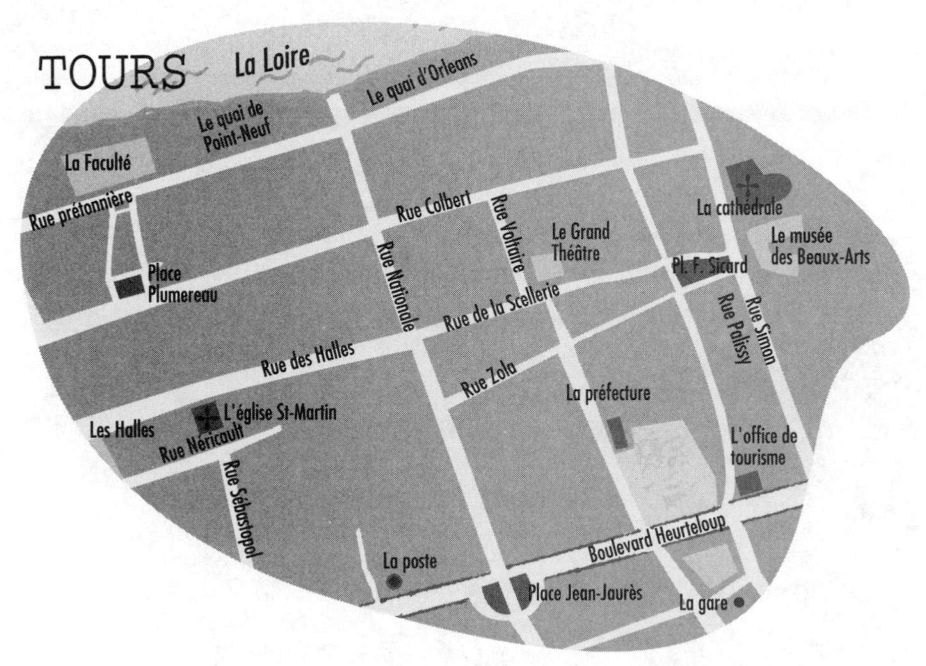

MODÈLE: Vous entendez: Tournez à gauche sur le quai du Pont Neuf et suivez les quais jusqu'à la rue Simon. C'est au coin de la rue Simon et la rue Colbert.

Vous écrivez: *C'est la cathédrale.*

1. ______________________
2. ______________________
3. ______________________
4. ______________________
5. ______________________

Sons et lettres

La semi-voyelle /j/ en position finale

7-19 Contrastes. Repeat the following pairs of words and phrases, paying careful attention to the difference between final /j/ and /l/.

1. la grille/utile
2. la bouteille/la vaisselle
3. Il s'habille./Il est habile.
4. Camille se maquille./Michelle est naturelle.

7-20 Phrases. Repeat the following sentences, being careful to pronounce the final /**j**/ firmly.

1. J'ai sommeil quand je travaille beaucoup.
2. Mireille est une gentille jeune fille de taille moyenne.
3. Quand il y a du soleil, je me réveille de bonne heure.
4. Voici une vieille bouteille de vin.

Formes et fonctions

Les verbes **connaître** et **savoir**

7-21 Allons-y! Two friends are discussing their upcoming trip to the Alps. Complete their sentences with the subject and form of **savoir** or **connaître** that you hear. Pay attention to tense.

—Est-ce que ____________ faire du ski?

—Non, mais ____________ un moniteur qui peut nous donner des leçons.

—____________ la ville d'Annecy?

—Pas très bien, mais ____________ qu'il y a des bons hôtels.

—Lequel est le moins cher?

—____________ ne ____________ pas. Est-ce que ____________________ *Le Guide du routier*?

Nous pouvons le consulter. Il est plein de bonnes adresses.

7-22 Une personne très habile. When it comes to travel in France, you seem to "know it all." Respond to each cue with **Je sais** or **Je connais** as appropriate. Then listen and repeat the correct response after the speaker.

MODÈLE: Vous entendez: l'aéroport
Vous dites: *Je connais l'aéroport*
Vous entendez: Je connais l'aéroport.
Vous répétez: *Je connais l'aéroport.*

1. —
2. —
3. —
4. —
5. —
6. —
7. —
8. —

nom: ______________________ date: ______________________

Les pronoms compléments d'objet **me, te, nous, vous**

7-23 Logique ou illogique? You will hear eight pairs of sentences. Circle **logique** if the second statement is a logical response to the first and **illogique** if it is an illogical response.

1. logique illogique
2. logique illogique
3. logique illogique
4. logique illogique
5. logique illogique
6. logique illogique
7. logique illogique
8. logique illogique

7-24 Entente cordiale. Agree to everything that your companion suggests, according to the model. Then listen and repeat the correct response after the speaker.

MODÈLE: Vous entendez: Tu me téléphones?
Vous dites: *Oui, je te téléphone.*
Vous entendez: Oui, je te téléphone.
Vous répétez: *Oui, je te téléphone.*

1. —
2. —
3. —
4. —
3. —
4. —
7. —
8. —

Le futur

7-25 Discrimination. Listen to each statement and circle the appropriate word to indicate whether the speaker is talking about past, current or future weather conditions.

1. past current future
2. past current future
3. past current future
4. past current future
5. past current future
6. past current future
7. past current future
8. past current future

7-26 Optimisme. You're going to leave on a trip in one week. Your companion is worried about all the things that haven't been done. Reassure her that they will be done according to the model. Then listen and repeat the correct response after the speaker.

MODÈLE: Vous entendez: Tu n'as pas acheté les pellicules!
Vous dites: *Calme-toi! J'achèterai les pellicules bientôt.*
Vous entendez: Calme-toi! J'achèterai les pellicules bientôt.
Vous répétez: *Calme-toi! J'achèterai les pellicules bientôt.*

1. —
2. —
3. —
4. —
5. —
6. —

Mise en pratique

7-27 Une publicité. Listen to a radio advertisement encouraging people to visit the Dordogne region in southwest France, jotting down some notes for future reference.

Attractions in Dordogne: ____________________

____

____

____

Attractions near Dordogne: ____________________

____

____

____

Types de lodging available: ____________________

____

____

____

How to get more information: ____________________

____

____

7-28 Allons-y! Now stop the tape while you write a note in French to a friend, suggesting you go to Dordogne together. Be persuasive!

Cher ____________________ ,

Si nous faisions un voyage en Dordogne cette année? ______________________

____

____

____

____

____

____

____

____

____

Je t'embrasse,

____

Chapitre 8: Nos relations personnelles

Première partie: Les jeunes et la vie

Points de départ

8-1 Écoutons. Listen and follow along as the section from your textbook entitled **La famille** is read to you.

8-2 Les jeunes parlent. A counselor is asking a group of young people about their concerns and preoccupations. After each person speaks, indicate whether the related statement is true (**V**) or false (**F**).

1. Cette personne a beaucoup de confiance. V F
2. Cette personne est très motivée. V F
3. La mère de cette personne est professeur. V F
4. Le frère de cette personne ne parle pas beaucoup quand il est à la maison. V F
5. La mère de cette personne travaille dur. V F
6. Cette personne a envie de se marier bientôt. V F

8-3 Les grands événements. An American and a French friend are discussing the celebration of various major holidays. Match each description you hear with one of the events listed below by writing the number of the description on the line next to the name of the corresponding event.

__________ a. un anniversaire

__________ b. la Fête des mères

__________ c. la Fête du travail

__________ d. un mariage

__________ e. Noël

__________ f. le Nouvel an

__________ g. Pâques

__________ h. Thanksgiving

nom: ______________________ date: ______________________

Sons et lettres

Les semi-voyelles /w/ et /ɥ/

8-4 Combien de syllabes? Write the number of syllables you hear in each of the following groups of words. Number one has been completed for you as an example.

1. C'est loin. ___2___
2. Où est Jean? ____
3. la brouette ____
4. une étoile ____
5. C'est lui. ____
6. les fruits ____
7. J'ai vu Anne. ____
8. Il est cruel. ____
9. les ennuis ____

8-5 Contrastes. Repeat the following pairs of words. Make sure that you begin the semi-vowel of the second word in the same position as the vowel of the first word.

1. nous/noir
2. joue/jouer
3. chou/chouette
4. où/oui
5. j'ai pu/puis
6. j'ai eu/huit
7. salut/saluer
8. j'ai su/la Suisse

8-6 Phrases. Repeat the following sentences, paying careful attention to the semi-vowels.

1. —Vous voulez boire quelque chose?
   —Oh, oui, j'ai soif!
2. J'ai envie de suivre un cours de linguistique.
3. On fait beaucoup de bruit dans la cuisine.
4. Il fait froid et il y a des nuages.
5. C'est bien ennuyeux. Ma voiture ne marche pas.

Formes et fonctions

L'imparfait et le passé composé

8-7 Quand j'avais dix ans... Julien is reminiscing about life when he was ten years old. For each statement he makes, indicate whether he is talking about a general situation, a habitual action, or a one-time event.

	SITUATION GÉNÉRALE	ACTION HABITUELLE	ACTION UNIQUE
1.			
2.			
3.			
4.			
5.			
6.			
7.			
8.			
9.			
10.			

8-8 Le jour J. Imagine that you are a newspaper reporter, asking some French people what they were doing when they heard that the Allies had landed in Normandy on June 6, 1944. Listen to what each person says and report it in the third person.

MODÈLE: Vous entendez: Et vous, Madame, qu'est-ce que vous faisiez quand vous avez entendu la nouvelle? Moi, je m'habillais.

Vous écrivez: Elle s'habillait.

1. ______________________________
2. ______________________________
3. ______________________________
4. ______________________________
5. ______________________________
6. ______________________________

nom: ______________________ date: ______________________

8-9 Quelle tempête! Madeleine had to do many things last Tuesday, and it was a hard day because it was always snowing. Listen to her statements and report to a third person what she did while it was snowing. Then listen and repeat the correct response after the speaker.

MODÈLE: Vous entendez: J'ai quitté la maison.
Vous dites: *Il neigeait quand elle a quitté la maison.*
Vous entendez: Il neigeait quand elle a quitté la maison.
Vous répétez: *Il neigeait quand elle a quitté la maison.*

1. —
2. —
3. —
4. —
5. —
6. —

Les verbes pronominaux idiomatiques

8-10 Réactions. Geoffroy has varying reactions to the events of his day. Choosing from the verbs listed below, write what his reaction would probably be to each of the situations described.

s'amuser se dépêcher s'ennuyer se fâcher s'inquiéter se reposer

MODÈLE: Vous entendez: Il est en retard pour son cours d'economie.
Vous écrivez: *Il se dépêche.*

1. ______________________
2. ______________________
3. ______________________
4. ______________________
5. ______________________

8-11. Des âmes soeurs. You and your friend's cousin tend to respond in similar ways. Indicate these similarities, following the model. Then listen and repeat the correct response after the speaker.

MODÈLE: Vous entendez: Mon cousin se détend le dimanche.
Vous dites: *Je me détends le dimanche aussi.*
Vous entendez: Je me détends le dimanche aussi.
Vous répétez: *Je me détends le dimanche aussi.*

1. —
2. —
3. —
4. —
5. —
6. —
7. —
8. —

Le pronom relatif **que**

8-12 Un ami distrait. Your friend can't seem to keep track of his possessions, but you always know where they are. Help him by pointing out each missing item, following the model. Then listen and repeat the correct response after the speaker.

MODÈLE: Vous entendez: J'ai perdu mon livre.
Vous dites: *Voici le livre que tu as perdu.*
Vous entendez: Voici le livre que tu as perdu.
Vous répétez: *Voici lu le livre que tu as perdu.*

1. —
2. —
3. —
4. —
5. —
6. —
7. —
8. —

Mise en pratique

8-13 Préparation. Stop the tape while you write four sentences in French telling about two pleasant memories and two not-so-pleasant memories from your childhood

MODÈLES: *J'aimais beaucoup jouer dans notre grand jardin.*
Je me disputais souvent avec mon frère.

1. ______
2. ______
3. ______
4. ______

8-14 Souvenirs d'enfance. Robert and Denise are comparing their childhood memories. Each has some good and some bad memories. Take notes on their conversation in the chart below.

	BONS SOUVENIRS	MAUVAIS SOUVENIRS
Robert		
Denise		

nom: ______________________ date: ______________________

8-15 Et vous? What do your childhood experiences have in common with those of Robert and Denise? Stop the tape while you write a few sentences in French comparing your experiences to theirs.

Comme Robert, ____

____

Comme Denise, ____

____

Deuxième partie: Les relations et les émotions

Points de départ

8-16 Écoutons. Listen and follow along as the section from your textbook entitled **Les étapes d'une rencontre sentimentale** is read to you.

8-17 Les étapes d'une rencontre sentimentale. Listen to each description of a different couple. Then circle the letter corresponding to the statement most compatible with the description.

1. a. Leurs enfants vont à l'école.
   b. Ils fêtent leur cinquantième anniversaire de mariage.
2. a. Ils vont bientôt divorcer.
   b. Ils s'entendent bien.
3. a. Ils viennent de tomber amoureux.
   b. Ils habitent ensemble depuis deux ans.
4. a. Ils se sont mariés l'année dernière.
   b. Leur troisième enfant est à l'université.
5. a. Ils n'ont rien en commun.
   b. Ils s'entendent bien.
6. a. C'était un très beau mariage.
   b. Ils se sont fiancés hier soir.

8-18 Pour exprimer les sentiments. Associate each statement you hear on the tape with the most appropriate reaction from the list below by writing the letter of the statement on the line next to the corresponding reaction.

__________ a. Calme-toi, voyons!

__________ b. Oh, là, là!

__________ c. Formidable!

__________ d. Ça m'est égal.

__________ e. Zut alors!

__________ f. Je suis désolé(e)!

Sons et lettres

L'e instable et la loi des trois consonnes

8-19 Attention aux e instables! In the following sentences, underline the unstable **e**'s that are pronounced and draw a line through those that are dropped. Number one has been completed for you as an example.

1. Il te dit de les faire venir.
2. Je ne connais pas l'ami de Madeleine.
3. Ils ne vous demandent pas de le faire.
4. Ce que vous dites ne l'intéresse pas.
5. Je te promets de ne pas le faire.

8-20 Contrastes. Repeat the following groups of sentences, paying careful attention to the treatment of the unstable e.

1. Je lave la voiture. / Je me lave. / Je ne me lave pas.
2. C'est une petite fille. / C'est la petite fille de Cécile.
3. C'est ton neveu? / C'est le neveu de ma belle-soeur.
4. —Philippe va venir?

   —Il espère venir après le cours.

   —Le cours de physiologie?

   —Oui, c'est ça.

nom: ______________________ date: ______________________

8-21 Une chanson. Listen to the text of the refrain of a traditional French song. As it is read a second time, repeat the words in the pauses provided, paying careful attention to the treatment of the unstable **e**.

Moi, je me ferai faire
Un petit moulin sur la rivière
Et puis encore
Un petit bateau pour passer l'eau.

Formes et fonctions

Les verbes de communication **écrire, dire** et **lire**

8-22 Combien? For each statement, circle **1** if the subject of the sentence is one person and **1+** if it is more than one person.

1. 1 1+
2. 1 1+
3. 1 1+
4. 1 1+
5. 1 1+
6. 1 1+
7. 1 1+
8. 1 1+

8-23 Tout le monde lui écrit. Your local government officials have made some proposals that you and others are unhappy about, and you are organizing a letter-writing campaign. Answer each question to indicate that the letter is being written. Then listen and repeat the correct response after the speaker.

MODÈLE: Vous entendez: Ta soeur écrit à M. Bourreau?
Vous dites: *Oui, elle lui écrit.*
Vous entendez: Oui, elle lui écrit.
Vous répétez: *Oui, elle lui écrit.*

1. —
2. —
3. —
4. —
5. —
6. —

La dislocation

8-24 Ne t'inquiète pas, Maman! Your mother is checking up on your habits. Answer her questions according to the model. Then listen and repeat the correct response after the speaker.

MODÈLE: Vous entendez: Tu lis le journal?
Vous dites: *Le journal, je le lis tous les jours.*
Vous entendez: Le journal, je le lis tous les jours.
Vous répétez: *Le journal, je le lis tous les jours.*

1. —
2. —
3. —
4. —
5. —
6. —

8-25 Chacun son goût. Indicate that you and your friend have completely different tastes. Each time that your friend makes a statement, respond according to the model. Then listen and repeat the correct response after the speaker.

MODÈLE: Vous entendez: J'aime les carottes.
Vous dites: *Moi, les carottes, je ne les aime pas beaucoup.*
Vous entendez: Moi, les carottes, je ne les aime pas beaucoup.
Vous répétez: *Moi, les carottes, je ne les aime pas beaucoup.*

1. —
2. —
3. —
4. —
5. —
6. —

Pour situer dans le passé: Le plus-que-parfait

8-26 Une vie mouvementée. Listen as Marilène talks about her marriage. After each of her statements, indicate the order of the two events you see below by placing an **x** next to the one which took place first. Number one has been completed for you as an example.

1. __________ faire connaissance __x__ commencer des études
2. __________ finir ses études __________ se marier
3. __________ accepter un poste __________ partir en voyage
4. __________ acheter une maison __________ trouver un autre poste
5. __________ naître __________ déménager trois fois
6. __________ s'installer __________ avoir 40 ans

nom: ______________________ date: ______________________

8-27 Trop tard! Indicate that by the time you left the office last night, each event mentioned had already happened. Follow the model. Then listen and repeat the correct response after the speaker.

MODÈLE: Vous entendez: Mes collègues sont partis.
Vous dites: *Quand j'ai quitté le bureau, mes collègues étaient déjà partis.*
Vous entendez: Quand j'ai quitté le bureau, mes collègues étaient déjà partis.
Vous répétez: *Quand j'ai quitté le bureau, mes collègues étaient déjà partis.*

1. —
2. —
3. —
4. —
5. —
6. —

Mise en pratique

8-28 Préparation. Stop the tape while you write brief descriptions in French of situations in which you experience each of the following emotions. Number one has been completed for you as an example.

1. la colère: *quand un ami manque un rendez-vous*
2. l'inquiétude: ______________________
3. la surprise: ______________________
4. l'embarras: ______________________
5. la joie: ______________________

8-29 Des émotions bien variées. Your friends seem to be on an emotional roller coaster. After each statement, stop the tape and write the emotion expressed and its cause.

1. ______________________
2. ______________________
3. ______________________
4. ______________________
5. ______________________

8-30 Et vous? Which of the stories in 8-29 most closely corresponds to an experience you've had? Stop the tape while you write three or four sentences in French describing your experience.

Chapitre 9: La santé et le bien être

Première partie: Restons en bonne santé!

Points de départ

9-1 Écoutons. Listen and follow along as the sections from your textbook entitled Un malade imaginaire qui n'a pas de chance and La plupart des accidents arrivent dans la cuisine are read to you.

9-2 Le corps humain. Listen to bits of conversation in a doctor's office. Write the number of each statement on the line pointing to the body part mentioned. Number one has been completed for you as a model.

9-3 Maux et remèdes. As various people tell what is wrong with them, circle logique if the suggested remedy is appropriate to the symptoms mentioned and illogique if it is inappropriate.

1.	logique	illogique	4.	logique	illogique
2.	logique	illogique	5.	logique	illogique
3.	logique	illogique	6.	logique	illogique

9-4 Pour garder la forme. Imagine that you are a doctor listening to your patients complain about their general health. Write the number of each complaint on the line next to the appropriate advice below.

__________ a. Arrêtez-vous de fumer.

__________ b. Je vous conseille une série d'exercices contrôlés.

__________ c. Ne grignotez pas entre les repas.

__________ d. Couchez-vous de bonne heure.

__________ e. Buvez moins de café.

__________ f. Profitez des week-ends pour vous détendre.

Sons et lettres

La consonne gn /ɲ/

9-5 La consonne finale. Circle the consonant you hear at the end of each group of words.

1. n	g	gn		5. n	g	gn
2. n	g	gn		6. n	g	gn
3. n	g	gn		7. n	g	gn
4. n	g	gn		8. n	g	gn

9-6 Phrases. Repeat the following sentences, imitating carefully the pronounciation of gn.

1. Il y a des montagnes magnifiques en Espagne.
2. Je vais cueillir des champignons à la campagne.
3. Agnès va m'accompagner à la boulangerie.
4. Je vais me renseigner sur le camping en Allemagne.

Formes et fonctions

Les verbes croire et voir

9-7 Dictée. Listen to various bits of conversation overheard in the waiting room of a clinic. Write the subject and verb you hear. Be careful of tense.

1. ______________________________, ça ne fait pas mal.
2. Dans cette clinique,______________________________ que le patient est la personne la plus importante.
3. ______________________________ que je dois me détendre.
4. ______________________________ ton cousin chez le médecin hier.
5. ______________________________ que je ne dors pas assez.
6. Quand j'ai dit au médecin que je ne fumais plus, ______________________________ne m' ______________________________pas.
7. ______________________________! Ce n'est pas en mangeant de la glace que tu vas maigrir.
8. Félicitations! ______________________________ que tu es en bonne forme!

nom: ______________________________ date: ______________________________

9-8 Tout le monde est d'accord. M. Moran's Ancient History course seems difficult to many students. Indicate that everyone believes this by responding to each question according to the model. Then listen and repeat the correct response after the speaker.

MODÈLE: Vous entendez: Marie-Hélène croit que ce cours est difficile. Et Paul?
Vous dites: *Il croit que c'est difficile aussi.*
Vous entendez: Il croit que c'est difficile aussi.
Vous répétez: *Il croit que c'est difficile aussi.*

1. —
2. —
3. —
4. —
5. —
6. —

Les verbes pronominaux à l'impératif

9-9 Conseils. Circle logique if the the advice given in the second sentence is an appropriate reply to the first sentence and illogique if it is inappropriate.

1. logique illogique
2. logique illogique
3. logique illogique
4. logique illogique
5. logique illogique
6. logique illogique

9-10 Qui est-ce que je dois écouter? Alain's sister is always telling him to do the opposite of what his parents say. You will hear his parents' commands. What does his sister say? Respond according to the model. Then listen and repeat the correct response after the speaker.

MODÈLES: Vous entendez: Assieds-toi!
Vous dites: *Mais non, ne t'assieds pas!*
Vous entendez: Mais non, ne t'assieds pas!
Vous répétez: *Mais non, ne t'assieds pas!*

Vous entendez: Ne te lave pas!
Vous dites: *Mais si, lave-toi!*
Vous entendez: Mais si, lave-toi!
Vous répétez: *Mais si, lave-toi!*

1. —
2. —
3. —
4. —
5. —
6. —
7. —
8. —

Le conditionnel

9-11 Rêve ou réalité? Some people have a lot of money to spend and others only dream of such a life. Indicate whether various people are talking about what they have done or what they would do if they could.

1. have done would do
2. have done would do
3. have done would do
4. have done would do
5. have done would do
6. have done would do
7. have done would do
8. have done would do

9-12 Qu'est-ce qu'on a dit? Report what the speaker has said, using the conditional. Then listen and repeat the correct response after the speaker.

MODÈLE: Vous entendez: Nous ferons les courses demain.
Vous dites: *Il a dit qu'ils feraient les courses demain.*
Vous entendez: Il a dit qu'ils feraient les courses demain.
Vous répétez: *Il a dit qu'ils feraient les courses demain.*

1. —
2. —
3. —
4. —
5. —
6. —

Mise en pratique

9-13 Préparation. Everyone has had some sort of accident. Stop the tape while you write three or four sentences in French describing the worst accident you have had.

MODÈLE: *Quand j'avais cinq ans nous habitions à la campagne. Un jour je suis tombé d'un arbre et je me suis cassé la jambe. J'ai dû rester au lit pendant une semaine.*

nom: ______________________________ date: ______________________________

9-14 Accidents. Three friends are sharing memories of childhood accidents. For each story, note the circumstances, the nature of the injury, and the consequences of the accident.

	CIRCUMSTANCES	INJURY	CONSEQUENCES
1.			
2.			
3.			

9-15 Condoléances. Stop the tape while you write a letter in French to one of these victims after hearing about the accident. Say what you heard and how you think you would feel if it happened to you. Wish the person well.

Cher/Chère ______________________________,

On m'a dit que ______________________________

____

____

____

Moi, à ta place, ______________________________

____

____

Bien amicalement,

____

Deuxième partie: Sauvons la terre et la forêt

Points de départ

9-16 Écoutons. Listen and follow along as the section from your textbook entitled Pollutions! is read to you.

9-17 Les nuisances de la vie moderne. Circle nuisance if the speaker is describing a problem of modern life and solution if he is proposing a solution.

1. nuisance solution
2. nuisance solution
3. nuisance solution
4. nuisance solution
5. nuisance solution
6. nuisance solution
7. nuisance solution
8. nuisance solution

9-18 Vers une terre plus propre et une vie plus agréable. You will hear various people describe their unecological habits. Write the number of each bad habit on the line next to the most appropriate sugggestion from the list below.

__________ a. Vous devriez prendre une douche, et pas trop chaude.

__________ b. Vous devriez ouvrir les fenêtres.

__________ c. Vous devriez recycler le verre, le métal, le papier et le plastique.

__________ d. Vous devriez acheter des produits frais, sans emballage.

__________ e. Vous devriez planter des arbres.

__________ f. Vous devriez prendre le métro ou y aller à vélo.

Sons et lettres

L'h aspiré et l'h muet

9-19 Aspiré ou pas? Listen to the following phrases. If you hear a liaison to the word beginning with h, draw it in. If not, draw a line separating the two words.

MODÈLES: Il s'est‿habillé.
la/hauteur

1. cet homme
2. vous vous habillez
3. des haricots
4. deux heures
5. un hamburger
6. ils habitent

nom: ______________________________ date: ______________________________

9-20 Phrases. Repeat the following sentences, paying careful attention to the aspirate and inaspirate h's.

1. Le père d'Hervé est dans un hôpital en Hollande.
2. Il est heureux d'entendre ces histoires.
3. Cet homme n'a pas l'habitude de manger des haricots.

Formes et fonctions

Le passé du conditionnel

9-21 Regrets. Some people might have done things differently if they had known what they know now. Listen to statements about what various people would have done if they had known more about the environment, and write what each apparently did or did not do.

MODÈLE: Vous entendez: J'aurais pris le métro.
Vous écrivez: *Apparemment, elle n'a pas pris le métro.*

1. ______________________________
2. ______________________________
3. ______________________________
4. ______________________________
5. ______________________________
6. ______________________________

9-22 Sagesse retrospective. Imagine that you are a tennis fanatic. Following the model, indicate that the people whose problems are described on the tape could have played tennis to solve their problems. Then listen and repeat the correct response after the speaker.

MODÈLE: Vous entendez: Je n'aimais pas l'école.
Vous dites: *Tu aurais pu jouer au tennis.*
Vous entendez: Tu aurais pu jouer au tennis
Vous répétez: *Tu aurais pu jouer au tennis.*

1. —
2. —
3. —
4. —
5. —
6. —

Le subjonctif

9-23 Des opinions de toute sorte. Monsieur Saitout has many opinions about what other people should do. Listen and classify each sentence according to whether he indicates that the task is urgent and necessary, or just a good idea. Number one has been completed for you as an example.

	ESSENTIEL	RECOMMANDÉ
1.	x	
2.		
3.		
4.		
5.		
6.		
7.		
8.		

9-24 Tout à fait! You think that Hélène has good ideas about what other people should do. Reinforce her suggestions according to the model. Then listen and repeat the correct response after the speaker.

MODÈLE: Vous entendez: Vous devriez téléphoner à vos parents.
Vous dites: *Mais oui, il faut que vous téléphoniez à vos parents!*
Vous entendez: Mais oui, il faut que vous téléphoniez à vos parents!
Vous répétez: *Mais oui, il faut que vous téléphoniez à vos parents!*

1. —
2. —
3. —
4. —
5. —
6. —
7. —
8. —

nom: ______________________________ date: ______________________

Le subjonctif d'autres verbes

9-25 Répliques. Write a sentence indicating what people need to do, given their situations. You may stop the tape while you write.

MODÈLE: Vous entendez: Monique est trop impatiente.
Vous lisez: (attendre)
Vous écrivez: *Il est nécessaire qu'elle attende.*

1. (maigrir) ______________________________
2. (apprendre l'allemand) ______________________________
3. (dormir) ______________________________
4. (boire beaucoup) ______________________________
5. (revenir demain) ______________________________
6. (acheter un lave-vaisselle) ______________________________

9-26 Conseils. Hervé is not certain about what he should do. Reassure him that he's on the right track, according to the model. Then listen and repeat the correct response after the speaker.

MODÈLE: Vous entendez: Je dois partir maintenant?
Vous dites: *Oui, il vaudrait mieux que tu partes maintenant.*
Vous entendez: Oui, il vaudrait mieux que tu partes maintenant.
Vous répétez: *Oui, il vaudrait mieux que tu partes maintenant.*

1. —
2. —
3. —
4. —

3. —
4. —
7. —
8. —

Mise en pratique

9-27 Préparation. Are you aware of any rules or ordinances governing noise in your city or residence hall? What are the restrictions, if any? Do you think such rules or ordinances are a good idea? Why or why not? Stop the tape while you write a few sentences in English summarizing your answers to these questions.

____

____

____

9-28 Médiation. A group of neighbors is meeting with a mediator to try to come to agreement on the issue of neighborhood noise. Listen, then summarize the discussion according to the guidelines below.

1. M. Levallois's point of view: ____

____

2. Laure Tréguier's point of view: ____

____

3. Roland Pichet's point of view: ____

____

____

4. Mme Levallois's point of view: ____

____

5. Do you think this group will be able to reach a consensus? Why or why not?______________________

____

Chapitre 10: Quoi de neuf?

Première partie: Le grand et le petit écran

Points de départ

10-1 Écoutons. Listen and follow along as the section from your textbook entitled **Si on regardait un film?** is read to you.

10-2 Si on regardait un film? For each suggestion your friends make about what to do on Friday evening, circle the letter of the most appropriate response.

1. a. Bonne idée. J'adore le suspense.
   b. Oh, non, je n'aime pas les films où on chante.
2. a. Les Vacances de M. Hulot, par exemple?
   b. D'accord, mais pas d'histoires de guerre.
3. a. Oui, j'ai envie de rire.
   b. Pourquoi pas? Un peu de tension est bon pour le système nerveux.
4. a. Pas tellement. Je préfère quelque chose de sérieux.
   b. Oui, j'adore les drames psychologiques.
5. a. Pas besoin de sortir: on passe un bon film d'aventure à la télé.
   b. Non, je ne veux pas trop réfléchir ce soir.
6. a. Certains de Disney, oui, mais pas les bêtises qu'on voit à la télé.
   b. Oui, Gérard Depardieu est un de mes acteurs préférés.

10-3 Qu'est-ce qu'il y a à la télé? Listen to people discussing their television viewing plans. Indicate which of the programs on the schedule below they are probably talking about. You may stop the tape while you study the schedule. Number one has been completed for you as an example.

	TF1	
un feuilleton	13.35	**Les feux de l'amour.** Feuilleton américain.
	16.45	**Club Dorothée.** "Dessins animés et série".
une série	18.20	**Les filles d'à côté.** Série française. "La cassette".
une émission de sport	20.35	**France / Chili** Football. Match amical. En direct du stade Gerland à Lyon. Commentaires: Thierry Roland, Jean- Michel Larqué.
	France 2	
un programme de variétés	15.50	**La chance aux chansons.** "Le printemps de la chanson". Avec: Marine Havet - Francis Linel - Jacqueline François - Christian Borel - Denise Varenne - Hugues Aufrey - Isa Pardo - Romuald - Linda Gracy - Marc Pascal - Florence Farel - Simone Langlois.
un jeu télévisé	16.45	**Des chiffres et des lettres.** Jeu. Présentation : Laurent Romeiko.
le journal télévisé	20.00	**Journal** Présentation: Paul Amar.
un magazine d'information	22.30	**Bas les masques** Magazine de Mireille Dumas. "J'ai vingt ans et je veux changer la société".

1. Les Feux de l'amour à 13h35

2. ______

3. ______

4. ______

5. ______

6. ______

7. ______

Sons et lettres

La prononciation des lettres **c** et **g**

10-4 Phrases. Repeat the following sentences, paying careful attention to the pronunciation of **c** and **g**.

1. La niè**c**e de **C**é**c**ile est très min**c**e.
2. Le **c**ousin de **C**olette a beau**c**oup de **c**opains.
3. Nous avons man**qu**é le **c**on**c**ert à **c**ause de la **c**ir**c**ulation.
4. **J**'aimerais louer un **g**îte à la pla**g**e.
5. On re**g**arde le **g**olf ou le rug**b**y?
6. Est-ce que **G**eor**g**es se spé**c**ialise en **g**éo**g**raphie ou en **g**éolo**g**ie?
7. Les **g**ar**ç**ons **c**ommen**c**ent à mettre les ba**g**a**g**es dans le **g**ara**g**e.

10-5 Une chanson. Listen to the words of this traditional French children's song. As it is read a second time, repeat each phrase after the speaker.

Je des**c**endis dans mon **j**ardin
Pour y **c**ueillir du romarin
Gentil **c**o**qu**eli**c**ot mes dames,
Gentil **c**o**qu**eli**c**ot nouveau.

nom: ________________________________ date: ________________________

Formes et fonctions

Le subjonctif des verbes irréguliers

10-6 Fait ou idéal? Listen to a film director being interviewed about his career. For each statement he makes, circle **fait** if he is making a factual statement about his work (in the indicative), and **opinion** if he is making a statement of opinion about the way things should or must be (in the subjunctive).

1. fait opinion
2. fait opinion
3. fait opinion
4. fait opinion
5. fait opinion
6. fait opinion
7. fait opinion
8. fait opinion
9. fait opinion

10-7 Un parent prudent. M. Valentin is leaving instructions with a baby sitter about his children's television viewing. Play the role of the baby-sitter, restating his instructions according to the model. Then listen and repeat the correct response after the speaker.

MODÈLE: Vous entendez: Les acteurs doivent avoir du talent.
Vous dites: Ah! Il faut que les acteurs aient du talent!
Vous entendez: Ah! Il faut que les acteurs aient du talent!
Vous répétez: Ah! Il faut que les acteurs aient du talent!

1. —
2. —
3. —
4. —
5. —
6. —
7. —

Le subjonctif après les verbes de volonté et les expressions d'émotion

10-8 Consignes. Ten-year-old Joseph is staying home alone for the first time. His mother is stating her expectations. Write in the verb forms you hear.

1. Je ____________________ que tu ____________________ sage.
2. Je ____________________ que tu ____________________ tes devoirs.
3. Je ____________________ que tu ____________________ la vaisselle.
4. J' ____________________ que tu ____________________ à neuf heures.
5. Je ____________________ que tu ____________________ au téléphone.
6. Je ne ____________________ pas que tu ____________________ chez les voisins.

10-9 Réactions. A friend is telling you about some of the things that happen in François Truffaut's film **L'Argent de poche**. You react in the same way as your friend, according to the model. Then listen and repeat the correct response after the speaker.

MODÈLE:	Vous lisez:	(La mère de Julien est méchante.)
	Vous entendez:	La mère de Julien est méchante. C'est dommage!
	Vous dites:	*Oui, c'est dommage que la mère de Julien soit méchante.*
	Vous entendez:	Oui, c'est dommage que la mère de Julien soit méchante.
	Vous répétez:	*Oui, c'est dommage que la mère de Julien soit méchante.*

1. (Sylvie reste seule à la maison.)—-
2. (Mme Richet attend un enfant.)—-
3. (Grégory se fait mal.)—-
4. (Tout le monde va au cinéma le dimanche.)—-
5. (Patrick fait tout le travail à la maison.)—-
6. (Patrick n'a pas de mère.)—-
7. (Patrick ne sait pas son texte.)—-
8. (Patrick apprend son texte très vite.)—-

Mise en pratique

10-10 Préparation. The value of television is commonly debated. Stop the tape while you write four sentences in French, two expressing arguments against television and two expressing arguments for it.

1. ______________________________
2. ______________________________
3. ______________________________
4. ______________________________

nom: ______________________ date: ______________________

10-11 La télé est nulle! Gilbert loves television while Véronique thinks it's worthless. How does she react to each of his ideas? The first idea expressed by Gérard, and Véronique's reaction, have been filled in for you.

GÉRARD	VÉRONIQUE
1. *It's a way of participating in our society.*	1. *A society that depends on television isn't worth much.*
2. ______________________	2. ______________________
3. ______________________	3. ______________________
4. ______________________	4. ______________________

10-12 Et vous? With whom do you tend to agree more, Gérard or Véronique? Stop the tape while you write three sentences in French supporting your point of view.

____

____

____

____

Deuxième partie: On se renseigne

Points de départ

10-13 Écoutons. Listen and follow along as the section from your textbook entitled **La presse française** is read to you.

10-14 La presse française. You are working in a library. As various patrons express their needs, direct them to the appropriate books, following the model. Then listen and repeat the correct response after the speaker.

MODÈLE: Vous entendez: Je cherche un synonyme du mot content.
Vous dites: *Les dictionnaires sont là-bas.*
Vous entendez: Les dictionnaires sont là-bas.
Vous répétez: *Les dictionnaires sont là-bas.*

1. —
2. —
3. —
4. —

3. —
4. —
7. —

10-15 Les autoroutes de l'information. Didier seems to know nothing about computers. Answer each of his naïve questions using the diagram as a guide.

MODÈLE: Vous entendez: Où est-ce que je tape le texte?
Vous écrivez: *Sur le clavier!*

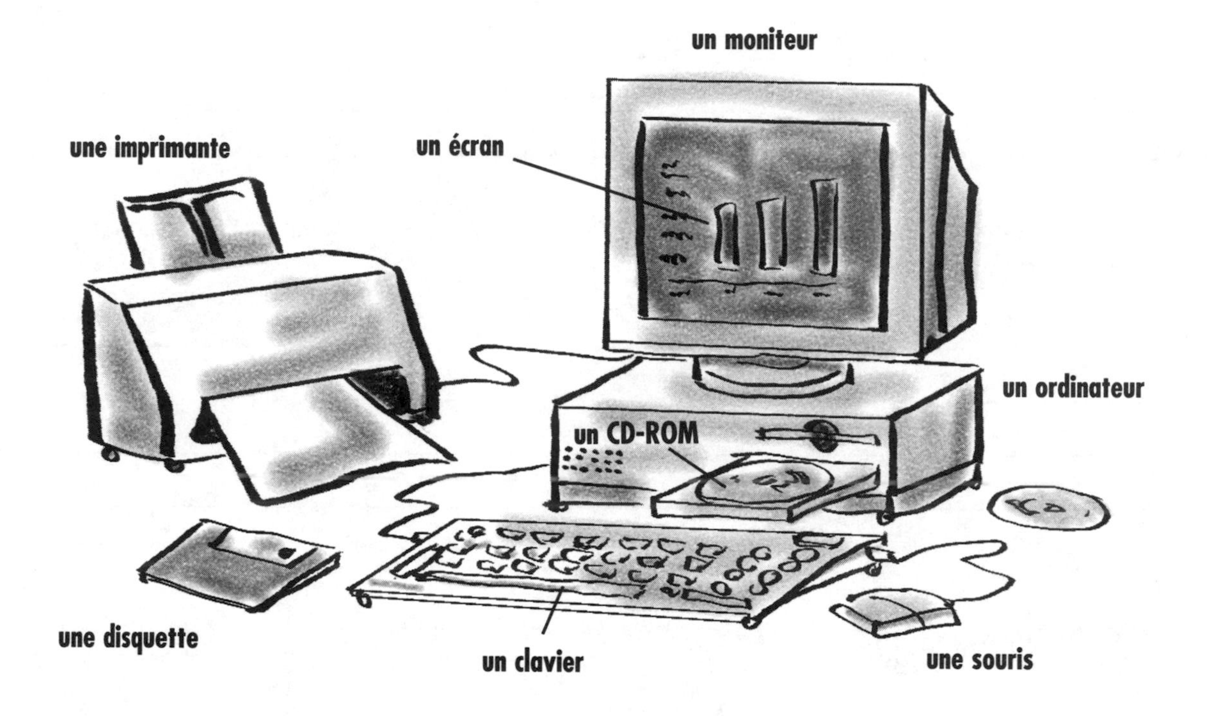

1. ______
2. ______
3. ______
4. ______
5. ______
6. ______

nom: ______________________________ date: ______________________________

Sons et lettres

Les consonnes /s/ et /z/

10-16 Lequel? Circle the group of words you hear.

1. le cousin/le coussin
2. un désert/un dessert
3. la case/la casse
4. des poissons/des poisons
5. ils sont/ils ont
6. décider/des idées
7. la base/la basse
8. nous avons/nous savons

10-17 Phrases. Repeat the following sentences, paying careful attention to the /s/ and /z/ sounds.

1. **S**i **S**uzanne tousse beaucoup, donnez-lui une tisane.
2. Qu'est-**c**e qui t'intéresse: la poésie ou les bandes dessinées?
3. Quelle surprise! Le professeur se repose!
4. **C**'est une crise: Alphonse s'est blessé au visage!

Formes et fonctions

Les combinaisons de pronoms compléments d'objet

10-18 Répliques. Write the number of each question you hear on the line next to the appropriate reply from the list below. Pay careful attention to the pronouns.

__________ a. Oui, ils me l'ont donné.

__________ b. Oui, tu la lui as donnée.

__________ c. Oui, je vous l'ai donnée.

__________ d. Oui, je vais le lui donner.

__________ e. Oui, elle va vous le donner.

__________ f. Oui, je te le donne.

10-19 On ne fait que prêter. Answer each question with the appropriate pronouns, indicating that you are lending, not giving away, your possessions. Then listen and repeat the correct response after the speaker.

MODÈLE:	Vous entendez:	Tu donnes ta voiture à ta soeur?
	Vous dites:	Non, je la lui prête.
	Vous entendez:	Non, je la lui prête.
	Vous répétez:	Non, je la lui prête.

1. —
2. —
3. —
4. —
5. —
6. —

10-20 Il y en a! Say what there usually is or is not in various places, following the model. Then listen and repeat the correct response after the speaker.

MODÈLES:	Vous entendez:	Il y a des livres dans votre chambre?
	Vous dites:	Oui, normalement il y en a.
	Vous entendez:	Oui, normalement il y en a.
	Vous répétez:	Oui, normalement il y en a.
	Vous entendez:	Il y a des chiens dans la classe?
	Vous dites:	Non, normalement il n'y en a pas.
	Vous entendez:	Non, normalement il n'y en a pas.
	Vous répétez:	Non, normalement il n'y en a pas.

1. —
2. —
3. —
4. —
5. —
6. —

L'emploi des temps avec certains verbes

10-21 Tout le monde aime voyager. Complete each phrase you hear on the tape by writing its number next to the appropriate conclusion. Pay careful attention to the verb tenses. Number one has been completed for you as an example.

1.-3.

______ a. je voyagerai.

__1__ b. je voyagerais.

______ c. je voyageais.

4.-6.

______ d. est-ce que vous alliez souvent au musée?

______ e. est-ce que vous irez souvent au musée?

______ f. est-ce que vous iriez souvent au musée?

10-22 À votre façon. Complete each statement that you hear according to your own experience, using the verb shown. The confirmation on the tape will give you the correct verb form, but not the end of the sentence. Pay attention to the verb tenses.

modèle: Vous entendez: Lorsque j'avais cinq ans,
Vous lisez: (habiter)
Vous dites: Lorsque j'avais cinq ans, j'habitais au Texas.
Vous entendez: Lorsque j'avais cinq ans, j'habitais…
Vous dites: Lorsque j'avais cinq ans, j'habitais au Texas.

1. (habiter)—-
2. (habiter)—-
3. (aller)—-
4. (aller)—-
5. (aller)—-

Mise en pratique

10-23 Préparation. Stop the tape while you make a list of the kinds of information you expect to hear in a biographical sketch of a writer. The first entry has been made for you.

date of birth ______________________

____

10-24 Un cours magistral. You are enrolled in a twentieth-century literature course in a French university. The professor is presenting the author you are about to read, Albert Camus. Listen to the lecture and note the importance of each of the following dates in the life of Camus.

1. 1913 ______________________
2. 1942 ______________________
3. 1947 ______________________
4. 1956 ______________________
5. 1957 ______________________
6. 1960 ______________________
7. 1994 ______________________

10-25 Et vous? Which of the novels described in the lecture interests you most? Why? Stop the tape while you write a few sentences in French explaining your choice.

Chapitre un: Ma famille et mes activités

1-2.
1. grand-mère
2. oncle
3. neveu
4. grand-père
5. nièce
6. cousin

1-3.
1. 53
2. 13
3. 49
4. 38
5. 15
6. 82
7. 65
8. 23

1-4.
1. cinq enfants
2. dix/chaises
3. six oncles
4. six/photos
5. trois affiches
6. cinq/cousins
7. un/bureau
8. deux/lits
9. un an

1-6.
1. f.
2. m.
3. m.
4. ?
5. f.
6. m.
7. f.
8. m.

1-7.
1. 1
2. 1+
3. 1
4. 1
5. 1+
6. 1
7. 1+
8. 1

1-9.
1. g
2. a
3. e
4. f
5. c
6. b
7. h
8. d

1-10.
1. J'ai
2. Ils ont
3. Tu as
4. Elle a
5. Vous avez
7. Elles ont
8. Tu as

1-11.
1. lit
2. chats
3. affiche
4. photos
5. calculatrice
6. plantes

1-13.
Agnès + André   Vincent + Jeanne
Didier   Monique + Pascal   Geneviève
Paul   Georges   Jean-Claude + Marie-Pierre
Gilberte   Marlène

1-16.
1. jeu tranquille
2. musique
3. jeu actif
4. musique5.
5. jeu actif
6. jeu tranquille
7. musique
8. jeu tranquille

1-17.
1. mercredi
2. lundi
3. samedi
4. dimanche
5. jeudi
6. mardi

They can get together on Friday.

1-18.

1. illogique
2. illogique
3. logique
4. logique
5. illogique
6. logique

1-19.

1. L A N G L O I S.
2. R O U S S E T.
3. L É C U Y E R.
4. A M P È R E.
5. P E U G E O T.
6. Q U E N T I N.

1-20.

1. beauté
2. lève
3. ne
4. réponse
5. mère
6. père
7. demande
8. répète
9. écouté

1-21.

1. 1+
2. 1+
3. ?
4. 1
5. 11
6. ?
7. 1+
8. 1

1-22.

1. +
2. -
3. +
4. _
5. -
6. _

1-23.

1. b
2. a
3. a
4. a
5. b
6. b

1-25.

1. .
2. !
3. ?
4. ?
5. !
6. ?

1-28.

	Janine	Guillaume	Jacques
aime	inviter des amis préparer un bon repas	dîner au restaurant aller danser regarder un film	préparer le dîner à la maison écouter de la musique classique solitude
n'aime pas	aller danser	dîner à la maison	inviter des amis

Chapitre deux: Décrivons-nous!

2-2.

1. a
2. b
3. a
4. a
5. a
6. b
7. b

2-3.

1. Faux
2. Vrai
3. Faux
4. Faux
5. Faux
6. Faux
7. Vrai

2-4.

1. C
2. C
3. I
4. C
5. I
6. I
7. C

2-5.

1. Clément
2. Françoise
3. Jean
4. Laurence
5. Yvon
6. Gilberte
7. Louis
8. Simone

2-8.
1. 1
2. 1
3. 1
4. 1+
5. 1+
6. 1+
7. 1+
8. 1

2-9.
1. Soyons... je ne suis pas
2. On est... C'est... nous sommes
3. tu es... elle est
4. Ils sont... Sois
5. Ce sont... Vous êtes

2-10.
1. paresseux
2. sérieuses
3. pas assez ambitieux
4. très amusantes
5. paresseuse
6. trop conformiste
7. pénible
8. sportif
9. trop têtue
10. réservée
11. intelligent
12. formidables

2-12.
1. E
2. E
3. S
4. S
5. E7. S
6. S8. E

2-15.
Mme Lequieux: 40 ans, maison en ville, une fille—15 ans, un chien, calme réservée, préfère travailler dans le jardin
M. et Mme Moy: 40 ans, appartement près de l'université, pas d'enfants, 3 chats, un chien, sociables, aiment le tennis et le golf
M. et Mme Joret: 30 ans, maison, 2 fils—2 ans et 5 ans, pas d'animaux, énergiques, individualistes, il aime les concerts, elle aime le cinéma

2-18.
1. B
2. A
3. H
4. D
5. L
6. G
7. K
8. J

2-19.
1. illogique
2. illogique
3. logique
4. logique
5. illogique
6. logique
7. illogique
8. logique

2-20.
1. b
2. a
3. b
4. a
5. a
6. b

2-21.
1. son complet
2. nos amis
3. nous avons
4. un collant
5. mon anorak
6. chez lui
7. ils sont
8. chez eux
9. un imperméable
10. aux échecs
11. vous avez
12. elles ont
13. cet enfant
14. c'est un enfant
15. c'est un petit enfant

2-23.
1. P
2. G
3. G
4. P
5. G
6. P
7. G
8. G

2-25.

1. sa soeur
2. les deux
3. son frère
4. les deux
5. sa soeur
6. son frère
7. les deux
8. les deux

2-26.

moins sévére plus généreuse plus intelligente moins agités moins sérieux moins paresseux
le plus doué le moins discipliné

2-28.

espérons préférez suggère j'espère répète

2-30.

NOM:	GASPARD, Carole
Âge:	23 ans
Physique:	grande, brune
Intelligent?	Oui
Amusant?	pas très
Énergique?	Oui
Généreux?	Assez
Sympathique?	En général

NOM:	LEGER, Martine
Âge:	19
Physique:	petite, brune
Intelligent?	Oui
Amusant?	Oui
Énergique?	Non, paresseuse
Généreux?	souvent
Sympathique?	très

Chapitre trois: De l'université au monde du travail

3-2.

Lettres	Sciences humaines	Sciences naturelles	Sciences physiques	Sciences économiques	Beaux-arts
philosophie	sociologie	botanique	chimie	comptabilité	sculpture
français	sciences politiques				

3-3.

1. la biologie: lundi, mercredi
2. la chimie: mardi, vendredi
3. les maths: lundi, mercredi
4. l'allemand: lundi, mercredi, vendredi
5. l'informatique: lundi, jeudi

3-4.

_2_ au café
_7_ chez moi
_5_ au labo
_6_ au cinéma
_4_ à la librairie
_3_ en classe
_1_ à la bibliothèque

3-5.

1. /o/
2. / /
3. / /
4. /o/
5. / /
6. /o/
7. / /
8. /o/
9. /o/
10. / /

3-8.

1. de
2. à
3. à
4. de
5. à
6. de
7. à
8. à

3-10.

1. illogique
2. logique
3. logique
4. logique
5. illogique
6. illogique

3-11.

1. il va	3. je vais	5. tu vas	7. elles vont
2. elle va	4. ils vont	6. ils vont	8. elle va

3-12.

1. en général	3. bientôt	5. bientôt	7. en général
2. bientôt	4. en général	6. en général	8. en général

3-13.

2 a.	5 c.	7 e.	3 g.
4 b.	1 d.	6 f.	

3-16.

1. c	2. c	3. a
4 & 5.	Individual responses	

3-18.

4 a. acteur	3 c. comptable	5 e. professeur	7 g. ingénieure
6 b. architecte	1 d. médecin	2 f. serveuse	

3-19. (Multiple answers are possible.)

1. Il va devenir ingénieur/informaticien.
2. Il va devenir artiste.
3. Elle va devenir avocate.
4. Il va devenir acteur.
5. Il va devenir médecin.
6. Elle va devenir professeur.

3-20.

1. 1610	3. 1789	5. 1871	7. 1940
2. 1685	4. 1815	6. 1918	8. 1958

3-21.

1. / /	3. /e/	5. /e/	7. /e/
2. /e/	4. / /	6. / /	8. /e/

3-24.

1. wants to	3. can	5. want to	7. wants to
2. has to	4. has to	6. has to	8. can

3-26.

1. 1+	3. 1+	5. 1	7. 1+
2. 1	4. 1+	6. 1	8. 1

3-28.

1. b	2. c	3. a	4. Individual response

Chapitre quatre: Activités par tous les temps

4-2.

1. e	3. b	5. a
2. c	4. f	6. d

4-3.
Yves: randonnées, vélo, camping
Marguerite: patinage à glace, natation, planche à voile
Hong: tennis, football

4-4.

1. bon	3. château	5. sans	7. nos
2. bonne	4. plage	6. entendre	8. vent

4-5.

1. 1	3. 1	5. 2	7. 0
2. 0	4. 2	6. 1	8. 2

4-7.

Toujours	Souvent	De temps en temps	Jamais
fait ses devoirs	fait du jogging	fait des fautes	vaisselle
joue du piano			

4-8.

1. b	3.	b	5.	b	7.	a
2. a	4.	a	6.	b	8.	b

4-10.

1. a	3.	b	5.	a
2. b	4.	b		

4-11.	Aujourd'hui	Hier
1. inviter au concert	x	
2. faire un grand dîner		x
3. jouer aux cartes		x
4. aller au cinéma		x
5. faire la vaisselle	x	
6. ranger la maison	x	

4-14.

	Temps	Activités	Où?
jeudi	froid	achats	centre commercial
vendredi	soleil, orage	nagé	plage, hôtel
samedi	brouillard, soleil, vent	cartes,planche à voile,volleyball	hôtel
dimanche	magnifique, soleil,ciel,bleu	voyage de retour	Paris

4-17.
5 a. Il est sportif.
8 b. Elle est musicienne.
7 c. Ils aiment la nature.
1 d. Elles sont sédentaires.
3 e. Elle est sociable.
4 f. Il aime les arts.
2 g. Ils sont studieux.
6 h. Elles aiment danser.

4-18.

1. a	3. b	5. b
2. b	4. a	6. a

4-19.
1. M. Blancpain: 8:15
2. Secretary will call: 9:25
3. Director: 1:45

4. M. Rolland: 4:00
5. Dinner at Mme Thiaville's: 7:30
6. Presentation: 10:00 tomorrow
7. Departure: 11:47 tomorrow

4-20.

1. serv**eu**se
2. ils p**eu**vent
3. **jeu**
4. **neveu**
5. il **veut**
6. il pl**eu**re

4-22.

1. 1+
2. 1+
3. 1
4. 1+
5. 1
6. 1
7. 1
8. 1+

4-24.

es déjà rentrée, suis arrivée, es parti, suis allé, as fait, avons rendu, a préparé, ai mangé, sont revenues, ont téléphoné, n'ont pas mentionné

4-26.

__3__ a. une bouteille d'eau et des biscuits
__2__ b. des copains
__5__ c. de tomber
__1__ d. une randonnée
__4__ e. Jean-Claude a eu un accident.

4-29.

What? party
Who? Daniel and Henri
Where? at their place
When? tomorrow, around 8:00
Why? Richard's birthday

Chapitre cinq: Vous désirez?

5-2.

1. boisson fraîche
2. boisson chaude
3. quelque chose à manger
4. quelque chose à manger
5. boisson chaude
6. quelque chose à manger
7. boisson fraîche
8. boisson fraîche

5-3.

__6__ a.
__7__ b.
__1__ c.
__5__ d.
__2__ e.
__4__ f.
__3__ g.

5-5.

1. bu
2. loup
3. dessous
4. remous
5. vu
6. lu
7. su
8. pou

5-8.

2 a.	1 c.	6 e.
3 b.	5 d.	4 f.

5-9.

1. Je bois…
2. Elle boit.…
3. Nous buvons…
5. Nous buvons…
5. Nous buvons…
6. Je bois…

5-10.

1. logique
2. illogique
3. logique
4. illogique
5. illogique
6. logique

5-12.

1. 1 2. 1+ 3. 1 4. 1 5. 1+ 6. 1

5-15.

Maurice ordered: crudités, lamb chops with grilled potatoes
Waiter brought: crudités and fish
Notes on the service: table next to kitchen, twenty minute wait to take order, no bread, cold lamb chops
Les réactions de Maurice: Refused to eat lamb chops, left without dessert and without paying

5-19.

1. un paquet de riz
2. une tranche de pâté de campagne
3. deux bouteilles de vin rouge
4. trois tomates
5. un morceau de boeuf
6. une boîte de thon

5-20.

1. médecin
2. quatre-vingts
3. quelquefois
4. tout le monde
5. à demain
6. pour demain
7. vendredi
8. une heure et demie
9. des pommes de terre
10. un pain de campagne

5-22.

1. J'achète
2. Il épelle
3. Nous appelons
4. Ils lèvent
5. Tu jettes
6. Vous amenez

5-24.

2 a.	4 c.	5 e.
6 b.	1 d.	3 f.

5-26.

1. a 2. b 3.b 4. a 5. a 6. b

5-28.

Produits mentionnés	Acheté	Pas acheté	Pourquoi pas?
Jambon	X		
Quiche		X	Il n'y en avait pas.
Poires		X	Pas très belles
Pêches	X		
Haricots verts	X		
Chou-fleur	X		
Tomates		X	Trop vertes

Chapitre six: Nous sommes chez nous

6-2.

1. C'est l'entrée.
2. C'est la cuisine.
3. C'est la salle de séjour.
4. C'est la terrasse (ou le balcon).
5. C'est la salle à manger.
6. C'est la chambre à coucher.

6-4.

1. se réveiller
2. prendre sa douche
3. s'habiller
4. partir
5. prendre le petit déjeuner
6. rentrer
7. faire les courses
8. dîner
9. regarder la télé
10. se déshabiller
11. se brosser les dents
12. se coucher
13. lire
14. s'endormir

6-8.

	déjà	maintenant	plus tard
MODÈLE:			x
1.	x		
2.			x
3.	x		
4.		x	
5.			x
6.	x		
7.			x
8.	x		

6-10.

Nous habitons un vieil immeuble au bord du Rhône. Il n'y a pas de jardin, mais nous avons un petit balcon avec une belle vue sur la ville. Au rez de chaussée de l'immeuble il y a une nouvelle boutique où on vend des vêtements. Notre appartment est au premier étage. Dans la salle de séjour il y a un divan et un gros fauteuil. Dans votre chambre il y a une grande armoire et un vieux lit très confortable.

6-12.

1. logique
2. illogique
3. illogique
4. logique
5. logique
6. logique

6-14.

1. Type of dwelling: apartment
2. Location: center of town, next to post office
3. Rooms: living room and two bedrooms
4. Furnishings: bathtub, shower, small fridge, two old armchairs, table, four chairs, beds
5. Advantages: guest room, modern bath, two WC's
6. Disadvantages: no elevator, no closet in guest room, older kitchen

6-17.

1. campagne
2. ville
3. campagne
4. campagne
5. ville
6. ville

6-18.

__5__a. un bois
__4__b. un champ
__1__c. une colline
__2__d. un lac
__6__e. une vallée
__3__f. une plage

6-19.

1. —
2. grand
3. —
4. vieux
5. gros
6. les autres
7. —
8. mon
9. un
10 —

6-20.

1. /t/, /n/
2. /n/, /t/
3. /z/, /z/
4. /n/, /z/
5. /z/, /t/
6. /t/, /z/

6-21.

1. En hiver, on voit souvent des petits oiseaux dans cet arbre.
2. Je suis heureuse de faire votre connaissance. Très heureuse.
3. —Vous avez acheté des oranges?
   —Non, j'en ai déjà chez moi.
4. —On y va?
   —Quelle heure est-il?
   —Il est déjà trois heures.
   —Allons-y!
5. Mon oncle est en Italie.

6-22.

1. 1+
2. 1
3. 1+
4. 1+
5. 1
6. 1
7. 1
8. 1+

6-25.

1. Une villa, c'est une maison qui est située à la campagne.
2. Une plage, c'est un endroit où on peut nager dans la mer.
3. Un immeuble, c'est un bâtiment où on trouve beaucoup d'appartements.
4. Une chambre, c'est la pièce où on dort.
5. Un potager, c'est un jardin où on cultive des légumes.
6. Un ascenseur, c'est une machine qui monte et qui descend.
7. Une armoire, c'est un meuble où on range ses vêtements.
8. Une voiture, c'est une machine qui transporte beaucoup de personnes.

6-26.

Chaque été nous partions le premier août, comme tout le monde. Il y avait toujours beaucoup de circulation à la sortie de la ville, mais quand on arrivait en Auvergne, tout était calme. Le premier jour, nous ne faisions jamais grand-chose. Ma mère inspectait le jardin, qui demandait toujours beaucoup d'attention. Mon frère et moi nous allions faire une randonnée dans les bois, s'il ne pleuvait pas. Je me couchais de bonne heure, car je trouvais l'air de la campagne fatigant.

6-28.

	Weekdays	Weekends
Sleep schedule	Up at 5:30; husband up at 6:00; kids at 6:30	Sleep till 9:00, except husband who gets up early
Morning activities	exercise out of house by 8:00	Husband takes walk before breakfast; after breakfast, work around the house
Evening activities	Home by 6:00; TV after dinner	cards or Scrabble
Meals	Each person prepares own breakfast	Breakfast together - often croissants; big lunch with fresh produce from garden; soup and bread for supper

Chapitre sept: Voyageons!

7-2.

1. à l'école, son vélo
2. en bateau
3. au travail, en voiture
4. le train
5. en avion
6. du cinéma, en taxi
7. à Paris, à moto
8. le métro

7-5.

1. 2
2. 2
3. 3
4. 3
5. 4
6. 3
7. 4
8. 2

7-8.

L'Afrique: le Maroc, le Zaïre
L'Amérique du Nord: le Canada
L'Amérique du Sud: le Brésil
L'Asie: la Chine
L'Europe: la Belgique, l'Espagne, l'Italie

7-10.

1. 1+
2. 1+
3. 1
4. 1+
5. 1
6. 1
7. 1
8. 1+

7-12.

__4__ a. à l'aéroport
__3__ b. en Allemagne
__5__ c. dans les Alpes
__6__ d. en Angleterre
__2__ e. à la banque
__8__ f. au bord de la mer
__7__ g. en Italie
__1__ h. à Paris

7-14.

1. He forgot the passports.
2. They missed the plane. Their hotel reservations were canceled. They had to stay in a hotel that was far from the beach and where the food was not good.
3. They forgot to use sunblock.
4. A painful sunburn.
5. They didn't sleep well all week and were too tired to visit the island.

7-17.

1. Je vous conseille le Colbert.
2. Je vous conseille l'Otellin
3. Je vous conseille le Manoir.
4. Je vous conseille l'Harmonie.
5. Je vous conseille le Relais St.-Éloi.

7-18.

1. La Place Plumereau
2. L'église St.-Martin
3. L'Office du tourisme
4. La poste
5. Le Musée des Beaux-Arts

7-21.

sais, connais, connais, sais, sais, connais

7-23.

1. logique
2. logique
3. logique
4. logique
5. illogique
6. logique
7. illogique
8. logique

7-25.

1. future
2. current
3. future
4. past
5. current
6. future

7-27.
Attractions in Dordogne: prehistoric cave paintings, river boats, excellent food
Attractions near Dordogne: Atlantic coast, Pyrenees
Types of lodging available: everything from luxury hotels to gîtes ruraux
How to get futher information: call travel agent or use Minitel (3615 DORDOGNE)

Chapitre huit: Nos relations personnelles

8-2.
1. F
2. V
3. F
4. V
5. V
6. F

8-3.
2 a. un anniversaire
7 b. la Fête des mères
6 c. la Fête du travail
1 d. un mariage
4 e. Noël
5 f. le Nouvel an
3 g. Pâques
8 h. Thanksgiving

8-4.
1. 2
2. 3
3. 3
4. 3
5. 2
6. 2
7. 3
8. 4
9. 3

8-7.

	Situation générale	Action habituelle	Action unique
1.	x		
2.		x	
3.	x		
4.			x
5.			x
6.		x	
7.			x
8.			x
9.	x		
10.			x

8-8.
1. Il jouait au tennis.
2. Elle prenait le petit déjeuner.
3. Il finissait ses devoirs.
4. Elle quittait la maison.
5. Il se réveillait.
6. Elle allait à l'école.

8-10.
1. Il se dépêche.
2. Il s'amuse.
3. Il se repose.
4. Il s'ennuie.
5. Il se fâche.
6. Il s'inquiète.

8-14.

	Bons souvenirs	Mauvais souvenirs
Robert	Camping en été Famille pour les fêtes Écouter de la musique dans sa chambre	Ne s'entendait pas avec un cousin Père et frères regardaient les sports le dimanche; il préférait écouter la musique - trop solitaire
Denise	S'entendait bien avec sa famille Excursions le dimanche - agréable une fois qu'elle a appris à faire	Voyait rarement grands-parents, cousins, etc. - trop loin Trop de devoirs le dimanche ses devoirs le samedi

8-17.

1. b
2. a
3. a
4. a

4. a
5. b

5. b
6. b

8-18.

__4__ a. Calme-toi, voyons!
__5__ b. Oh, là, là!
__2__ c. Formidable!
__6__ d. Ça m'est égal.
__3__ e. Zut alors!
__1__ f. Je suis désolé(e)!

8-22.

1. 1
2. 1+
3. 1+
4. 1
5. 1
6. 1+
7. 1
8. 1

8-26.

1. ___faire la connaissance _x_commencer des études
2. _x_finir ses études ___se marier
3. _x_accepter un poste ___partir en voyage
4. _x_acheter une maison ___trouver un autre poste
5. ___naître _x_déménager trois fois
6. ___s'installer _x_avoir 40 ans

8-29.

1. Anger; friend borrowed car without asking
2. Worry; friend doesn't call or answer messages
3. Surprise; friend is late (usually early)
4. Embarrassment; accepted dinner invitation but needs to study
5. Joy; sister getting married

Chapitre neuf: La santé et le bien être

9-2.

1. (throat)
2. (arm)
3. (mouth)
4. (eyes)
5. (feet)
6. (hand)
7. (shoulder)
8. (chest)

9-3.

1. illogique
2. illogique
3. logique
4. illogique
5. logique
6. illogique

9-4.

__2__ a.
__6__ b.
__1__ c.
__3__ d.
__5__ e.
__4__ f.

9-5.

1. gn
2. n
3. gn
4. g
5. gn
6. n
7. g
8. gn

9-7.

1. Tu vois
2. nous croyons
3. Le médecin croit
4. J'ai vu
5. Mes parents croient
6. il ne m'a pas cru
7. Voyons!
8. Je vois

9-9.

1. logique
2. illogique
3. logique
4. illogique
5. illogique
6. logique

9-11.

1. would do
2. have done
3. would do
4. would do
5. have done
6. would do
7. have done
8. have done

9-14.

1. Circumstances: househunting
   Injury: hand slammed in car door
   Consequences: got out of some school work
2. Circumstances: playing street football
   Injury: broken arm running into parked car
   Consequences: no more sports all summer
3. Circumstances: home alone cooking
   Injury: burned hair
   Consequences: object of ridicule

9-17.

1. nuisance
2. solution
3. nuisance
4. nuisance
5. solution
6. nuisance
7. solution
8. solution

9-18.

3 a.
6 b.
1 c.
2 d.
4 e.
5 f.

9-19.

1. cet_homme
2. vous vous_habillez
3. des/haricots
4. deux_heures
5. un/hamburger
6. ils_habitent

9-21.

1. Apparemment, elle n'a pas recyclé.
2. Apparemment, Marcel n'a pas conservé de l'eau.
3. Apparemment, ils n'ont pas planté d'arbres.
4. Apparemment, j'ai pollué beaucoup.
5. Apparemment, elle a utilisé beaucoup d'essence.
6. Apparemment, ils ont acheté des produits en boîtes.

9-23.

1. essentiel
2. recommandé
3. essentiel
4. recommandé
5. recommandé
6. essentiel
7. recommandé
8. essentiel

9-25.

1. Il est nécessaire qu'elle attende.
2. Il est nécessaire qu'il maigrisse.
3. Il est nécessaire qu'ils apprennent l'allemand.
4. Il est nécessaire que je dorme.
5. Il est nécessaire que tu boives beaucoup.
6. Il est nécessaire que tu reviennes demain.
7. Il est nécessaire que vous achetiez un lave-vaisselle.

9-28.

1. Need a rule forbidding excessive noise after 9:00 p.m.
2. It's our right to listen to music after a long hard day
3. Likes music too, but understands Levallois's point of view
4. Suggests allowing music until 10:00 on weeknights and midnight on Friday and Saturday.

Chapitre dix: Quoi de neuf?

10-2.

1. a
2. b
3. b
4. a
5. a
6. a

10-3.

1. Les Feux de l'amour à 13h35
2. Les Spécialistes à 20h50
3. Le Club Dorothée à 16h45 ou Les années collège à 17h40
4. Des chiffres et des lettres à 16h45
5. Le journal à 20h
6. La chance aux chansons à 15h50
7. Le football France-Chili à 20h35 ou La Boxe à 22h40

10-6.

1. opinion
2. fait
3. opinion
4. fait
5. opinion
6. opinion
7. fait
8. opinion
9. opinion

10-8.

1. Je veux que tu sois sage.
2. Je souhaite que tu finisses tes devoirs.
3. Je préfère que tu fasses la vaisselle.
4. J'exige que tu te couches à neuf heures.
5. Je préfère que tu ne répondes pas au téléphone.
6. Je ne veux pas que tu ailles chez les voisins.

10-11.

Gérard

1. It's a way of participating in our
2. Need to be informed
3. American shows are entertaining
4. What about movies?

Véronique

1. A society that depends on television isn't worth much.
2. Reads the paper
3. They're ridiculous
4. Prefers big screen

10-15.

1. C'est un ordinateur!
2. Sur la disquette!
3. Dans l'imprimante!
4. Sur l'écran!
5. Avec la souris!
6. C'est un logiciel de traitement de texte!

10-16.

1. le cousin
2. un désert
3. la casse
4. des poisons
5. ils sont
6. décider
7. la base
8. nous avons

10-18.

__4__ a.
__5__ b.
__3__ c.
__2__ d.
__6__ e.
__1__ f.

10-21.

__3__ a.
__1__ b.
__2__ c.
__5__ d.
__6__ e.
__4__ f.

10-24.

1. 1913 Camus born
2. 1942 L'Étranger published
3. 1947 La Peste published
4. 1956 La Chute published
5. 1957 Awarded Nobel prize
6. 1960 Died in car accident
7. 1994 Last novel published posthumously